mtb

Zum Buch:

Als Hotelbesitzer Mads Eriksson in das weihnachtlich geschmückte »Candied Apple Café« in Manhattan kommt, geht es ihm nur darum, die Besitzerin Iona zu einer Kooperation mit ihm zu bewegen. Doch als er sie kennenlernt, ist Mads gleich beeindruckt von der schönen, schlauen und geschäftstüchtigen jungen Frau. Und davon, wie liebevoll sie mit seiner sechsjährigen Tochter Sofia umgeht. Mads ist alleinerziehender Vater, seine Frau Gill starb ein Jahr zuvor, kurz nach Weihnachten. Deshalb kann er sich nicht an der festtäglichen Stimmung erfreuen, und seine Tochter ist sogar der festen Überzeugung, dass es Santa Claus nicht gäbe. Aber als Iona in ihr Leben tritt, schöpft Mads neue Hoffnung.

»Katherine Garbera gibt mir alles, was ich mir von einem Liebesroman wünsche.«

New-York-Times-Bestsellerautorin Roxanne St. Claire

Zur Autorin:

USA-Today-Bestsellerautorin Katherine Garbera hat schon mehr als neunzig Romane geschrieben. Von Büchern bekommt sie einfach nicht genug: Ihre zweitliebste Tätigkeit nach dem Schreiben ist das Lesen. Katherine lebt mit ihrem Mann, ihren Kindern und ihrem verwöhnten Mini-Dackel in England.

Katherine Garbera

Das Weihnachtscafé in Manhattan

Roman

Aus dem Englischen von
Corinna Wieja

mtb

MIRA® TASCHENBUCH

1. Auflage: Oktober 2018
Deutsche Erstausgabe

Originaltitel: »Christmas At The Candied Apple Café«
Erschienen bei: Harper Impulse, London

Published by arrangement with
HarperCollins *Publishers* Ltd, London

Umschlaggestaltung: bürosüd, München
Umschlagabbildung: id-art / shutterstock
Lektorat: Annkatrin von Roth
Satz: GGP Media GmbH, Pößneck
Printed in Germany
Dieses Buch wurde auf FSC®-zertifiziertem Papier gedruckt.
ISBN 978-3-95649-838-1

www.mira-taschenbuch.de

Widmung

Weihnachten ist für meine Familie eine ganz besondere Zeit. Meine Eltern haben an Weihnachten geheiratet und feierten 2017 ihren 50. Hochzeitstag. Dieses Buch widme ich Charlotte und David Smith, weil sie mir beigebracht haben, dass Liebe, Lachen und Familie der Anfang aller schönen Dinge im Leben sind.

Außerdem widme ich dieses Buch meiner Familie, und die ist groß, also sehen Sie es mir bitte nach, dass die Liste der Personen, die ich in meinem Herzen trage, etwas länger ausfällt: Rob, Courtney, Lucas, Bobby, Josh, Tabby, Donna, Scott, Emily, Linda, James, Ryan und Katie.

1. Kapitel

Weihnachten war für Iona Summerlin die schönste Zeit des Jahres. In diesem Jahr hatte sie ihre ganze Energie darauf verwendet, das »Candied Apple Café« zu einem Weihnachts-Wunderland umzugestalten. Mit den Schaufenstern hatte sie angefangen und danach das ganze Ladencafé dekoriert. Lächelnd richtete sie den Blick auf den schmiedeeisernen Apfel über dem Café, dem der Elektriker eine riesige beleuchtete Nikolausmütze aufgesetzt hatte.

Der Journalist, der einen Artikel über die angesagtesten Orte in Manhattan schrieb, wollte noch ein paar Fotos von Iona und ihren beiden Geschäftspartnerinnen vor ihrem Laden schießen. Deshalb posierte sie nun mit Hayley Dunham und Cici Johnson, die zugleich ihre besten Freundinnen waren, draußen auf dem Bürgersteig.

Getreu ihrem Motto »Weihnachtszauber« waren die Schaufenster von Frosty, dem Schneemann, inspiriert, der durch einen Zauberzylinder zum Leben erweckt worden war. Eine Gruppe Kinderpuppen in einer Ecke und eine Gruppe Erwachsenenpuppen in der anderen Ecke blickten auf eine leere Fläche. Alle dreißig Sekunden blies Wind durch die Szenerie, Mützen und Hüte senkten sich auf die Köpfe der Figuren, während im Hintergrund das Bild des weihnachtlich geschmückten Candied Apple Cafés mit seinen Pralinen, Schokoladenspezialitäten und natürlich auch dem berühmten Minzkakao auftauchte.

Der Bürgersteig war mit Schnee gepudert, und jedes Mal, wenn die Tür zum Café aufging, drang das Lied »It's Beginning to Look a Lot Like Christmas« auf die Straße. Iona wusste, dass sie eigentlich zufrieden sein konnte, aber in Gedanken war sie bereits bei der Dekoration für das nächste Weihnachtsfest.

Da sie im Wettbewerb mit den Schaufenstern der großen Marken auf der Fifth Avenue standen, musste sie alle Register ziehen, um Kunden anzulocken und ihnen ein unvergleichliches weihnachtliches Einkaufserlebnis zu bieten.

Allmählich schien sich ihre Arbeit auch bezahlt zu machen. Zwei größere Unternehmen hatten bereits wegen einer Kooperation Kontakt zu Iona aufgenommen – eine Luxushotelkette und ein Bauunternehmer, der ihnen vorschlug, eine Filiale im Meatpacking District in Manhattan, dem neuen Food-Mekka New Yorks, zu eröffnen, und sie dabei unterstützen wollte.

Die Luxushotelkette hingegen bestand aus zwanzig exklusiven Hotels weltweit, die ihren Gästen ein einzigartiges Wohlfühlerlebnis versprachen. In den hoteleigenen Boutiquen konnte man speziell auf das jeweilige Hotel abgestimmte Produkte kaufen, die es sonst nirgendwo gab. Iona bezweifelte jedoch, dass sie sich einig werden würden. Ein Vertrag mit der Hotelkette wäre zwar ein wunderbarer Türöffner zum Luxusmarkt gewesen, doch Hayley, die

Chefkonditorin des Candied Apple Cafés, hatte sehr eigene Vorstellungen von der Zubereitung ihrer Schokoladenspezialitäten und gab die Rezepte nur ungern aus der Hand. Bisher durfte außer ihr bloß ihr sorgfältig ausgewähltes Küchenpersonal die Pralinen herstellen – und das auch nur unter Hayleys strenger Aufsicht.

»Das ist so schön, Iona. Mir gefällt dieses Weihnachtszauberthema. Du hast die Magie wirklich eingefangen.« Cici hakte sich bei ihr unter. Sie war ein paar Zentimeter kleiner als Iona, hatte braune Locken und eine fröhliche Natur. Ihr Markenzeichen war eine Hornbrille, doch heute trug sie wegen des Fotoshootings für das Manhattan-Magazin Kontaktlinsen.

Hayley, Cici und Iona waren so angezogen wie ... nun ja, Mariah Carey in ihrem All-I-Want-For-Christmas-Video. Iona wollte in dem PR-Artikel, den sie an Land gezogen hatte, das Café so verlockend wie möglich dargestellt wissen, und die kurzen roten Kleider mit weißem Kunstpelzbesatz am Saum sahen nun mal sexy und weihnachtlich aus.

Hayley gesellte sich an Ionas andere Seite. Der raspelkurze Pixie-Schnitt, den sie sich im Januar zugelegt hatte, war inzwischen rausgewachsen, und die blonden Haare reichten ihr schon fast wieder bis zu den Schultern. Die drei tauschten ein verschwörerisches Lächeln. Manchmal konnten sie ihren Erfolg gar nicht glauben. Natürlich hatten sie davon geträumt, dennoch erstaunte es sie immer wieder, dass dieser Traum tatsächlich wahr geworden war.

»Mir geht's genauso. Das Schaufenster sieht wunderbar aus. Heute Morgen habe ich mit Lucy gute zehn Minuten hier draußen gestanden, nur um zuzusehen, wie es sich immer wieder verwandelt«, sagte Hayley. Lucy war ihr Zwergdackel.

»Ich freu mich, dass es euch gefällt. Für nächstes Jahr habe ich auch schon ein paar Ideen.«

»Lass uns erst mal diese Weihnachtssaison hinter uns bringen«, erwiderte Hayley.

Ionas Uhr, die mit ihrem Smartphone verbunden war, piepte, und sie schaute aufs Display. »Oh, Mist.«

»Was ist denn los?«

»Ich müsste längst umgezogen und auf dem Weg zu Mads Eriksson von der Loughman-Hotelgruppe sein.«

»Wenn du das Treffen verpasst, dann war das vom Schicksal so gewollt«, meinte Hayley. »Und dann muss ich mir auch keine Gedanken darüber machen, wie ich andere Konditoren davon überzeugen kann, Pralinen auf meine Art herzustellen.«

Iona lächelte unwillkürlich. Hayleys Technik war gar nicht so anders als die anderer Chocolatiers, doch sie verwendete viel Zeit auf die Kreation neuer, einzigartiger Geschmacksrichtungen und verließ sich dabei ganz auf ihr Bauchgefühl. Und weil sie um die Qualität fürchtete, wollte sie nicht mal eine weitere Filiale eröffnen.

»Keine Sorge. Die Loughman-Hotelgruppe legt sicherlich großen Wert auf Qualität. Das ist einer der Gründe, warum ich mich mit dem Geschäftsführer treffen will«, meinte Iona. »Aber ich denke, ich mache lieber einen neuen Termin aus.« Sie rief rasch an und sagte die Besprechung am Nachmittag ab. Sie musste sich zunächst auf die Marketingaktionen für das Candied Apple Café konzentrieren, denn dadurch war die Luxushotelkette überhaupt erst auf sie aufmerksam geworden.

Erikssons Assistentin wollte einen neuen Termin mit ihrem Chef absprechen und sich dann wieder melden, und Iona wandte sich wieder ihren Freundinnen zu. Die beiden strahlten vor Glück. Cici war frischgebackene Mutter eines süßen Babys und Hayley seit Kurzem verlobt und bis über beide Ohren verliebt.

»Warum lächelst du?«, fragte Hayley.

»Ach, ich musste nur daran denken, wie viel Glück wir doch haben«, antwortete Iona. »Ich versichere dir, Hay, dass ich in nichts einwilligen werde, was nicht unseren Vorstellungen entspricht.«

Hayley umarmte sie. »Ich weiß. Aber so ganz dürfen wir das Finanzielle auch nicht außer Acht lassen.«

»Das tun wir auch nicht, aber wir haben unser Café ja nicht wegen des Geldes eröffnet«, erwiderte Iona.

»Mir gefällt nicht, wenn du so was sagst.« Cici zupfte die rote Nikolausmütze auf Ionas Kopf zurecht. »Ich habe nichts gegen einen ordentlichen Gewinn. Der erleichtert mir die Arbeit.«

»Geld ist gut, aber es ist nicht alles«, stellte Iona fest.

»Genau«, bestätigten Cici und Hayley einstimmig.

Sie klatschten einander ab.

»Macht das noch mal«, wies der Fotograf sie an. »Mädelspower.«

Mädelspower.

»Eher Frauenpower«, widersprach Iona.

»Dann eben Frauenpower«, stimmte der Fotograf zu.

Die Idee, ein Café mit angrenzendem Laden zu eröffnen, war entstanden, nachdem die drei Freundinnen herausgefunden hatten, dass sie alle eine Beziehung mit demselben Mann führten. Cici und Hayley standen Iona inzwischen so nah wie Schwestern und bedeuteten ihr mehr, als sie mit Worten ausdrücken konnte.

Thanksgiving war erst einen Tag her, dennoch lag schon überall Weihnachtsstimmung in der Luft, was Mads Eriksson gar nicht behagte. Er war zwar kein Weihnachtshasser wie Ebenezer Scrooge aus Dickens Roman »Eine Weihnachtsgeschichte«, doch er erwartete zumindest etwas Produktivität von seinen Angestellten.

Sein Büro war frei von jeglichem Schnickschnack, nur zwei Fotos in einem kleinen Silberrahmen fanden sich auf seinem Schreibtisch. Eines zeigte seine Frau Gill, bevor sie krank geworden war, das andere war ein Foto von der diesjährigen Einschulung seiner Tochter Sofia. Er betrachtete seine beiden Mädchen und fragte sich, ob er erzieherisch bei Sofia alles richtig machte.

»Hongkong auf Leitung eins«, meldete seine Assistentin über die Gegensprechanlage.

»Danke, Lexi.«

Das Telefonat war wichtig, dennoch nahm er sich die Zeit, kurz mit dem Daumen über Gills Foto zu streicheln, erst dann griff er zum Hörer. Himmel, wie sehr er sie vermisste, auch wenn er täglich dagegen ankämpfte. Sie war fort, aber dennoch sehnte er sich nach ihr.

Seine Frau war bereits vor elf Monaten gestorben, doch der Verlust schmerzte ihn noch immer genauso stark wie am ersten Tag. Der Tod war dauerhaft, warum also konnte er nicht damit abschließen? Immer wenn er dachte, er hätte sich damit abgefunden und könnte endlich nach vorn schauen, passierte irgendetwas, und die Trauer übermannte ihn erneut.

Verflucht.

Er musste sich auf seine Arbeit konzentrieren. Er war gut in seinem Beruf und wollte nicht in dieselbe Lage geraten wie Amherst, der sich vor dem Vorstand rechtfertigen und seine Qualifikationen aufzählen musste. Entweder es gelang ihm, den Geschäftsführer in Hongkong zu motivieren, oder er musste einen Ersatz für ihn finden, und danach stand ihm so kurz vor den Feiertagen ganz bestimmt nicht der Sinn.

Wie gesagt, war er kein Scrooge, doch wenn er jemandem im Dezember kündigen musste, dann würde er sich wie der alte Geizkragen vorkommen, und es gäbe noch einen Grund mehr, warum er diesen Monat nicht ausstehen konnte.

Kaum hatte er das Gespräch mit einer strengen Ermahnung beendet, erschien eine Nachricht auf dem Bildschirm seines PCs.

Seine Assistentin, die gewöhnlich die Effizienz und Professionalität in Person war, hatte ihr Profilfoto im Intranet

»verelft«. Jedes Mal, wenn er nun eine Nachricht von ihr bekam, sah er ein albernes Bild von ihr im Elfenkostüm mit geringelter Mütze auf dem Kopf.

LEXI: Ihr Drei-Uhr-Termin hat aus Zeitgründen abgesagt. Können Sie sich morgen Vormittag eine Stunde für einen Ersatztermin freischaufeln?

Sie klang so professionell und effizient wie immer, aber er sah nur dieses blöde Elfenfoto vor sich.

Mads nahm an, dass nicht Zeitmangel der Grund für Ionas Absage war, sondern dass sie wohl eher kalte Füße bekommen hatte. Bereits Ende August hatte er ihr eine Kooperation vorgeschlagen und seitdem mehrmals Kontakt zu ihr aufgenommen, doch sie zögerte immer noch und hatte Bedenken, sich mit einer anderen Marke einzulassen. Was er ihr nicht verdenken konnte.

Das Candied Apple Café war einzigartig – es bot handgefertigte Schokoladenspezialitäten nach europäischer Art, hergestellt aus lokalen Zutaten. Die Chefkonditorin war die Tochter des berühmten Tiefkühlkosttitans Arthur Dunham. Im Gegensatz zu »Dunham Diners« waren die Pralinen und Süßwaren, die sie für das Café kreierte, jedoch alles andere als Dutzendware.

Die dritte Partnerin, Cici Johnson, war, wie er gehört hatte, ein Finanzgenie. Sie musste tatsächlich gut sein, wenn sie das Café in einer so teuren Gegend wie der Fifth Avenue so schnell in die schwarzen Zahlen gebracht hatte. Zum

Teil war dafür gewiss Ionas Marketingstrategie verantwortlich. Sie wusste, wie man Aufmerksamkeit weckte, und veranstaltete außergewöhnliche Events als Werbemaßnahmen, um das Candied Apple Café bekannt zu machen.

Alle drei Frauen beeindruckten ihn, und er hätte sie gern für die Loughman-Hotelgruppe gewonnen. Doch leider hatte Iona den Termin abgesagt. Er schaute auf seine Uhr, dann auf seinen Kalender. An diesem Nachmittag hatte er keine weiteren Termine. Unvermittelt erinnerte er sich an einen Spruch, den sein Vater früher immer zu ihm und seinem Bruder gesagt hatte: *Die Fische hüpfen nicht von selbst an Land, du musst schon auf den See hinausfahren.*

Der See war in diesem Fall die Fifth Avenue.

Er betrachtete das Chatfenster und gab sich große Mühe, keine Grimasse zu schneiden. In diesem Jahr stand er tatsächlich kurz davor, sich in Scrooge zu verwandeln, und das war … frustrierend.

Ihm stand überhaupt nicht der Sinn nach Weihnachten. Gewöhnlich nahm er den ganzen Weihnachtsrummel gelassen hin, aber in diesem Jahr würde er das Fest zum ersten Mal ohne seine Frau begehen. Wenn er ehrlich war, fehlte ihm die Kraft, ständig so zu tun, als wäre alles in Ordnung. Es gelang ihm nicht mehr, Freude vorzutäuschen und sich so aufzuführen, als ob ein von Herzen lachender Weihnachtsmann seiner Tochter Spielzeug bringen würde.

Nichts, weder die unzähligen inbrünstigen Gebete noch ein starker Glaube, hatte seine Frau retten können.

MADS: Nein. Ich schau jetzt gleich beim Candied Apple Café vorbei und treffe mich dort mit ihr. Ist meine Tochter schon hier?

Lexi steckte den Kopf zur Tür seines Büros herein. Keine Elfenmütze im realen Leben. Sie trug eine cremefarbene Seidenbluse, und ihr kurzes blondes Haar umrahmte adrett ihr Gesicht. Wie immer wirkte sie kühl und kompetent, und er musste zugeben, dass er genau das jetzt brauchte. Er hatte sich so viele Termine wie möglich in den Dezember gelegt, um möglichst wenig Zeit zum Grübeln zu haben.

»Sofia und Jessie sind im Common; der Küchenchef zeigt ihnen die Lebkuchenhäuser. Soll ich sie herholen lassen?«, fragte Lexi. Jessie war Sofias Kindermädchen.

Das New York Common-Hotel befand sich in der Upper East Side, und jedes Jahr wurde eine Version der Straße, in der es stand, aus Lebkuchen angefertigt und ausgestellt. Dieses Jahr bildete keine Ausnahme; am 1. Dezember sollte die Ausstellung feierlich eröffnet werden.

Mads erhob sich, ging um den Schreibtisch herum und schenkte seiner Assistentin ein Lächeln. »Nein. Ich hole die beiden dort ab. Danke, Lexi.«

»Wofür?«

»Dass Sie meine Grantigkeit so tapfer ertragen.«

»Sie sind doch nicht grantig zu mir, Mads«, meinte sie verwundert.

»In Gedanken schon«, erwiderte er.

»Ach so, aber das macht mir nichts aus. Womit habe ich Sie denn verärgert?«, hakte sie nach.

»Mit nichts. Es liegt nicht an Ihnen, sondern an mir. Schicken Sie mir eine Nachricht, falls noch etwas anliegt. Ich werde versuchen, Iona dazu zu überreden, die Besprechung im Café abzuhalten.«

»Natürlich. Viel Spaß.«

»Die hektischste Einkaufssaison des Jahres hat begonnen, und ich habe beschlossen, mit einer Sechsjährigen in einen Süßwarenladen zu gehen. Das würde ich nicht gerade als Spaß bezeichnen.«

Lexi lachte immer noch, als Mads das Büro schon verlassen hatte.

Durch die Lautsprecher im Aufzug dudelte jazzige Weihnachtsmusik; als er unten in der Lobby ausstieg, erklangen die ersten Töne von »It's Beginning to Look a Lot Like Christmas«. Mit schnellen Schritten bahnte er sich einen Weg durch die Menschenmenge. Schon im Aufzug hatte er seinem Fahrer eine Nachricht geschickt, dass er zum Eingang des Gebäudes kommen sollte. Rasch entdeckte er den wartenden Wagen und stieg ein.

Er hatte keine Ahnung, wie Iona Summerlin aussah, aber er freute sich darauf, sie persönlich kennenzulernen. Am Telefon hatte sie gebildet, professionell und gelegentlich auch ein wenig selbstironisch geklungen. Er fand es angenehm, dass sie ebenso stark auf das Geschäftliche fokussiert zu sein schien wie er.

Sein Fahrer hielt vor dem New York Common, und

während Mads durch die Lobby des renovierten Luxushotels schritt, erfüllte ihn unweigerlich Stolz. Das Hotel hatte sich den Charme der 1920er-Jahre bewahrt und sich inzwischen zu einem Fünfsternehotel gemausert, wozu er einen maßgeblichen Anteil beigetragen hatte. Er hatte das alte Juwel der Eigentümerfamilie abgekauft, es restaurieren lassen und den Standards der Loughman-Hotelgruppe angepasst.

Es war eines von nur zwanzig Hotels der Gruppe. Jedes war auf seine Weise einzigartig und bot ausgewählten Luxus, der ganz auf das Land und die Stadt abgestimmt war, in dem es sich befand. Einige Vorzüge, wie die Läden mit besonderen Produkten der jeweiligen Region, gab es in allen Loughman-Hotels. Mads hatte, in Absprache mit dem Vorstand, die Händler zu Exklusivität verpflichtet, um zu gewährleisten, dass es die dort angebotenen Spezialitäten nirgendwo sonst zu kaufen gab.

Das Candied Apple Café war rappelvoll mit Kunden, und die Mitarbeiter hatten alle Hände voll zu tun. Einzelnen Gesprächsfetzen entnahm Iona, dass das Schaufenster gut ankam. Cici war nach dem Fotoshooting nach Hause zu ihrer Tochter gegangen. Holly war erst zwei Monate alt, und Cici versuchte immer noch, die richtige Balance zwischen Arbeit und Muttersein zu finden.

Iona war als Bedienung hinter der Theke eingesprungen. Ihre Familie besaß ein Kaufhaus, und sie hatte als Jugendliche oft ausgeholfen und daher reichlich Erfahrung an der

Kasse und im Verkauf gesammelt. Die mit Schokoladenspezialitäten gefüllten Adventskalender waren immer noch der Renner, obwohl die letzte Novemberwoche bereits begonnen hatte. Iona hatte einen Grafiker mit der Erstellung eines Kalenders beauftragt, dessen Bild die Schaufensterdekoration widerspiegelte. Inzwischen waren alle Kalender im Laden ausverkauft.

Deshalb machte sich Iona auf den Weg zum Lagerraum, wo in drei Regalen noch weitere Adventskalender lagen. Sie machte eine Notiz auf der riesigen Tafel, die sie für die Inventur benutzten, um Hayley daran zu erinnern, dass sie womöglich noch Pralinen für weitere Kalender herstellen musste.

Einen Turm aus Kalendern in den Armen drückte sie schließlich mit einem Ellbogen die Tür auf und schlängelte sich durch den Spalt seitlich zurück in den Laden. Ihre Mutter schimpfte immer, wenn sie zu viel auf einmal schleppen wollte, aber es klappte tadellos.

Ha!

Doch dann stieß sie unvermittelt gegen eine menschliche Wand und verlor das Gleichgewicht. Die Kalender gerieten ins Rutschen, Kinderhände griffen danach, um sie vorm Herunterfallen zu bewahren, und die Arme eines Mannes legten sich Iona stützend um die Taille.

Als sie aufsah, blickte sie in blaugraue Augen, die sie an einen Winterhimmel erinnerten, und ein Kribbeln überlief sie. Rasch wich sie zurück und schob die Kalender auf ihrem Arm zurecht.

»Hier ist noch einer«, sagte das kleine Mädchen vor ihr. Sie hatte dicke dunkelbraune Haare, die sich um ihr Gesicht lockten. Auch ihre Augen waren schokoladenbraun.

»Danke«, antwortete Iona und lächelte den Mann entschuldigend an. Ihre Mutter hatte doch recht. Und nicht zum ersten Mal.

»Kein Problem. Iona Summerlin?«, fragte er. Seine Stimme klang tief und samtig. Sie hüllte ihre Sinne ein wie ein warmes, knisterndes Kaminfeuer.

»Ja. Kennen wir uns?«

»Mads Eriksson. Wir haben mehrmals miteinander telefoniert«, erklärte er.

»Ich habe Sie nicht erwartet«, erwiderte sie.

»Meine Assistentin hat mir mitgeteilt, dass Sie unseren Termin absagen mussten, weil Sie zu beschäftigt seien, und das war offenbar keine leere Ausrede, wie ich sehe. Hätten Sie vielleicht trotzdem einen Moment Zeit für mich?«, fragte er.

Er schien ziemlich hartnäckig zu sein, was ihr gefiel. Ihr Vater, an dem sie alle anderen und auch sich selbst maß, wäre beeindruckt gewesen. Sie hatte sich die Website der Loughman-Hotelgruppe angesehen. Daher wusste sie, dass Mads der jüngste Geschäftsführer war, den das Unternehmen je gehabt hatte. Er hatte dem leicht angeschlagenen Unternehmen, das in einem stark umkämpften Markt unterzugehen drohte, ein unverwechselbares Profil gegeben und es zum Erfolg geführt.

Sie hatte gelesen, dass sein Bruder im selben Unternehmen ebenfalls eine leitende Funktion innehatte. Offenbar gab es in dieser Familie nur Erfolgsmenschen.

»Ich kann mir vielleicht fünfzehn Minuten freischaufeln«, sagte sie. »Nehmen Sie doch schon mal im Café Platz. Ich komme zu Ihnen, sobald ich die hier abgegeben habe.« Sie machte eine Geste mit dem Kopf zu den Kalendern, wobei ihr seine selbstzufriedene Miene nicht entging. Er hatte das bekommen, was er wollte. Aber er spielte in ihrem Terrain, daher war sie in der besseren Position, ihre Bedingungen durchzusetzen.

»Klingt gut«, stimmte er zu. »Komm mit, Sofia.«

Das Mädchen gehörte also zu ihm. Ob sie wohl seine Tochter war? »Sofia, ich würde mich gern mit einem Adventskalender für deine Hilfe bedanken.«

Das Mädchen schaute Eriksson fragend an, und er nickte.

»Danke«, sagte sie.

»Damit kannst du die Tage herunterzählen, bis der Weihnachtsmann kommt.«

Sofia schüttelte den Kopf. »Ich glaube nicht mehr an den Weihnachtsmann. Den gibt es sowieso nicht.«

Iona bemerkte die flüchtige Gefühlsregung, die über Erikssons Gesicht huschte, aber sie war zu schnell wieder verschwunden, als dass sie sie hätte deuten können.

»Das macht nichts. Es bleibt ein Kalender mit vielen Schokoladenleckereien drin.«

»Schokolade mag ich«, meinte Sofia.

»Ich auch«, entgegnete Iona. »Kann ich Ihnen etwas mitbringen? Wir haben einen Schokoladenkuchen, der traumhaft gut schmeckt. Heiße Schokolade, Kaffee, Tee, Cookies und auch Brownies.«

»Für mich einen Kaffee, bitte«, sagte Eriksson.

»Heiße Schokolade«, meinte Sofia. »Und Kuchen, wenn ich darf, Papa?«

»Natürlich darfst du«, sagte er. Iona hatte also richtiggelegen – das Mädchen war seine Tochter.

»Gut. Ich bin gleich zurück.« Iona wandte sich ab und schob sich durch die Menschentraube zur Kasse. Dort legte sie die Adventskalender auf die Theke.

»Ich habe schon gedacht, du lässt mich im Stich«, sagte Nick. Er war eine der Saisonaushilfen. Ein stets gut gelaunter Student, der hart arbeitete und zuverlässig war, weshalb sie es duldete, dass er seine Schichten um seine Kurse herumplante.

»Wo denkst du hin? Mit so vielen Kunden würde ich dich doch niemals allein lassen.«

»Gut. Wenn ich mich erst mal besser mit der Ware auskenne, komme ich bestimmt auch bei so einem Andrang allein klar.«

»Ganz bestimmt. Allerdings muss ich jetzt noch mal kurz weg. Ich hole dir aber Hayley zur Unterstützung«, sagte Iona und winkte Hayley zu sich. »Sie kennt die verschiedenen Spezialitäten sowieso am besten.«

Nick kümmerte sich bereits um den nächsten Kunden, als Hayley hinter der Theke erschien.

»Was gibt's?«

»Mads Eriksson ist hier. Er will kurz mit mir reden. Ich habe ihm schon gesagt, dass ich nicht viel Zeit habe, aber könntest du an der Kasse aushelfen, solange ich mit ihm beschäftigt bin?«

»Ihm muss wirklich viel daran liegen, uns als Partner für die Hotelkette zu gewinnen«, meinte Hayley.

»Das glaube ich auch. Und das ist gut für uns. Außerdem sind wir in einer viel besseren Verhandlungsposition, jetzt, da er mit eigenen Augen gesehen hat, wie viel hier los ist«, sagte Iona.

»Ganz sicher. Okay, ich kümmere mich um die Kunden. Geh und zieh den dicken Fisch an Land«, sagte Hayley.

»Das habe ich vor. Nick ist noch neu, daher wird er vielleicht deine Hilfe brauchen.«

»Bei mir ist er in guten Händen«, erwiderte Hayley. »Jetzt zieh los und lass deine Magie wirken.«

Iona wünschte, dass sie tatsächlich zaubern könnte, aber alles, was sie erreicht hatte, entstammte harter Arbeit und dem Wunsch, sich zu beweisen, dass sie ebenso erfolgreich sein konnte wie ihr Vater.

2. Kapitel

Mads beobachtete Sofia, die zuschaute, wie sich Iona mit einem Tablett voller Getränke und Kuchen ihrem Tisch näherte, und hoffte, dass er sich den sehnsüchtigen Schimmer in den Augen seiner Tochter nur einbildete. Er stand auf und ging Iona entgegen. »Lassen Sie mich das nehmen.«

Iona neigte lächelnd den Kopf, worauf die Glöckchen an der Spitze ihrer Nikolausmütze bimmelten, als sie ihm das Tablett übergab. »Danke. Übrigens, bevor wir zum Tisch gehen, darf ich fragen, warum Sofia so sauer auf den Weihnachtsmann wirkt?«

»Sie … Als Sofia zwei Jahre alt war, wurde bei ihrer Mutter Krebs diagnostiziert. Irgendwie ist Sofia im Kindergarten auf die Idee gekommen, sich vom Weihnachtsmann zu wünschen, dass er ihre Mutter heilt und dass es ihr deshalb bald besser gehen würde. Aber Gill ist im vergangenen Jahr kurz nach Weihnachten gestorben.«

»Oh, Mr. Eriksson, das tut mir so leid.« Sie drückte ihm sanft die Schulter. »Ich bringe das Thema Weihnachtsmann ganz sicher nicht mehr zur Sprache.«

Er schaute zu Sofia, die ein Spiel auf seinem Handy spielte. Sie schnappte sich ziemlich oft sein Handy, wenn er nicht aufpasste. »Das ist schon in Ordnung. Sie können gern mit ihr über den Weihnachtsmann sprechen. Ich glaube, sie versucht gerade herauszufinden, ob es ihn überhaupt gibt. Und bitte nennen Sie mich Mads.«

»Okay«, meinte Iona. »Ich weiß, dass ich Sie mit meiner Frage ein wenig überrumpelt habe, aber ich wollte sichergehen, dass ich nichts Falsches sage, wenn Ihre Tochter in der Nähe ist.«

Mads nickte. »Das ist sehr rücksichtsvoll von Ihnen. Heißt das, Sie betrachten mich nun als Menschen und nicht als Unternehmen?«

»Das habe ich davor schon getan. Ich habe Ihre Anrufe überhaupt nur angenommen, um herauszufinden, was Sie persönlich dem Candied Apple Café bieten können, nicht die Loughman-Hotelgruppe«, sagte sie über die Schulter, bereits auf dem Weg zum Tisch.

Das am Saum mit Kunstpelz besetzte rote Samtkleid schwang um ihre Beine, und die Glöckchen an ihrer Mütze klingelten erneut. Die Kunden im Café schmunzelten, als sie vorüberging, und zum ersten Mal seit Langem war auch ihm zum Lächeln zumute.

Sofia legte das Handy zurück auf den Tisch, als Iona die Tasse mit heißer Schokolade und den Teller mit dem Schokoladenkuchen vor ihr abstellte. Die dicke Sahnehaube auf dem Kakao war mit rot und grün gefärbtem Zucker bestreut. Vor Mads' Platz stellte Iona die zweite Tasse, und die dritte war wohl für sie. Sofia hielt die Tasse in beiden Händen, und eine Locke fiel ihr in die Stirn, als sie in das Getränk pustete. Der Verlust ihrer Mutter war ein schwerer

Schicksalsschlag gewesen, und Mads wollte seiner Tochter zukünftig solch schlimmen Kummer ersparen.

Er hatte nach Gills Tod Entscheidungen treffen müssen, und eine davon war gewesen, dass er gegenüber seiner Tochter immer ehrlich sein würde. Er hatte die Nase voll von Ärzten, die leere Versprechungen machten, und Krankenschwestern, die geschönte Lügen erzählten, damit es ihm besser ging. Er hatte jedoch nicht damit gerechnet, dass diese Ehrlichkeit Sofia die Freude an Weihnachten rauben könnte. Ihre laut und deutlich geäußerten Zweifel bedrückten ihn, und er wünschte, er könnte ihr den Glauben an den Weihnachtsmann zurückgeben.

Darüber konnte er sich jedoch auch später noch Gedanken machen. Er war geschäftlich hier. Gleich würde Jessie kommen, der er erlaubt hatte, in der Zwischenzeit rasch ein paar Weihnachtseinkäufe zu erledigen, um Sofia abzuholen, bis er mit seinem Termin fertig sein würde. Dann würde er etwas Schönes mit Sofia unternehmen, und vielleicht würde es ihm ja gelingen, ein wenig Vorfreude auf Weihnachten in ihr zu wecken.

»Wie schmeckt der Kuchen, Sof?«, fragte er, nachdem sie den ersten Bissen hinuntergeschluckt hatte.

»Lecker«, antwortete sie, ohne den Blick vom Teller zu nehmen.

»Das ist schön«, meinte er und nahm einen Schluck Kaffee.

»Iona, Liebes, der Laden sieht toll aus.« Eine Frau, die vermutlich Mitte sechzig war, jedoch eher aussah wie Mitte vierzig, trat an ihren Tisch. Sie hatte rote Haare wie Iona, nur waren ihre von silbergrauen Strähnen durchzogen, und sie trug sie im Nacken zu einem Chignonknoten zusammengefasst. Ihr eng anliegender Mantel schmeichelte ihrer schlanken Figur. Um ihren Hals hing eine Perlenkette, und ein Hauch teuer duftendes Parfüm umwehte sie.

»Danke, Mom.« Iona stand auf und umarmte ihre Mutter.

Auch Mads erhob sich.

»Mom, das ist Mads Eriksson von der Loughman-Hotelgruppe und seine Tochter Sofia. Mads, das ist meine Mutter Valentina Summerlin.«

»Freut mich, Sie kennenzulernen.« Mads streckte seinen Arm aus, um der Frau die Hand zu geben.

Valentina berührte seine Hand jedoch nur mit den Fingerspitzen, was das Schütteln etwas schwierig machte. Als sie sich seiner Tochter zuwandte, ließ er den Arm wieder sinken. »Oh, du bist aber eine süße Maus.«

Sofia lächelte. »Danke, Madam.«

»Möchtest du uns Gesellschaft leisten, Mom?«

»Nur einen Augenblick, Liebes«, antwortete Valentina.

Mads bot ihr seinen Stuhl an und holte sich einen anderen. Als er zurückkam, unterhielt sich Valentina mit Sofia und erzählte ihr von einem Weihnachtsmannbrunch am morgigen Samstag. »Die Veranstaltung ist zwar bereits ausverkauft, aber ich lade dich und deinen Vater als meine persönlichen Gäste ein. Sicher willst du deinen Wunschzettel möglichst bald beim Weihnachtsmann abgeben.«

»Ich glaube nicht mehr an den Weihnachtsmann.« Sofia legte die Gabel auf den Teller.

Valentina warf Mads einen fragenden Blick zu, aber bevor sie etwas sagen konnte, legte Iona ihr die Hand auf den Arm. »Beim Weihnachtsbrunch gibt es leckeres Essen«, sagte sie zu Sofia. »Außerdem hat meine Mutter noch gar nicht erwähnt, dass du dort die Chance bekommst, anderen Kindern zu helfen, wenn du Spielzeuge für die NYC Children's Foundation mitbringst.«

»Hm. Was meinst du, Papa?«, fragte Sofia.

»Mal sehen«, antwortete er.

»Ich würde mich freuen, wenn du kommt. Ist es in Ordnung, wenn ich an den Weihnachtsmann glaube?«, fragte Valentina sanft.

»Sie können glauben, an was Sie wollen«, erwiderte Sofia. »Das sagt Papa immer.«

»Das ist klug.«

Sofia lächelte ihn an. »Mein Papa ist der beste Papa der Welt.«

»Ja, ganz bestimmt«, pflichtete Valentina ihr bei. »Nicht alle Väter hören ihren Töchtern zu.«

Iona hob die Augenbrauen und warf ihrer Mutter einen finsteren Blick zu, worauf Valentina ein gezwungenes Lächeln aufsetzte. »Ich muss mich jetzt leider verabschieden«, sagte sie. »Ich hoffe, wir sehen uns am Samstag.«

Iona begleitete ihre Mutter zum Ausgang.

»Tut mir leid, Schatz. Ich wollte der Kleinen nur versichern, wie glücklich sie sein kann, dass sie so einen guten Vater hat«, meinte Valentina.

»Mom«, warnte Iona. Ihr Vater war sehr streng zu ihr gewesen. Er hatte immer von ihr verlangt, dass sie so gut war wie Theo, und ihr jüngerer Bruder war in fast allen Dingen, die er sich vornahm, überragend gut. »Dad hat sein Bestes gegeben.«

»Ja, das hat er. Aber er hätte ruhig manchmal ein wenig … verständnisvoller sein können. Ich weiß, dass er befürchtete, du wärst zu sehr nach mir geraten.«

»Nach dir?«, fragte Iona. »In dem Fall hat er womöglich gedacht, dass die Welt noch nicht bereit für zwei Wonder Women ist.«

»Vielleicht hat er auch befürchtet, dass ich dich zu sehr für die Wohltätigkeitsorganisationen hätte einspannen können und du dann keine Zeit mehr für sein profitorientiertes Unternehmen gehabt hättest. Du weißt ja, dass er insgeheim gehofft hat, du würdest Summerlin Industries übernehmen.«

»Ich weiß, aber das wäre nichts für mich gewesen.« Sie und ihr Vater hatten ein schwieriges Verhältnis zueinander gehabt. Und obwohl sie sich Mühe gegeben hatte, wenigstens so zu tun, als ob sie ihn verstehen würde, war er ihr immer fremd geblieben. Sie hatte stets hart gearbeitet und sich nach seinem Lob gesehnt, das sie jedoch nie bekommen hatte.

Die Ehe ihrer Eltern war nicht besonders harmonisch gewesen, weil ihre Mutter »sein Geld verschwendete«, wie sein Vater es bezeichnet hatte. Und weil sie ihre Kinder vor seinen Wutausbrüchen hatte schützen wollen. Iona war immer hin- und hergerissen gewesen zwischen dem Bedürfnis nach der Anerkennung ihres fordernden Vaters und dem Wunsch, ihm die Stirn zu bieten und auf eigenen Füßen zu stehen. Und diese Zerrissenheit hatte sich auch in der Wahl der Männer widergespiegelt, die sie sich bislang für eine Beziehung ausgesucht hatte.

»Bis Samstag«, meinte Iona.

»Theo bringt Nico mit, Schatz«, sagte ihre Mutter.

»Schön, ich freue mich für sie.«

»Ich mich auch. Mein kleiner Junge ist glücklich.« Valentina nickte versonnen. Ihre Mutter war anfangs nicht besonders glücklich gewesen, dass Theo sich in Nico verliebt hatte – ausgerechnet den Mann, den die Partnervermittlung für Iona ausgesucht hatte. Das hatte jedoch nichts mit Theos sexueller Vorliebe zu tun gehabt, sondern war eher auf die Tatsache zurückzuführen, dass Valentina es nicht ertragen konnte, eins ihrer Kinder unglücklich zu sehen. Und Theo hatte sich schwergetan damit, seiner Schwester quasi den Mann ausgespannt zu haben. Wobei ihre Mutter immer nur gewollt hatte, dass sie ehrlich zu sich selbst waren.

»Danke, dass du mich vorgewarnt hast«, sagte Iona abschließend. Sofia und ihr Kindermädchen verließen gerade das Café, als sie hineinging, und Sofia winkte den beiden zu.

Nun stand sie mitten im Candied Apple Café und ließ ihre seelischen Wunden durch die heilsame Wirkung des Gedränges, der Weihnachtsmusik und des herrlichen Schokoladenduftes lindern. Es gab so viel Gutes in ihrem Leben. Sie konnte sich glücklich schätzen.

Jetzt musste sie nur noch Mads dazu bringen, Hayleys

Forderungen zuzustimmen. Sie hegte jedoch den leisen Verdacht, dass er nicht besonders begeistert von diesen Forderungen sein würde. Er erschien ihr wie ein Mann, der eine klare Vorstellung davon hatte, worin er Zugeständnisse machen würde und worin nicht. Und Hayley in jedem Hotel das letzte Wort bei der Einstellung des Küchenpersonals zu überlassen schien nicht die Art von Zugeständnis zu sein, zu der er sich bereit erklären würde.

Mads unterhielt sich gerade mit Carolyn, der Schichtleiterin im Laden, als Iona zurückkam. Er beendete das Gespräch und wandte sich ihr zu.

»Wie ich sehe, haben Sie Carolyn schon in die Mangel genommen«, sagte Iona.

»Mir ging es nicht darum, ihr irgendwelche Geheimnisse zu entlocken. Ich wollte nur wissen, warum das Candied Apple Café ihrer Meinung nach so beliebt ist«, entgegnete Mads.

»Und was hat sie gesagt?«

Mads legte ihr die Hand an den Ellbogen, und erneut durchströmte sie ein Kribbeln, als er sie von der Theke weg und in einen ruhigeren Bereich des Ladens zog.

»Sie sagt, sie weiß nicht genau, woran es liegt, aber Sie und Ihre Partnerinnen würden eine einladende Atmosphäre für die Kunden schaffen, und es würde Ihnen irgendwie gelingen, dass man sich auf die Arbeit freut.«

Das war Iona neu. »Wie nett. Carolyn ist ein Geschenk Gottes. Sie hat vorher für einen Delikatessenladen gearbeitet und uns viele nützliche Vorschläge gemacht, wie wir den

Ladenbereich des Cafés gestalten könnten. Ich weiß nicht, was wir ohne sie gemacht hätten.«

Mads nickte. »Sie werden merken, dass wir denselben Arbeitsethos bei der Loughman-Hotelgruppe pflegen. Wir schätzen unsere Mitarbeiter und bezahlen sie überdurchschnittlich. Natürlich wollten wir auch Gewinne machen, aber wir haben, wie Sie sicherlich auch, festgestellt, dass unser Personal die Arbeit motivierter und engagierter ausführt, wenn es sich als vollwertiges Mitglied der Unternehmensfamilie fühlt.«

Iona musste unwillkürlich lächeln. Hätte sie dieselbe Aussage nicht auf der Unternehmenswebsite gelesen, hätte sie sicher mehr Eindruck auf sie gemacht. Seinem Tonfall entnahm sie jedoch, dass er es ernst meinte. »Dem kann ich nur zustimmen. Das ist auch einer der Gründe, warum wir über Ihr Angebot nachdenken.«

»Gut«, meinte er. »Könnten Sie mich noch ein wenig herumführen? Ich weiß, dass Sie nur wenig Zeit haben, daher würde mir ein kurzer Blick genügen. Und ich werde Lexi bitten, einen neuen Termin mit Ihnen auszumachen.«

Sie zeigte ihm den Laden und das Café, sorgsam darauf bedacht, den Fokus auf dem Geschäftlichen zu lassen, aber seine charmante Art und seine Einstellung, dass der Kunde König war, gefielen ihr. In den zehn Minuten, die sie sich Zeit für ihn nahm, musste sie verschiedenen Kunden Fragen beantworten, und Mads wartete währenddessen geduldig auf sie.

Sie begann zu fürchten, dass sie ihm unabsichtlich einen zu tiefen Einblick in ihr Unternehmen gegeben hatte, aber was konnte es schon schaden, wenn er wusste, wie viel das Candied Apple Café ihr und ihren Partnerinnen bedeutete?

»Tut mir leid, dass ich heute nur so wenig Zeit für Sie hatte, aber ich freue mich auf unser nächstes Gespräch«, sagte Iona schließlich.

»Das ist schon in Ordnung. Ich führe Sie auch gern durch unser Hotel in New York, wenn Sie möchten. Ich bin sicher, Sie werden schnell feststellen, wie gut unsere Unternehmen einander ergänzen würden.«

Sie lächelte nur und winkte ihm zu, als er sich verabschiedete. Im Moment wollte sie weder Zustimmung noch Ablehnung signalisieren. Eine Lektion, die sie von ihrem Vater gelernt und die sich ihr fest ins Gedächtnis gebrannt hatte, war, dass man sich von seinem Gegenüber am Verhandlungstisch niemals in die Karten blicken lassen sollte.

Am Samstag war es stürmisch und kalt. Das perfekte Wetter, um in Weihnachtsstimmung zu kommen. Am Abend sollte ihr Weihnachtsbaum geliefert werden, aber erst einmal stand der »Brunch mit dem Weihnachtsmann« für Iona an, den ihre Mutter für eine katholische Wohltätigkeitsorganisation organisiert hatte.

Iona schaute auf ihr Handy und hoffte, dass Cici oder Hayley ihr eine dringende Nachricht geschickt hatten, die ihr die perfekte Ausrede lieferte, um den Brunch zu schwänzen. Sie entdeckte jedoch im Gruppenchat nur ein fröhliches Foto von Holly, Cicis Baby.

Iona war eine von Hollys Patinnen, Hayley die andere,

und sie liebte die kleine süße Maus. Dass Cici nun ein Baby hatte, löste eine unerwartete Sehnsucht in ihr aus. Sie hätte nie gedacht, dass sie sich mal eine eigene Familie wünschen würde. Bisher war sie ganz in ihrem Beruf aufgegangen, und nach ihren Erfahrungen mit Männern zu urteilen, war das auch gut so gewesen. Holly weckte in ihr jedoch den Wunsch … dass, na ja, sie schon gerne eines Tages ein Kind hätte, falls ihr der richtige Mann über den Weg laufen sollte.

Sie schickte eine Reihe Smileys als Antwort und erwähnte den Brunch, falls Cici mit Holly den Weihnachtsmann besuchen wollte. Die Kleine war so süß und wäre die perfekte Ablenkung von ihrem Bruder und seinem neuen Freund gewesen. Sie hatte immer noch das Gefühl, dass mit ihr etwas nicht stimmen konnte, wenn nicht mal die Partnervermittlung einen Mann für sie fand.

Aber das war schon in Ordnung.

Ehrlich.

Sie hatte genug mit ihrer Arbeit im Candied Apple Café zu tun. Und die machte sie glücklich. Sie stieg aus dem Bett, duschte und zog sich eine rot-weiß gestreifte Leggings und einen übergroßen cremefarbenen Pulli an. Danach flocht sie sich die Haare zu einem Zopf, schlüpfte in ihre kniehohen schwarzen Stiefel, griff sich die große Tüte mit Geschenken, die beim Brunch verteilt werden sollten, und verließ ihre Wohnung.

Als sie auf den Schalter für den Aufzug drückte, hörte sie Schritte hinter sich. Beim Blick über die Schulter entdeckte sie zu ihrer Überraschung Mads und Sofia.

»Hallo«, grüßte sie verwundert. »Ich wusste gar nicht, dass wir Nachbarn sind.«

»Guten Tag. Wir sind erst im September eingezogen«, erklärte Mads.

»Sie werden sich hier bestimmt wohlfühlen«, meinte Iona. Unwillkürlich fiel ihr auf, wie gut der graue Pulli, den Mads trug, seine blaugrauen Augen betonte.

»Ein paar meiner Mitschüler leben auch hier«, sagte Sofia. »Gehen Sie zu diesem Essen mit Ihrer Mom?«

»Ja«, antwortete Iona. »Ihr auch?«

Sofia setzte eine trotzige Miene auf und starrte auf ihre Füße. »Ja.«

Mads zuckte mit den Schultern. »Wir wollen in diesem Jahr in der Weihnachtszeit ein paar neue Sachen ausprobieren, und ich halte einen Besuch beim Weihnachtsmann für einen guten Anfang.«

Sofia erwiderte nichts darauf und schmollte auf dem Weg nach unten. Mads schien jedoch nicht verärgert über das Verhalten seiner Tochter zu sein. Iona hatte das Gefühl, dass er nicht wusste, was er tun sollte.

»Mein Fahrer wartet unten auf uns. Sie können gern mitfahren«, bot Mads an.

»Danke.« Iona glaubte, dass die beiden wohl einen Puffer zwischen sich gebrauchen konnten, daher schloss sie sich ihnen gern an. Im Auto war es mollig warm, als sie sich auf den Sitz schob. Sofia setzte sich neben sie und legte den Sicherheitsgurt an, während Mads vorne als Beifahrer einstieg, nachdem er die Autotür hinter Sofia geschlossen hatte.

Iona fiel auf, dass sie seit ihrer eigenen Kindheit keine Zeit mehr mit einem Kind verbracht hatte, und wusste nicht, worüber sie mit Sofia reden sollte. Dem kleinen Mädchen schien ihr Schweigen jedoch nichts auszumachen. Sie blickte auf dem Weg durch die Stadt stumm aus dem Fenster.

»Was magst du am Winter am liebsten?«, fragte Iona schließlich, womit sie berücksichtigte, dass es nicht Weihnachten sein konnte, weil das ein sensibles Thema für Sofia war.

Das kleine Mädchen zuckte mit den Schultern.

»Ich mochte immer den Schnee sehr gern, denn dann fiel der Unterricht aus«, sagte Iona.

»Ich mag Schnee auch gern. Letztes Jahr war ich mit Papa und Onkel Piers in Vermont zum Skifahren. Das war lustig, weil Papa immerzu hingefallen ist.«

»Ich bin gar nicht immerzu hingefallen, Sof«, widersprach Mads. »Nur einmal, und das auch nur, weil mich Onkel Piers geschubst hat.«

Sofia kicherte.

Auch Iona lächelte. »Theo, das ist mein Bruder, hat sich früher immer mit mir ein Rennen nach draußen in den Garten geliefert, damit er mich mit Schneebällen bewerfen konnte.«

»Ach, und hat er gewonnen?«, fragte Sofia.

»Manchmal. Er ist ein ziemlich guter Werfer, daher schlich ich mich meist zur Hintertür raus, um vor ihm draußen zu sein.«

»Wir haben auch eine Schneeballschlacht gemacht«, erzählte Sofia. »Ich habe gewonnen. Papa und Onkel Piers waren ganz voller Schnee.«

Lächelnd hörte Iona zu, wie die Kleine über ihren Skiurlaub in Vermont plauderte. Als sie aufsah, stellte sie fest, dass Mads seine Tochter im Rückspiegel beobachtete. Er fing Ionas Blick auf und formte stumm das Wort »Danke«.

Sie nickte. Wenig später hielt der Wagen vor dem Haus, in dem die Veranstaltung stattfinden sollte, und der Fahrer öffnete ihr die Tür. Sie stieg aus und wartete auf Mads und Sofia. Doch vor dem Eingang hatte sich bereits eine Schlange gebildet, und sie verloren sich aus den Augen. Iona gab die Geschenke ab und erhaschte einen Blick auf ihren Bruder und Nico, die jedem Kind, das den Weihnachtsmann besucht hatte, einen Beutel in die Hand drückten. Sie beschloss, zu ihnen hinüberzugehen, Hallo zu sagen, danach ihre Mutter zu suchen und sich wieder aus dem Staub zu machen. Sie wollte ganz bestimmt nicht fünftes Rad am Wagen spielen.

»Iona?«

Sie drehte sich um und entdeckte Mads wenige Schritte von ihr entfernt, das Handy in einer und Sofia an der anderen Hand.

»Ja?«

»Würde es Ihnen etwas ausmachen, mit Sofia zu den Lebkuchen zu gehen? Im Hotel gibt es einen Notfall, und ich muss das kurz am Handy klären, daher kann ich ihr nicht beim Verzieren helfen.« Mads schaute sie bittend an.

»Gerne. Das wird lustig.« Iona streckte die Hand aus, und Sofia ergriff sie bereitwillig. Sie sah noch, wie Mads sich das Handy ans Ohr drückte, als sie davongingen.

3. Kapitel

In dem Bereich, in dem die Lebkuchen verziert wurden, roch es wundervoll nach Weihnachten, was Iona an ihre Kindheit erinnerte. Ihre Großmutter väterlicherseits hatte in der Weihnachtszeit immer Lebkuchen selbst gebacken, und das ganze Haus hatte nach Ingwer und Gewürznelken geduftet. Sie war gestorben, als Iona fünfundzwanzig gewesen war, und sie vermisste sie immer noch, besonders an den Feiertagen. Die Helferin reichte Iona eine Nikolausmütze und setzte Sofia eine in Kindergröße auf.

Iona schwenkte das Ende der Mütze, und Sofia lächelte, als das daran befestigte Glöckchen klingelte.

»Ich finde die Mützen wegen der Glöckchen lustig«, sagte Iona, »aber wenn du sie lieber absetzen möchtest, ist das auch in Ordnung.«

Sofia wirkte erleichtert. »Ich möchte sie lieber nicht tragen, aber es macht mir nichts aus, wenn du sie trägst.«

»So machen wir es.« Iona gab Sofias Mütze zurück und setzte ihre auf.

Gemeinsam schlenderten sie zum Bastelbereich. Iona und ihr Bruder waren zu den Feiertagen immer unzertrennlich gewesen und hatten gemeinsam die süßen Verzierungen für das viktorianische Lebkuchenhaus stibitzt.

Einen Augenblick schloss sie die Augen und erinnerte sich an die glückliche Kinderzeit. Im Moment versuchten sie und Theo herauszufinden, wie sie miteinander umgehen sollten, da Theo sich nun ausgerechnet in den Mann verliebt hatte, mit dem sie anfangs zusammen gewesen war. Aber sie taten sich beide schwer damit.

Nico hatte ein Doppelleben geführt, und sie konnte nachvollziehen, dass er sich zwischen den Erwartungen seiner Familie und seinen eigenen Bedürfnissen hin- und hergerissen gefühlt haben musste.

Außerdem liebte sie ihren Bruder. Sie hatten sich immer sehr nahe gestanden.

Es tat nur deshalb so weh, weil sie gehofft hatte, dass sie durch die Partnervermittlungsagentur endlich den Menschen finden würde, der zu ihr gehörte. Doch das war ihr nicht gelungen.

Sie schüttelte den Kopf, und das Glöckchen an der langen Nikolausmütze klingelte, was Sofia wieder ein Lächeln entlockte. Das kleine Mädchen war fest entschlossen, seinem Vater zu gefallen, und das war Iona nur allzu vertraut. Vermutlich hätte Sofia gern an Wunder geglaubt.

Nun betrachtete sie die Berge von Gummidrops, Schokoladenkringeln und langen bunten Gummischlangen. Sie wusste, dass Sofia viel zu gut erzogen war, um sich eine Süßigkeit zu nehmen. Iona drehte den Kopf rasch nach links und rechts, um sich zu vergewissern, dass niemand sie beobachtete, dann nahm sie sich eine Handvoll von den Schokoladenkringeln und hielt sie Sofia hin. »Willst du einen?«

Sofia drehte ebenfalls den Kopf und schaute sich nach allen Seiten um, ehe sie sich einige Kringel aus Ionas Hand nahm. Sie steckte sie schnell in den Mund, und Iona tat dasselbe.

»Mhm. Die sind gut.«

»Ja. Glaubst du, es fällt jemandem auf, wenn ich mir einen Gummidrops nehme?«, fragte Sofia.

»Welche Farbe?«, erwiderte Iona.

»Grün.«

Iona suchte einen grünen Gummidrops heraus und legte ihn Sofia in die Hand, die ihn sofort in den Mund steckte. Für sich selbst wählte sie einen weißen.

»Wie ich sehe, haben wir hier zwei eifrige Helfer, die es gar nicht abwarten können, mit dem Verzieren anzufangen«, sagte einer der Freiwilligen und baute sich vor ihnen auf.

Er war jung, Anfang zwanzig, mit Igelschnitt und einnehmendem Lächeln. Er beugte sich zu Sofia hinunter, und die Erinnerungen, die dabei in Iona aufstiegen, zauberten ihr ein Lächeln aufs Gesicht.

Weihnachten brachte irgendwie das Beste in den Menschen hervor. Es war schon immer die Zeit im Jahr gewesen, auf die sie sich am meisten freute, und sie war fest entschlossen, sich diesen Zauber zurückzuholen. Der Mann richtete sich wieder auf und streckte die Hand aus.

»Ich bin Josh«, stellte er sich vor.

»Iona«, erklärte sie. »Was sollen wir verzieren?«

»Wie wär es mit dem Schlitten vom Weihnachtsmann?«, fragte Josh.

Sofia schnitt eine Grimasse, und Iona fragte sich, wie der Sechsjährigen wohl zumute war, wenn sie ständig erklären musste, dass sie nicht mehr an den Weihnachtsmann glaubte. »Wir hatten ein Auge auf die Lebkuchenmänner und -frauen geworfen. Ich glaube, Sofia würde gern einen besonderen Lebkuchenmann für ihren Vater gestalten.«

»Noch besser. Kommt mit, Ladys, ich zeig euch, wo ihr alles findet.«

Sofia schenkte Iona ein Lächeln. »Danke. Ich will tatsächlich etwas Besonderes für Papa machen.«

»Das dachte ich mir.« Iona wuschelte der Kleinen durch die Haare, als sie zum Tisch gingen, an dem gearbeitet wurde. Sie erhielten Schürzen und Handschuhe, und Iona bekam ein schlechtes Gewissen, als sie daran dachte, dass sie mit bloßen Händen in die Süßigkeiten gefasst hatte, aber sie beruhigte sich damit, dass ihre Hände sauber und mit einem Taschendesinfektionsmittel desinfiziert waren.

Sie fingen an, ihre Lebkuchenfigur zu verzieren. Iona gab ihrer braune Augen, wie die ihres Bruders, und schwarze Haare, die sie aus Lakritze formte. Im Moment wussten weder Theo noch sie so recht, wie sie aufeinander zugehen sollten, und Iona war zu dem Schluss gelangt, dass sie als die Ältere den ersten Schritt machen sollte.

Nachdem sie ihr Werk vollendet hatte, stellte sie fest, dass Sofia noch nicht fertig war. Daher beschloss sie, noch zwei Lebkuchen als Santa und Mrs. Claus zu verzieren. Sie fand, dass sie ihr ziemlich gut gelungen waren. Sofias Lebkuchenmann hatte blaue Augen und schokoladenbraunes Haar wie ihr Vater. Sie hatte ihm sogar eine Krawatte geformt. Um den Kopf der braunäugigen Lebkuchenfrau schlängelten sich ebenfalls schokoladenbraune Haare, aber sie waren kürzer als Sofias, und sie hatte ihr einen kringeligen Pony gegeben. Außerdem trug die Lebkuchenfrau eine Schürze aus Orangenfondant.

»Die sind ja wunderschön. Bist du das mit deinem Papa?«

Sofia schüttelte den Kopf. »Das ist meine Mama. Sie ist zwar im Himmel, aber Papa vermisst sie und ich auch.«

Iona verspürte einen Stich im Herzen und fragte sich, ob sich ihrer und Mads' Wege wohl nicht nur aus geschäftlichen Gründen gekreuzt hatten. Vielleicht hatte das Schicksal die beiden in ihr Leben geweht wie der Wind die Mützen im Schaufenster vom Candied Apple Café, damit sie den beiden half, den Zauber der Weihnacht wiederzufinden. Der Gedanke ließ sie lächeln. Ihr Vater hatte immer behauptet, dass ihr blindes Vertrauen in die Menschen noch ihr Untergang sein würde, doch ihre Partnerschaft mit Cici und Hayley hatte bewiesen, dass er sich getäuscht hatte. Allerdings hatte sie erst den Mut aufgebracht, das Risiko eines eigenen Unternehmens einzugehen, nachdem er einen Herzinfarkt erlitten hatte. Sie hatte das Gefühl gehabt, es sei ihre letzte Chance, um endlich seine Anerkennung zu gewinnen.

Sie schob den Gedanken beiseite, als Sofia ihre kleine Hand mit ihrer verschränkte. Ihr wurde bewusst, dass auch dieses kleine Mädchen versuchte, die Anerkennung seines Vaters zu erlangen.

Mads war nicht erfreut darüber, dass er geschäftlich telefonieren musste, nachdem er Sofia zum Brunch in St. Nick überredet hatte, aber der Anruf war wichtig, und er konnte ihn nicht ignorieren.

Wayne, der Duty Manager des Hotels, hatte ihm eine Nachricht geschickt, dass es dringend sei, also rief er ihn an, ohne dabei Iona und seine Tochter aus den Augen zu lassen.

»Sir, wir haben einen Notfall. Vermutlich handelt es sich um einen Rohrbruch – einige der Zimmer stehen unter Wasser. Ich habe die Hausverwaltung schon angerufen, und der Portier kümmert sich um die Gäste. Wir müssen die betroffenen Zimmer schnell evakuieren, aber wir sind total ausgebucht«, erklärte Wayne.

»Hat der Portier schon in anderen Hotels angerufen?«, fragte Mads.

»Ja, aber wegen der Baumzeremonie am Rockefeller Center ist nirgendwo ein Zimmer frei. Er meinte, dass Sie vielleicht ein paar Gefallen einfordern könnten.«

Mads wusste, dass Wayne bestimmt bereits alle möglichen Hebel in Bewegung gesetzt hatte und es wohl keinen anderen Ausweg gab. »Das werde ich. Der Portier soll mir eine Liste schicken, wen er schon kontaktiert hat, und dann kümmere ich mich drum.«

In der Hotelbranche wusch eine Hand die andere.

»Ich sag ihm Bescheid. Kann ich sonst noch etwas tun?«

»Ich möchte, dass Sie die Zimmer überprüfen und nachsehen, welche von dem Rohrbruch betroffen sind. Was schätzen Sie, wie viele Zimmer evakuiert werden müssen?«, fragte Mads.

»Der Hausmeister weiß noch nichts Genaues. Seine Mitarbeiter und er sind gerade dabei, sich einen Überblick zu verschaffen, wie viele Zimmer betroffen sind.«

»Halten Sie mich auf dem Laufenden«, sagte Mads. »Ich schaue später noch mal vorbei, es sei denn, Sie brauchen mich sofort.«

»Nein, so weit ist alles unter Kontrolle. Wir brauchen nur Ihre Hilfe, um für die betroffenen Gäste andere Zimmer zu finden«, meinte Wayne.

»Ich melde mich.« Er vergewisserte sich, dass bei Sofia und Iona immer noch alles in Ordnung war, dann setzte er sich an einen der runden Tische in der Nähe des Buffets.

Wenig später traf die Liste des Portiers ein, und Mads begann seine Kontakte anzurufen. Die Arbeit war eine willkommene Ablenkung, und er stürzte sich hinein. Er hatte überlegt, ob er Manhattan über die Festtage verlassen sollte. Sein Bruder hatte ihn und Sofia für die Feiertage nach Kalifornien eingeladen, aber er wusste, wenn er in diesem Jahr flüchtete, schob er alles nur hinaus, und Sofia würde sich im darauffolgenden Jahr damit auseinandersetzen müssen, Weihnachten zu Hause ohne ihre Mutter zu verbringen.

Er hinterließ einem Freund eine Nachricht, der eine Menge Beziehungen in der Hotelbranche hatte, und hatte gerade sein Handy wieder eingesteckt, als er bimmelnde Glöckchen vernahm. Er schaute auf und entdeckte Sofia und

Iona vor sich. Sofia lachte bis über beide Ohren. So strahlend hatte er sie schon lange nicht mehr erlebt.

»Papa, wir haben Lebkuchenfiguren verziert«, sagte sie und legte die Lebkuchen vor ihn auf den Tisch, ehe sie auf seinen Schoß kletterte.

Er betrachtete erst die Figuren, dann seine Tochter, die mit den Beinen baumelte und sich mit Iona unterhielt. Er hörte nicht zu, denn er hatte sofort erkannt, dass die Lebkuchen seine verstorbene Frau und ihn darstellten. Ihm brach das Herz bei dem Anblick. Und die Furcht erwachte erneut, dass er seiner Tochter nicht Mutter und Vater zugleich sein konnte.

»Ich hoffe, es macht Ihnen nichts aus.« Iona setzte sich neben ihn. Die Glöckchen an ihrer Mütze klingelten, und ihm fiel auf, dass dies Sofia zum Lächeln brachte.

»Es tut mir leid, ich weiß gerade nicht, wovon Sie sprechen«, sagte er.

»Ich habe Sofia erlaubt, ein bisschen zu naschen. Ich hoffe, das war in Ordnung?«

»Ja, natürlich«, antwortete er und stellte fest, dass sie ihn aufmerksam musterte. »Bitte entschuldigen Sie, ich war in Gedanken woanders. Wir haben einen Notfall im Hotel. Leider müssen wir uns schon bald wieder gehen, damit ich dort nach dem Rechten sehen kann.«

»Das macht mir nichts aus, Papa«, sagte Sofia. »Ich wollte sowieso nicht hierherkommen.«

»Das weiß ich«, entgegnete Mads.

»Aber ich bin froh, dass du mich überredet hast«, fuhr

Sofia fort. »Danke, Iona, dass du mir mit den Lebkuchen geholfen hast.«

»Gern geschehen«, erwiderte Iona. »Dann verabschiede ich mich wohl mal besser. Ich werde meine Mutter suchen und schauen, ob sie meine Hilfe braucht.«

In ihrem Ton lag etwas, das Mads nachdenklich stimmte. Unwillkürlich fragte er sich, was Iona hinter der Fassade der intelligenten, fröhlichen Geschäftsfrau mit den schönen langen Beinen wohl verbarg. Sie hatte immer so unbeschwert gewirkt und schien die Weihnachtszeit sehr zu genießen, bis zu diesem Moment.

»Ich hoffe, dass Sie den Notfall bald im Griff haben. Bis bald mal wieder«, verabschiedete sich Iona. Sofia seufzte tief auf, als sie in der Menge verschwunden war.

»Was ist, Wichtelmaus?«

»Schade, dass Iona schon weg ist. Sie ist lustig, das hat Spaß gemacht.«

Und Spaß hatten er und Sofia schon lange nicht mehr gehabt.

Die Einladung zu der Party am Mittwoch, die anlässlich der Weihnachtsbaumzeremonie am Rockefeller Center in einem der angrenzenden Büros stattfinden sollte, hätte Mads normalerweise abgelehnt. Aber da er den ganzen Tag im Common gebraucht worden war und Jessie freihatte, hatte Sofia den Tag ebenfalls im Hotel verbringen müssen.

Der Tag war ziemlich anstrengend für sie beide gewesen, und er wollte unbedingt wiedergutmachen, dass er so wenig Zeit für sie gehabt hatte. Das Erleuchten des Weihnachtsbaumes am Rockefeller Center schien ihm ein geeigneter Anlass dafür zu sein. Die beliebte Veranstaltung würde einen festlichen Abschluss bilden, bevor sie wieder nach Hause mussten.

Sofia war von der Lebkuchenverzierung beim Weihnachtsmannbrunch inspiriert gewesen, und als der Küchenchef im Hotel ihr ein paar Plätzchen und farbige Glasur zum Verzieren angeboten hatte, hatte sie ihn voller Eifer begleitet.

Sie hatte sieben Plätzchen verziert; die Haare und Augen glichen denen der Freundin, der sie das Plätzchen schenken wollte. Einer der Kekse hatte rote Haare, blaue Augen und eine Nikolausmütze auf dem Kopf.

»Für wen ist der?«

»Iona. Ich wollte ihn ihr später vorbeibringen, weil sie bei uns im Haus wohnt.«

»Wir wissen doch gar nicht, in welcher Wohnung sie genau wohnt«, erwiderte Mads.

»Aber du kannst ihr doch eine Nachricht schicken und sie fragen«, meinte Sofia.

»Das mache ich später. Möchtest du heute Abend auf eine Party gehen? Wir könnten zuschauen, wie der Weihnachtsbaum auf dem Rockefeller Plaza erleuchtet wird«, sagte er.

»Okay«, stimmte sie zu. »Aber was ist mit meinen Plätzchen?«

»Wir nehmen sie mit nach Hause. Wir sollten uns sowieso erst umziehen«, erwiderte er.

Zu Hause flitzte Sofia in ihr Zimmer, und Mads zog sich einen anderen Pulli an, aber dann beanspruchte eine Nachricht des Duty Managers seine Aufmerksamkeit, auf die er antworten musste.

Sofia kam in Jeans und einem dicken Pulli, den Gill ihr noch kurz vor ihrem Tod gekauft hatte, wieder ins Wohnzimmer. Er war inzwischen ein wenig zu kurz an den Ärmeln, aber Sofia wollte ihn unbedingt behalten, und Mads konnte sie nicht davon abbringen.

»Hol schon mal deine Jacke, Sof.« Das tat sie und wickelte sich den Schal um den Hals, die Jacke in einer Hand.

Mads nahm ihr die Jacke ab und hielt sie ihr so hin, dass sie leichter in die Ärmel schlüpfen konnte. Dann bückte er sich, um die Knöpfe zu schließen und ihren Schal zurechtzuzupfen.

»Wir könnten Iona fragen, ob sie mitkommt«, sagte Sofia wie aus heiterem Himmel.

Er wusste nicht, was er darauf antworten sollte. Sich privat mit einem Geschäftspartner zu verabreden erschien ihm nicht klug. Wenn sie ihr zufällig begegneten, war das etwas anderes.

»Besser nicht«, sagte er.

Sofia setzte eine trotzige Miene auf. »Warum nicht?«

»Ich stecke mitten in geschäftlichen Verhandlungen mit ihr, daher sollten wir uns besser nicht mit ihr anfreunden.«

»Warum nicht?«

»Wenn aus dem Geschäft nichts wird … Ach, mach dir keine Gedanken darüber. Das ist mein Job«, sagte Mads.

»Okay, Papa.« Sie ging zum Flurtisch, auf dem ein Bild von Gill stand. Sofia küsste sich auf die Finger und legte sie dann auf Gills Gesicht. »Tschüss, Mama.«

Mads legte Sofia die Hand auf den Rücken und hielt ihr die Tür auf. Wenig später fuhren sie mit dem Fahrstuhl hinunter in die Lobby des hübschen Gebäudes an der Upper East Side von Manhattan. Es war bereits dunkel, und draußen fiel Schnee. Die Weihnachtsmusik wurde beinahe von dem Stimmengewirr in der Lobby übertönt. Sofia ergriff Mads' Hand, als sie den Aufzug verließen.

Er schaute sich um und redete sich ein, dass er nicht Ausschau nach Iona hielt, aber er verspürte dennoch einen Stich der Enttäuschung, als er sie nicht entdeckte. Auf dem Weg zur Party sang Sofia zu der Musik, die im Autoradio lief. Als Michael Bublés Version von »Santa Claus Is Coming to Town« lief, verstummte Sofia jedoch abrupt.

Mads nahm sich vor, dieser Weihnachtsmannphobie auf den Grund zu gehen. Bloß, wie sollte er das anstellen?

Er fing an zu singen. Seine Stimme klang eingerostet, weil er schon lange nicht mehr gesungen hatte, aber Gill hatte Weihnachtslieder geliebt.

Sofia schaute ihn an. »Magst du das Lied?«

»Ja. Mommy mochte es auch sehr gern, weißt du das noch?«

Sofia legte den Kopf schräg. »Sie hat gern gesungen.«

»Vor allem mit dir«, meinte Mads. Das war eine Sache, die die Krankheit Gill nicht hatte nehmen können. Als die zweite Strophe begann, sang er wieder mit, und Sofia schloss sich ihm an. Sie sagte zwar nichts, als das Lied zu Ende war, aber Mads hatte das Gefühl, dass er das Richtige getan hatte.

Gleich darauf erreichten sie das Gebäude, in dem die Party stattfinden sollte, und als er ausstieg, sah er Iona, die sich am Eingang mit dem Mann vom Sicherheitsdienst unterhielt.

Ihr rotes Haar fiel ihr offen über die Schultern. Sie trug einen hellbraunen Mantel. Als sie ihn entdeckte, lächelte sie.

»Hallo, Familie Eriksson«, rief sie. »Was führt euch hierher?«

»Wir sind wegen der Erleuchtung des Weihnachtsbaumes hier«, antwortete Sofia.

»Einer meiner ehemaligen Studienkollegen hat sein Büro hier und hat uns heute Abend zu einer Party eingeladen.«

»Wer?«, erkundigte Iona sich.

»Jeff Miller«, antwortete Mads.

»Auf die Party gehe ich auch. Seine Frau Blair und ich waren auf derselben Schule. Wir kennen uns seit Ewigkeiten«, erklärte Iona. Der Sicherheitsmann hatte Ionas Namen inzwischen auf seiner Liste gefunden und winkte sie durch. Sie betrat die Lobby, wartete aber dort auf Mads und Sofia.

Gleich danach wurden auch sie von dem Wachmann durchgelassen. Gemeinsam gingen sie zum Aufzug.

»Ich liebe die Zeremonie und den Moment, wenn die Lichter am Baum aufleuchten. Vor zwei Jahren war ich mit meinen Freundinnen Hayley und Cici hier. Wir haben draußen in der Kälte gestanden; auf dem Platz herrschte dichtes

Gedränge. Im letzten Jahr habe ich es ausfallen lassen, aber Blairs Party klang nach Spaß.«

Mads wurde bewusst, dass er Iona anstarrte, weil ihm gerade erst auffiel, wie hübsch sie war. Zuvor war er ganz aufs Geschäft konzentriert gewesen, auf die Arbeit, und das war sein Glück gewesen. Nun aber, da er im Aufzug nichts anderes zu tun hatte, als sie anzuschauen, konnte er den Blick nicht von ihr abwenden. Ihre Haut schien irgendwie zu leuchten. Es war fast so, als würde der Zauber der Jahreszeit sie wie eine Aura umhüllen.

»Wir waren bisher noch nie beim Einschalten der Lichter dabei, aber Sofia mag Weihnachtsbäume.«

»Ach ja?«, fragte Iona und betrachtete seine Tochter aufmerksam.

Mads musterte sie und versuchte den Hauch von Traurigkeit zu entdecken, den er bei ihrem letzten Treffen an Iona wahrgenommen hatte, aber er konnte keine Spur mehr davon finden. Er sah bloß eine lächelnde Frau, die die Weihnachtszeit sichtlich genoss.

»Ja. Ich habe eine Sammlung von kleinen Weihnachtsbäumen, die Papa mir aus der ganzen Welt mitgebracht hat. Manche sind aus Glas und manche aus Porzellan«, erklärte Sofia.

»Das ist aber schön. Welcher ist dein Lieblingsbaum?«, fragte Iona.

»Ich glaub, der aus Spanien. Weißt du noch, Papa?«

»Der Porzellanbaum von Lladró, der Mommy gehört hat, oder?« Er hatte ihn vor Sofias Geburt für Gill gekauft.

Vor dem Baum stand ein Paar, das Geschenke austauschte. Damit hatte Sofias Sammlung begonnen.

»Ja, der ist so hübsch, Iona«, meinte Sofia. »Du kannst ja mal vorbeikommen und ihn dir ansehen.«

»Gerne. Weihnachten ist meine liebste Jahreszeit«, erwiderte sie.

»Wieso?«, hakte Mads nach.

»Mir gefällt, dass alles bunt geschmückt ist. Und die Lichter überall sind wunderschön. Die Leute scheinen auch mehr zu lächeln. Aber am meisten mag ich, dass sich in dieser Zeit das Leben ein wenig entschleunigt«, erklärte Iona. »Als ich in deinem Alter war, Sofia, war es die Zeit, in der meine ganze Familie zusammenkam. Mein Vater musste nicht verreisen, und wir verbrachten viel Zeit miteinander.«

Sofia schaute ihren Vater an. »Wie bei uns.«

»Genau wie bei uns«, stimmte Mads zu. Sosehr er sich wünschte, dass die Feiertage endlich vorüber wären, war er sich doch bewusst, dass Sofia erst sechs Jahre alt war, und er wollte, dass sie schöne Erinnerungen mit Weihnachten verknüpfte.

»Das höre ich gern«, sagte Iona.

Mads ergriff Sofias Hand, als sie den Aufzug verließen, und da sie sich in einem Bürogebäude befanden, betraten sie einen offenen Bereich. Musik und Stimmengewirr schallten ihnen entgegen, und vor den Fenstern, die den Rockefeller Plaza überblickten, hatten sich schon mehrere Gäste versammelt.

Jeff kam auf sie zu.

»Mads, wie schön, dich zu sehen«, rief er.

Sie schüttelten sich die Hände, dann nahm Jeff Sofia hoch und umarmte sie. »Wie geht es meinem Lieblingsmädchen?«

»Gut«, antwortete Sofia. »Ich habe heute Plätzchen verziert.«

»Ach ja? Meine Mom hat immer gesagt, dass man die kaputten essen darf«, meinte Jeff.

»Also ich habe die Verzierung gegessen«, erwiderte Sofia kichernd.

Jeff setzte sie ab und wandte sich Iona zu. »Hallo, Io. Ich wusste gar nicht, dass du und Mads euch kennt.«

»Hallo. Die Loughman Group ist an einer Kooperation mit dem Candied Apple Café interessiert.«

»Oh, klingt interessant. Dein Dad wäre beeindruckt«, meinte Jeff, während er ihnen voraus zu den anderen Gästen ging.

»Das hoffe ich«, sagte Iona.

»Natürlich wäre er das«, meldete Mads sich zu Wort. »Das Candied Apple Café ist eines der besten Cafés der Stadt.«

»Danke«, erwiderte sie lächelnd, und dann gesellte sich Blair zu ihnen, und die beiden Frauen fingen ein Gespräch an.

Blair zog Iona mit sich zur Seite, und Mads schaute den beiden nach. Seine Beziehung mit Iona war rein geschäftlicher Natur, doch sie strahlte etwas aus, das es ihm schwer machte, sich auf das Berufliche zu konzentrieren.

4. Kapitel

Iona und Blair hatten sich in der zweiten Klasse kennengelernt, beide hatten darum gewetteifert, Klassenbeste zu werden. Sie waren beide Spitzenschülerinnen mit starkem Charakter gewesen, die ihr Potenzial auszuschöpfen gewusst hatten. Ihren Vater hatte Iona jedoch nicht beeindrucken können, was sie nur noch mehr zu Höchstleistungen anspornte.

Blair und Jeff waren nun seit achtzehn Monaten verheiratet, und ihre Freundin schien glücklich zu sein. Sie hatte ihre Arbeitszeit bei dem Magazin, bei dem sie als Redakteurin angestellt war, reduziert und Iona im Vertrauen erzählt, dass sie und Jeff sich Kinder wünschten.

»Gibt es einen Grund dafür, warum wir hier in der Ecke stehen?«, fragte Iona. »Bist du schwanger?«

»Was? Nein. Also zumindest glaube ich das nicht. Sicher weiß ich das erst in ein paar Tagen«, antwortete Blair. »Ich wollte dich über Mads ausquetschen. Bist du mit ihm zusammen?«

»Nein. Wir sind nur zur selben Zeit hier eingetroffen.«

»Aha«, meinte Blair.

»Er ist aber schon attraktiv«, gab Iona zu. Das konnte man nicht leugnen. Das dunkelblaue Hemd betonte die Farbe seiner Augen, und ihr Blick schweifte wie von selbst immer wieder zu ihm. Es juckte sie in den Fingern, durch sein dichtes schwarzes Haar zu streichen, was sie natürlich niemals tun würde.

Mads und Sofia schleppten ziemlich viel Ballast mit sich herum, und sie selbst hatte viel zu tun. Das Candied Apple Café ließ ihr kaum Zeit für ein Privatleben. Und die wenigen Male, die sie sich auf einen Mann eingelassen hatte, war sie kläglich gescheitert.

»Oh ja, attraktiv ist er. Aber auch kompliziert, Io«, warnte Blair. »Seine Frau ist im vergangenen Jahr gestorben, kurz nach Weihnachten.«

»Ich weiß«, entgegnete Iona. Selbst wenn er ihr nicht vom Verlust seiner Frau erzählt hätte, strahlte er eine Melancholie aus, die verriet, dass er eine Tragödie zu bewältigen hatte. Er unterhielt sich, doch ihr fiel auf, dass er Sofia, die mit den anderen Kindern spielte, dabei nicht eine Sekunde aus den Augen ließ.

»Ich will bloß nicht dabei zusehen müssen, wie du wieder stumm leidest«, erklärte Blair. »Diese ganze Partnervermittlungssache war schon schlimm genug. Wie steht's eigentlich zwischen dir und Theo?«

Iona nahm einen Schluck von ihrem Chocolatini, ehe sie antwortete. »Gut. Immer noch komisch, aber gut. Nico ist wirklich der ideale Partner für Theo. Wir hatten zwar im Sommer sehr viel Spaß miteinander, aber ehrlich gestanden, war ich nicht verliebt in ihn. Der Funke ist einfach nicht übergesprungen. Ich habe sowieso nur wegen meiner Mutter diese Partnervermittlungsagentur kontaktiert.«

»Und weil dein Dad gestorben ist«, stellte Blair fest.

Iona zuckte mit den Schultern. »Kann sein. Aber eigentlich lag es hauptsächlich daran, dass plötzlich alle um mich herum heirateten und Familien gründeten. Und da ich nicht genug Zeit habe, um auszugehen und mir einen Mann zu angeln, dachte ich, die Partnervermittlung sei eine gute Methode, um die Suche abzukürzen.«

»Kann ich verstehen. Wäre Jeff nicht so hartnäckig gewesen, wären wir vermutlich auch noch nicht verheiratet«, gestand Blair und lachte.

Jeff hatte sich auf den ersten Blick bis über beide Ohren in ihre Freundin verliebt und nie aufgegeben, obwohl sich Blair erst nach zwei Jahren auf ein Date mit ihm eingelassen hatte.

Jeff winkte Blair zu sich, und Iona wollte sich einem anderen Gästegrüppchen anschließen, doch da bemerkte sie, dass Sofia ganz allein auf dem Boden saß. Direkt gegenüber der deckenhohen Fenster, die den Blick auf die Plaza und den riesigen Baum freigaben, dessen Lichter bald erstrahlen sollten.

Sie stellte ihr Martiniglas auf das Tablett eines Kellners und ging zu dem kleinen Mädchen hinüber.

»Darf ich dir Gesellschaft leisten?«, fragte sie.

»Klar«, antwortete Sofia.

»Erzählst du mir noch ein bisschen mehr über deine Baumsammlung?«, bat Iona, nachdem sie es sich bequem gemacht hatte.

»Sie ist nicht groß, bisher habe ich nur sechs Bäume. Einen für jedes Weihnachtsfest. Als ich zwei war, ist Mommy krank geworden, und wir konnten keinen echten Baum haben.«

Iona hatte ihre Nase nicht in Mads' Privatleben stecken wollen, und nun erzählte Sofia ihr Dinge, von denen er vielleicht nicht wollte, dass sie sie erfuhr. »Mein Bruder hat eine Tierhaarallergie, daher konnten wir in meiner Kindheit nie Tiere haben. Meine Mutter hat mir deshalb einen großen pinken Stoffhund geschenkt, den ich auf den Namen Fluffy getauft habe.«

»Papa sagt, dass wir zu wenig Zeit für einen Hund haben«, erklärte Sofia, und wieder klang sie zu reif für ihr Alter.

In dem Moment ertönte »Must Be Santa« von Bob Dylan, und Iona, deren Mutter Dylan mochte, fing an mitzusingen. Das brachte Sofia zum Lachen. Die Musik ging ins Ohr, und der Text war einfach, daher sangen sie bald beide mit. Es war ein alberner Song mit einem schönen Instrumentalteil in der Mitte, der gute Laune machte.

Das gefiel Iona am besten an den Feiertagen; ein fröhlicher Song konnte im Nu die Stimmung heben. Auch bei Sofia hatte es gewirkt, wie ihr Lächeln bewies. Unvermittelt schloss sich ihnen eine Tenorstimme an, und als Iona aufschaute, sah sie, wie Mads sich auf der anderen Seite von Sofia auf den Boden setzte. Sofia hörte auf zu singen und musterte ihren Vater eindringlich. Iona sang weiter und zwinkerte Mads zu, der daraufhin nickte. Sofia schmiegte sich an ihren Vater und klatschte im Takt mit.

»Das ist ein lustiges Lied«, sagte sie, als die Musik verklang.

»Ja.«

Iona war für diese Familie eine Fremde. Bestenfalls Geschäftspartnerin, und sie wusste, dass sie aufstehen und gehen sollte, jetzt, da das Mädchen ihren Vater zur Gesellschaft hatte.

Und das am besten sofort.

Sie konnte sich jedoch nicht dazu überwinden. Es war fast so, als würde irgendetwas sie zum Bleiben zwingen.

Nach einer Weile standen sie auf und stürzten sich gemeinsam ins Getümmel. Iona plauderte mit den Menschen, die Mads ihr vorstellte, und verteilte auch ein paar Visitenkarten vom Candied Apple Café, die sie mitgenommen hatte. Aber sie war nicht in der Stimmung, an diesem Abend ans Geschäft zu denken. Ihre Gedanken kreisten um das kleine Mädchen, das gesungen hatte, bis sich sein Vater zu ihm setzte. Mads kümmerte sich hingebungsvoll um Sofia, und er hatte schließlich mitgesungen, daher bezweifelte sie, dass Sofia eine Strafe zu befürchten gehabt hätte, wenn sie weiter gesungen hätte. Und das bedeutete, dass etwas anderes dahinterstecken musste.

Etwas, das dich nichts angeht, ermahnte sie sich.

Blair hatte ihr bestätigt, dass Mads ein komplizierter Mensch war. Iona wusste das auch selbst, und dennoch zog er sie in seinen Bann. Sie wollte ihm helfen. Ihn … besser kennenlernen.

»Gleich beginnt die Zeremonie«, verkündete Jeff. »Sofia,

komm doch rüber zu den anderen Kindern, damit du besser sehen kannst, wie die Lichter aufleuchten.«

Die Kleine lief zu Jeff, der ihre Hand ergriff und sie zu den anderen Kindern vor den Fenstern führte. Iona hätte sich auch den anderen angeschlossen, aber Mads schien noch nicht so weit zu sein, daher blieb sie bei ihm.

»Warum, glauben Sie, hat Sofia vorhin mit dem Singen aufgehört, als ich dazukam?«, fragte er unvermittelt.

»Vielleicht wollte sie nur Ihre Stimme hören«, meinte Iona. »Sie hat Sie beobachtet.«

»Ich weiß. Sie ist so … Ich weiß nicht, was ich an den Feiertagen machen soll. Gill hat früher immer zusammen mit Sofia gesungen, und ich wollte nie dabei stören. Das war ihr Ding. Ich will aber nicht, dass Sofia traurig ist. Musik bereitet ihr keinen Kummer, gewöhnlich heitert sie Sofia auf.«

»Tut mir leid. Ich weiß nicht, was ich Ihnen raten soll«, sagte Iona bedauernd. »Meine Beziehung zu meinem Vater war auch ziemlich kompliziert. Aber ich denke, Sie und Sofia werden schon einen Weg finden.«

»Das hoffe ich. Danke, dass Sie so offen zu mir sind. Es ist hilfreich, die Sicht eines Außenstehenden zu hören. Ich selbst konzentriere mich zu sehr auf Sofia, weil ich hoffe, es gelingt mir irgendwie, dass der Tod ihrer Mutter ihre Kindheit nicht überschattet.«

Iona hatte das Gefühl, dass sie sich entscheiden musste, ob sie mit Mads mehr als nur eine Geschäftsbeziehung eingehen wollte. Jetzt hatte sie die Wahl: Sie konnte das Gespräch an dieser Stelle abbrechen und gehen oder bleiben, Fragen stellen und versuchen, den beiden zu helfen.

»Wann ist ihre Mutter gestorben?«, fragte sie sanft. Es lag schlicht in ihrer Natur, anderen helfen zu wollen.

»Am 27. Dezember«, antwortete er tonlos. Seine Stimme klang kalt, und seine Augen schimmerten eisblau.

Iona legte ihm tröstend die Arme um die Schultern. Steif verharrte er in ihrer Umarmung. »Das tut mir leid.«

»Mir auch«, sagte er nur und drückte sie kurz an sich, um sich sogleich wieder von ihr zu lösen.

Ihre Blicke trafen sich und verschmolzen miteinander. Er legte den Kopf zur Seite, und sie wartete stumm darauf, dass er etwas sagte. Gewöhnlich hielt sie Schweigen nicht lange aus und preschte voran, aber mit Mads war nichts wie sonst. Er wickelte sich eine ihrer Haarsträhnen um den Finger und beugte sich unvermittelt vor. Federleicht streiften seine Lippen über ihre Wange, so flüchtig, dass Iona glaubte, sie hätte sich das alles nur eingebildet. Wäre da nicht der wohlige Schauer gewesen, der ihr über den Rücken rieselte.

»Papa!«

Rasch zog er sich zurück und drehte sich zu Sofia um, die atemlos vor ihnen stand.

»Jetzt komm schon, Papa, du verpasst ja alles!«

Er wandte sich ab, und Iona schaute ihm nach, als er sich von seiner Tochter fortziehen ließ.

Je weiter der Abend voranschritt, desto schwerer fiel es Mads, den Blick von Iona zu nehmen. Ihm war klar, er hätte sie nicht liebkosen sollen. Es war auch keine bewusste Entscheidung gewesen. Sein Verstand hatte plötzlich völlig ausgesetzt, und er hatte aus einem Impuls heraus gehandelt, ganz spontan. Es war das erste Mal nach dem Tod von Gill, dass ihm eine Frau aufgefallen war. Aber Iona war eine Frau, die sich nicht so leicht ignorieren ließ. Und das war auch den meisten anderen Männern im Raum nicht entgangen.

Man kam schnell mit ihr ins Gespräch und konnte sich ganz zwanglos mit ihr unterhalten, und sie lachte oft und gern. Nach dem Einschalten der Weihnachtsbaumlichter war sie zu ihm und Sofia gekommen und hatte mit ihnen für ein Foto posiert.

»Das kannst du deiner Baumsammlung hinzufügen, Sofia.«

»Oh, danke. Ich habe gehört, es gibt Plätzchen. Darf ich, Papa?«

»Geh schon und hole dir eins.« Er wuschelte ihr durch die Haare, und sie flitzte zum Buffet, wo auch Teller mit riesigen Cookies bereitstanden. Er sah zu, wie seine Tochter das Angebot ausgiebig betrachtete, ehe sie ihre Wahl traf.

»Der Abend ist wirklich schön, aber ich habe morgen ganz früh einen Termin, daher muss ich mich bald verabschieden«, sagte Iona.

»Kein Problem. Sofia mag Sie übrigens. Sie haben sie zum Lachen gebracht, und das ist gut, denn sie hat in letzter Zeit kaum gelacht«, meinte er. Er wollte jedoch nicht über seine Tochter reden. Viel lieber wollte er mehr über Iona erfahren.

»Ich habe von Jeff schon viel über Ihren Vater gehört. Er hat erzählt, dass er der Anlass dafür war, dass Sie Ihr eigenes Unternehmen gegründet haben.«

Iona errötete und schüttelte den Kopf. »Sie haben sich nach mir erkundigt?«

»Na ja, Jeff hat von sich aus angefangen, von Ihnen zu sprechen«, wehrte Mads ab.

»Schon gut. Jeff hat beruflich mit Summerlin Industries zu tun und kannte meinen Vater sehr gut.«

»Das erklärt, warum er das Thema zur Sprache gebracht hat. Offenbar hatten Sie es nicht immer leicht mit Ihrem Vater«, meinte Mads. Er wollte Iona nicht bedrängen, aber er hatte ihr schon mehr aus seinem Privatleben erzählt, als er beabsichtigt hatte.

»Ja, das stimmt schon. Er war ziemlich streng mit mir und hat mich nie gelobt, obwohl ich mir seine Anerkennung manchmal gewünscht hätte.«

Mads legte Iona eine Hand auf die Schulter, um sie zu trösten, und genoss es ein bisschen zu sehr, sie zu berühren. »Es ist ganz natürlich, dass Sie sich Lob von Ihrem Vater wünschen.«

Sie legte den Kopf zur Seite. »Stimmt. Aber er ist leider verstorben, daher sollte ich wohl endlich damit abschließen.«

»Wenn es nur so einfach wäre.«

»Tut mir leid, ich habe vergessen, dass Sie …«

»Nein, nicht. Verharmlosen Sie Ihre Gefühle nicht«, erwiderte er. So oft hatten sich seine Freunde im letzten Jahr zurückgenommen, aus Furcht, dass sie etwas hätten sagen können, das seine Trauer verstärkte.

»Im Vergleich zu dem, was Sie verloren haben, sind meine Probleme banal«, sagte Iona.

Auch das hatte Mads schon öfter gehört. Viele seiner Freunde hatten ihn jedoch weder angerufen noch besucht, nachdem Gill krank geworden war, und nach ihrem Tod waren es nur noch wenige gewesen, die sich ein Herz gefasst und ihn besucht hatten. Es war so, als wüssten die Menschen nicht, wie sie sich in seiner Gegenwart verhalten sollten.

»Schön, dass Sie Ihre Trauer überwunden haben«, sagte er. »Niemand sollte das erleben müssen, was ich durchmache. Und ich verurteile Sie bestimmt nicht, weil Sie sich amüsieren und nicht mehr trauern. Mir hingegen fällt es leider immer noch ziemlich schwer, zu akzeptieren, dass das Leben weitergeht.«

»Was meinen Sie damit?«, fragte Iona.

»Dass die Welt sich nicht aufhört zu drehen, weil Gill sie verlassen hat. Sofia muss immer noch zur Schule gehen. Ich habe Geschäftstermine, auf die ich mich konzentrieren muss. Gill ist fort, aber alles andere läuft so weiter wie bisher. Anfangs war ich wie gelähmt und wünschte mir, dass auch ich einfach so gehen könnte«, erklärte Mads. Er wollte lieber nicht genauer darüber nachdenken, warum er Iona so viel Persönliches anvertraute. Es tat jedoch gut, mit jemandem darüber zu reden, der Gill und ihn nicht von früher kannte. Er hatte das Gefühl, dass er seine Worte bei Iona nicht auf die Goldwaage legen musste, um seine Ehe und seine verstorbene Frau zu schützen. »Sofia ist der einzige Grund, warum ich jeden Tag aufstehe.«

Mitfühlend drückte sie ihm den Arm. »Sie ist ein ausgezeichneter Grund, um durchzuhalten. Für mich ist dieser Grund das Candied Apple Café, und meine Geschäftspartnerinnen stehen mir immer mit Rat und Tat zur Seite.«

Sie lächelte, als sie ihre Freundinnen erwähnte, und er beneidete sie um diese enge Freundschaft. Ja, er hatte Sofia, aber sonst ... Von seinem Bruder hatte er sich im Verlauf der Jahre immer mehr entfremdet, und Freunde waren seit Gills Erkrankung und schließlich Tod rar geworden.

Ionas Uhr piepste, und sie warf einen Blick darauf. »Ich muss los. Ich habe das Gespräch mit Ihnen sehr genossen.«

»Ich mit Ihnen auch«, erwiderte er. »Ich denke, wir werden auch gehen. Wir können Sie gern mitnehmen, wenn Sie möchten?«

»Danke, gern«, antwortete sie.

Sie wartete, bis er Sofia geholt hatte, und gemeinsam verabschiedeten sie sich. Jeff und Blair gaben Sofia noch eine Geschenketasche mit, und Mads glaubte, Sorge in den Augen seines Freundes zu erkennen.

Eine Woge von Schuldgefühlen durchflutete ihn bei dem Gedanken, dass er anfing, Gill zu vergessen. Er hätte nicht gedacht, dass er noch einmal Gefühle für eine Frau entwickeln könnte, aber er mochte Iona. Immer wieder dachte er an den flüchtigen Kuss und sehnte sich insgeheim nach mehr.

Ja, er mochte Iona wirklich. Womöglich sogar viel zu sehr.

Am darauffolgenden Sonntag gönnte sich Iona einen faulen Tag und stand spät auf. Sie schmückte den Weihnachtsbaum – genau genommen brachte sie nur eine Lichterkette an – und machte es sich danach in Jogginghose und Schlabbershirt auf dem Sofa gemütlich, schaute Weihnachtsfilme und dachte an Mads. Sein flüchtiger Kuss ging ihr nicht aus dem Kopf. Diese kurze, intime Berührung verwirrte sie nachhaltig und hatte in ihr eine Sehnsucht geweckt, die sie seit Jahren mehr oder weniger erfolgreich zu verdrängen versucht hatte. Himmel, sie wäre sogar bereit gewesen, eine lieblose Ehe mit Nico einzugehen, bevor sie beide begriffen hatten, warum zwischen ihnen keine Funken sprühten.

Gegen sechs Uhr abends kam sie sich wie ein Faultier vor. Daher zwang sie sich, zu duschen und sich anzuziehen. Danach schrieb sie Cici und Hayley eine Nachricht und fragte, ob sie Lust auf ein gemeinsames Abendessen hätten.

Cici antwortete beinahe sofort.

CICI: Kann leider nicht. Holly, Hoop und ich sind auf dem Rückweg von den Hamptons.

Kurz darauf trudelte auch Hayleys Antwort ein.

HAYLEY: Oje, ich wünschte, ich könnte, aber ich muss morgen superfrüh ins Café, damit unsere Spezialpralinenbox noch fertig wird. Und ihr beide kommt bitte auch früh zur Arbeit.

Iona schickte ein paar Smileys zurück, da »Buhu, warum wollen meine Freundinnen nicht mit mir spielen?« wenig erwachsen geklungen hätte. Sie konnte sich auch etwas vom Pizzadienst bestellen. Andererseits hatte sie den ganzen Tag das Haus noch nicht verlassen.

Sie beschloss, zu Korali Estiatorio in der Third Avenue zu gehen und sich ein Stück Spanakopita zu gönnen. Im selben Moment, als sie die Tür öffnen wollte, klopfte es, und als sie aufmachte, stand Sofia vor ihr.

»Hallo«, rief Iona überrascht. »Was machst du denn hier?«

»Ich wollte dir ein Geschenk bringen«, sagte Sofia und hielt ihr eine kleine Schachtel mit aufgedrucktem Common-Logo entgegen.

»Danke«, meinte Iona und nahm sie ihr ab. Beim Blick in den Flur entdeckte sie die junge Frau, die sie bei Mads' Besuch im Café schon mit Sofia gesehen hatte.

»Hallo, ich bin Iona«, stellte sie sich vor.

»Hallo, ich bin Jessie, das Kindermädchen von dem kleinen Spatz hier.«

»Ich war gerade auf dem Sprung«, sagte Iona. Am vergangenen Abend hatte sie beschlossen, sich besser von Sofia und ihrem viel zu charmanten Vater fernzuhalten. Sie hatte große Ziele, die sie nur erreichen konnte, wenn sie sich voll und ganz darauf konzentrierte. Auch das hatte ihr Vater sie gelehrt.

»Das ist kein Problem, wir können auch nicht lange bleiben«, sagte Jessie. »Sofia wollte Ihnen nur schnell das Geschenk vorbeibringen.«

»Soll ich es gleich aufmachen?«

Sofia nickte, einen erwartungsvollen Blick im Gesicht. Und Iona fiel es schwer, die nötige Distanz zu wahren. Sie mochte Sofia. Sie glaubte sogar, ein wenig von sich selbst in dem einsamen kleinen Mädchen zu entdecken. Wenigstens hatte sie in ihrer Kindheit Theo gehabt. Allerdings war er auch das von allen geliebte Goldkind gewesen, weshalb sie sich immer auch ein wenig zurückgesetzt gefühlt hatte.

Sie bückte sich, damit sie auf Augenhöhe mit Sofia war, als sie die Schachtel öffnete. Darinnen lag ein Plätzchen in Menschenform mit ihrer Haar- und Augenfarbe. Unwillkürlich musste sie lächeln.

»Danke, Süße. Das ist ein tolles Geschenk. Wunderschön.«

»Gern geschehen.«

»Gut, Spatz, lass uns gehen. Wir haben den strikten Befehl, sofort zurückzukommen«, sagte Jessie.

Von Mads.

Vermutlich war auch er der Ansicht, dass eine Freundschaft zwischen ihr und seiner Tochter keine gute Idee war. Aber offenbar suchte Sofia ihre Nähe. Iona fasste den Entschluss, das Geschäftliche mit Mads so bald wie möglich zu klären.

»Dann solltet ihr besser nach Hause gehen«, sagte sie.

»Das ist nur, weil er wieder ins Hotel muss«, erklärte Sofia.

Iona erinnerte sich an den Anruf, den er beim Brunch getätigt hatte, und konnte sich gut vorstellen, dass die Geschäftsführung einer Hotelkette ihn zeitlich ziemlich stark einspannte. Und trotzdem schien er sich auch immer genügend Zeit für Sofia zu nehmen.

»Vielleicht laufen wir uns ja bald mal wieder über den Weg«, meinte Iona. Sie trat in den Flur und schloss die Wohnungstür hinter sich ab.

»Ganz bestimmt«, sagte Sofia. »Tschüss.«

Jessie und Sofia liefen den Flur in der entgegengesetzten Richtung hinunter, weg von den Aufzügen. Am liebsten hätte sich Iona umgedreht und ihnen nachgeschaut, in der Hoffnung, einen Blick auf Mads zu erhaschen, doch sie zwang sich, weiterzugehen.

Die Augen immer aufs Ziel richten.

Die Stimme ihres Vaters hallte durch ihre Gedanken. Er war gut darin gewesen, ihr »wohlgemeinte«, ungebetene Ratschläge zu erteilen, wie sie sich selbst verbessern konnte. Sie hatte länger und härter als jeder andere im Marketingteam bei Summerlin Industries gearbeitet, und doch hatte er ihre Leistung und ihre Bemühungen nie gewürdigt. Stattdessen hatte er ihr ständig unter die Nase gerieben, wie gut Theo sich als Geschäftsführer machte. Er hatte sogar behauptet, dass sie nur so viele Überstunden anhäufte, weil sie davor zurückscheute, sich einen Mann zu suchen und eine Beziehung einzugehen.

Iona blieb in der Lobby stehen.

Ihr war gar nicht bewusst gewesen, wie wütend sie selbst nach all dieser Zeit noch auf ihren Vater war. Er war bereits vor zwei Jahren verstorben. Sie vermisste ihn, und ein Teil von ihr wollte immer noch, dass er ihre Erfolge sah und sich mit ihr freute. Aber hätte sie den Mut gehabt, bei Summerlin Industries zu kündigen, wenn er noch am Leben gewesen wäre?

Sie verließ das Gebäude und atmete die kühle Luft ein. Den Kopf in den Nacken gelegt, betrachtete sie den wolkenlosen Abendhimmel. Er war so klar, dass man auf dem Land sicher die Sterne sehen konnte; im Lichtermeer der Stadt ging ihr Strahlen jedoch unter.

Hinter ihr öffnete sich die Tür, und sie machte einen Schritt zur Seite, um der Person, die aus dem Gebäude kam, nicht im Weg zu stehen. Als sie einen Blick über die Schulter warf, sah sie in die blaugrauen Augen von Mads.

»Iona.«

»Mads.«

»Kommen Sie gerade?«

»Nein«, gab sie zurück. »Ich will mir etwas zum Essen besorgen. Sofia hat erwähnt, dass Sie noch mal ins Hotel müssen.«

»Ja. Wir haben einen Rohrbruch. Wie es scheint, ist das Problem doch größer als gedacht, und ich muss einen Langzeitgast beschwichtigen.«

»Viel Glück. Wenn Sie wollen, kann ich morgen früh Ihren Gästen als kleine Entschädigung für die Unannehmlichkeiten einen Präsentkorb vom Candied Apple Café rüberschicken lassen«, schlug sie vor. Das wäre eine gute Möglichkeit, die Werbetrommel fürs Café zu rühren.

»Das wäre wirklich nett. Danke.«

»Kein Problem. Geben Sie mir einfach Bescheid, wie viele Körbe Sie benötigen und wie die betroffenen Gäste heißen.«

»Das mache ich, danke«, sagte er. Sie nickte und wollte gehen, doch er hielt sie am Arm fest.

Erstaunt drehte sie sich zu ihm um. Ihre Blicke verfingen sich, und er trat ganz nah an sie heran.

»Ich habe mir immer wieder gesagt, dass es eine dumme Idee ist, dennoch frage ich mich ständig, wie es wohl wäre, dich richtig zu küssen«, sagte er.

Sie beugte sich vor, nur ein ganz klein wenig, und ihre Lippen fanden einander. Ein Kribbeln überlief sie vom Hals bis zu den Zehenspitzen. Fest und doch sanft legte er seine Lippen auf ihre. Sie spürte die Wärme seines Atems, als Mads ihre Lippen teilte und seine Zunge über ihre strich. Halt suchend umklammerte sie seine Jackenaufschläge. Schließlich öffnete sie die Augen und schob ihn ein Stückchen weg.

Er fuhr sich mit einem Finger über den Mund und nickte. »Auf Wiedersehen.«

Völlig perplex sah sie ihm nach, und Blairs Bemerkung auf der Party schoss ihr durch den Kopf. Iona hatte angenommen, dass sie wusste, was ihre Freundin mit »kompliziert« meinte, aber offenbar hatte sie sich getäuscht.

5. Kapitel

»Iona?«

Iona schreckte aus ihren Gedanken auf, zwang sich zu einem Lächeln und schaute zu Cici. Gerade eben hatte sie die Präsentkörbe für die Gäste des Common, die ihre Zimmer hatten räumen müssen, per Kurier auf den Weg gebracht. »Entschuldige, was hast du gesagt?«

Cici wirkte an diesem Montagmorgen müde, was mit einem Baby nicht überraschend war, aber auch auf gewisse Weise strahlend. Von innen heraus. Und sie sah glücklich aus. Glücklicher, als Iona sie je erlebt hatte.

»Ich habe dich gerade für Freitagabend zu einer Dinnerparty eingeladen.«

»Ist das denn nicht noch zu anstrengend für dich?«

»Nein, Hoops Freund Alfonso will für uns kochen. Das ist sein Hochzeitsgeschenk für uns, und er hat gesagt, dass wir gern unsere engsten Freunde einladen dürfen. Und du gehörst natürlich dazu.«

»Wenn das so ist, komme ich gern.«

Cici errötete und nagte an ihrer Unterlippe. Dann räusperte sie sich und seufzte tief auf. »Also, damit Alfonso planen kann, müsste ich noch wissen, ob du allein kommst oder jemanden mitbringst.«

Und genau aus diesem Grund hatte Iona gehofft, dass die Partnervermittlung ein Erfolg werden würde. In ihrem Bekanntenkreis gab es nur Paare. Früher war sie immer gemeinsam mit Theo zu solchen Einladungen gegangen, aber er hatte ja inzwischen auch einen Partner. »Notiere mal zwei Personen bei mir. Ich denke, ich werde schon noch eine Begleitung finden.«

»Gut, aber es ist auch in Ordnung, wenn du allein kommst. Wir werden wirklich nur unter uns sein. Übrigens, Xavier kommt auch. Erinnerst du dich noch an ihn? Er ist ebenfalls Single«, sagte Cici.

Iona nickte. Natürlich erinnerte sie sich an Xavier. Er war Polizist und arbeitete mit Hayleys Verlobtem Garrett auf demselben Revier. Allerdings trauerte Xavier auch immer noch seiner Ex-Frau nach, von der er sich vor einem Jahr getrennt hatte. Jedem, der sich nur zehn Minuten mit ihm unterhielt, war das klar. »Du solltest seine Ex-Frau auch einladen. Er liebt sie immer noch.«

»Wirklich?«

»Ja. Bei dem Picknick, das Garrett und Hayley am Labour-Day-Wochenende veranstaltet haben, hat er nur über sie geredet.«

»Interessant. Ich glaube, er hat zwei Kinder. Vielleicht sollten wir ein Familiendinner machen«, überlegte Cici laut. »Aber dann bräuchten wir trotzdem noch jemanden für dich.«

»Ich habe doch gesagt, dass ich jemanden mitbringe«, erwiderte Iona nachdrücklich. »Und das werde ich auch.«

»Na schön.« Cici streckte sich über den schmalen Tisch und legte ihre Hand auf Ionas. »Ich hätte dir so sehr gewünscht, dass du und Nico ein Paar werdet.«

»Ich mir auch«, sagte sie. Cici und Hoop waren bei ihrem ersten Date mit dem griechischen Millionär dabei gewesen.

»Hey, habt ihr zwei etwa ohne mich Spaß?« Hayley kam aus der Küche in den Ladenbereich. Sie trug Leggings und einen dicken langen Pulli.

»Ich dachte, du stehst am Herd und zauberst wahrhaft Großartiges«, erwiderte Iona.

»Ganz genau, und ich hatte eine geniale Idee für eine neue Pralinensorte. Ich habe ein paar Proben gemacht und brauche eure Meinung.« Hayley stellte einen kleinen Teller auf den Tisch. Darauf lagen sechs Pralinen, je zwei aus weißer Schokolade, Zartbitter und Vollmilch.

»Oh, mit was sind die gefüllt?«, fragte Cici.

»Das verrate ich nicht, aber ich nenne sie Weihnachtsmorgen«, erklärte Hayley. »Allerdings weiß ich noch nicht, welcher Schokoladenmantel am besten dazu schmeckt: weiße Schokolade, Vollmilch oder Zartbitter. Sagt mir ehrlich eure Meinung. Ich werde auch noch eine Ladung für unsere Mitarbeiter machen, damit sie auch mitbewerten können.«

In Augenblicken wie diesen wollte Iona sich immer zwicken, um sich zu vergewissern, dass sie den Erfolg, den ihr kleiner Schokoladenladen hatte, nicht träumte. Es hatte als flüchtige Idee angefangen und sich zu etwas Größerem entwickelt, als sie je erwartet hätte. Sie lauschte ihren Freundinnen und schloss einen Moment die Augen, um Gott für ihr gesegnetes Leben zu danken.

»Iona, welche willst du zuerst probieren?«, fragte Hayley.

»Welche empfiehlst du mir denn?«, gab Iona den Ball zurück.

»Da du herb magst, solltest du vielleicht mit der Zartbitterpraline anfangen. Cici, für dich definitiv Vollmilch.«

Sie probierten die Pralinen und tauschten ihre Meinungen darüber aus, und Iona rief sich ins Gedächtnis, dass sie ein wirklich erfülltes Leben führte. Auch wenn es hektisch war und sie immer viel zu tun hatte. Dennoch drängte sich neuerdings immer wieder unerwartet Mads in ihre Gedanken. Was sollte sie bloß von dem Kuss am vergangenen Abend halten? Sie versuchte, nicht länger darüber zu grübeln. Es war nur ein harmloser Kuss gewesen, aber trotzdem kam er ihr heute bedeutsam vor.

Später, auf dem Heimweg nach der Arbeit, dachte sie erneut daran. Sie erinnerte sich an den Ausdruck in Mads' Augen, und in ihrem Bauch flatterten Schmetterlinge auf. Als sie vor ihrem Apartmenthaus ankam, fing es an zu schneien. Lächelnd grüßte sie den Portier, der ihr einen schönen Abend wünschte.

Sofia kam ihr in den Sinn; das kleine Mädchen haderte so sehr mit der Weihnachtszeit und schien von seinen Gefühlen hin- und hergerissen zu sein. Und dann war da noch Mads, der voller Zweifel steckte, ob er seine Vaterrolle gut erfüllte.

Kompliziert.

Am Dienstagmorgen strapazierte Sofia Mads' Nerven, weil sie sich nicht sehr kooperativ zeigte. Er bemühte sich um Gelassenheit, und meist war er auch sehr nachsichtig mit seiner Tochter, aber an diesem Morgen stellte sie seine Geduld wirklich auf eine harte Probe. Jessie lag seit gestern mit Fieber im Bett, daher musste Mads ihre Morgenpflichten übernehmen, was er eigentlich gern tat. Normalerweise.

Aber er hatte eine unruhige Nacht hinter sich; heiße Träume von Iona hatten ihn immer wieder aus dem Schlaf gerissen. Um halb neun wollte endlich die Klempnerfirma kommen, um die Rohrleitungen zu begutachten, weil das Leck erneut aufgetreten war, und er wollte gern vor den Handwerkern im Hotel sein. Im Moment sah es jedoch so aus, als würde seine Tochter ihm einen Strich durch die Rechnung machen. Ihr bockiges Verhalten gab ihm Rätsel auf.

Erst hatte sie ihr Frühstück nicht essen wollen, doch als er im Begriff war, die Muffins wieder wegzuräumen, änderte sie ihre Meinung. Die Auseinandersetzung hatte ihn jedoch schon genug Nerven gekostet, und er erklärte, dass sie jetzt Müsli bekomme. Worauf Sofia ewig brauchte, um sich für eine der vier Sorten zu entscheiden. Danach trödelte sie beim Essen herum und löffelte ihr Müsli absichtlich langsam.

Und jetzt bestand sie darauf, dass sie nur mit einem doppelten französischen Zopf zur Schule gehen konnte.

»Warum reicht denn kein Pferdeschwanz?«, fragte Mads.

»Also wirklich, Papa, einen Pferdeschwanz hatte ich gestern schon. Heute brauche ich einen doppelten französischen Zopf.«

Mads betrachtete seine Tochter und wusste nicht, was er tun sollte. Er war stark versucht, Jessie, die bei ihnen wohnte, zu bitten, Sofia die Haare zu flechten, aber sie hatte so blass ausgesehen, als er ihr die Medizin in ihr Zimmer gebracht hatte, dass er davon absah. Er musste allein klarkommen.

Außerdem würde Sofia zu spät in die Schule kommen, wenn er sich nicht beeilte.

»Ich weiß nicht, ob ich das hinkriege, Sof.«

»Bestimmt, Papa. Du bist doch ein Problemlöser«, erwiderte sie.

Womit sie recht hatte.

»Ja, das bin ich.« Er hob sie hoch und gab ihr einen Kuss auf die Stirn. Irgendwie würde er es schon schaffen, ihr die Zöpfe zu flechten, und vielleicht fand er dabei ja auch heraus, warum sich Sofia so merkwürdig verhielt.

»Hast du eine Anleitung?«, fragte er.

»Ja«, antwortete sie.

Sie hielt ihm das Tablet entgegen, und er warf einen Blick darauf. So schwer konnte das ja wohl nicht sein. Gill hatte ihm ein paar Grundtechniken beigebracht, als sie beide begriffen hatten, dass ihre Krankheit nicht einfach so verschwinden würde und er sich eines Tages würde allein um Sofia kümmern müssen. Der französische Zopf, auf den Sofia jetzt bestand, verlief jedoch von der Stirn bis zum Nacken, und er hatte sich noch nie daran probiert. Er bürstete Sofias dunkelbraune Locken so eifrig, dass sie sich aufplusterten und eine wilde Löwenmähne entstand, was Sofia zum Lachen brachte. Auch er musste lachen.

»Wie wär's denn damit? So könntest du doch auch zur Schule gehen.«

»Du bist albern, Papa.«

»Ich weiß.« Er sah sich die Anleitung an und fing an zu flechten. Die Zöpfe wurden ungleichmäßig, aber immerhin, er hatte es geschafft.

»Danke!«

»Gern geschehen. Bist du jetzt fertig?«, fragte er.

»Ich muss nur noch meinen Ranzen holen. Ach ja, ich habe auch einen Brief für dich.« Sie flitzte davon, kam mit ihrem Ranzen zurück und begann darin herumzukramen.

Zu dieser Jahreszeit gab es von der Schule alle möglichen Elternbriefe, daher hatte er ein kopiertes Blatt erwartet. Sofia reichte ihm jedoch einen von Hand adressierten Umschlag.

»Was ist das?«

Sofia zuckte mit den Schultern, sah aber schuldbewusst aus. »Ich weiß es nicht. Und wir müssen los, sonst kommen wir zu spät.«

Im Laufen öffnete er den Umschlag, während Sofia schon zu den Aufzügen rannte. Rasch überflog er den Brief. »Du hast dich geprügelt?«

»Nein, eigentlich nicht.«

»Eigentlich nicht? Sofia, in diesem Brief steht etwas anderes.«

»Es ging um den Weihnachtsmann.«

Mads seufzte. Er drückte auf den Knopf für den Aufzug und beugte sich zu seiner Tochter. »Was ist passiert?«

»Remy hat behauptet, dass ich frech war und der Weihnachtsmann deshalb nicht zu mir kommt«, erklärte Sofia.

»Und was hast du darauf geantwortet?«, hakte Mads nach.

Sie seufzte tief. »Dass ich nicht frech war.«

»Was ist dann passiert?« Der Streit musste ja irgendwann eskaliert sein, sonst hätte er diesen Brief nicht erhalten.

»Er hat ganz komisch ›Ja klar‹ gesagt, und ich habe sofort gewusst, dass er mir nicht glaubt.«

Der Aufzug kam, die Türen öffneten sich, und sie stiegen ein. Sofia hielt den Blick auf den Boden gerichtet.

»Und dann?« Mads ließ nicht locker.

»Ich habe ihm gesagt, dass ich wirklich nicht frech war, sondern dass ich einfach nur schlau bin, und das hat ihn wohl geärgert«, meinte Sofia. »Er hat mich ausgelacht und was Fieses gesagt, und da habe ich … da habe ich nach ihm getreten, Papa. Und weil er gesagt hat, dass er meinen Tritt gar nicht gespürt hat, da habe ich ihn noch mal fester getreten, und dann kam Miss Pembroke.«

»Sofia.« Mads zog sie in die Arme. »Hat er dich geschlagen oder getreten?«

»Nein. Er sagt, dass er keine Mädchen schlagen darf.«

»Gut. Und du solltest keine Jungs schlagen. Du solltest dich überhaupt mit niemandem prügeln. Hast du dich entschuldigt?«

»Nein. Es tut mir ja nicht leid, dass ich ihn getreten habe«, erwiderte Sofia. »Er war nicht nett zu mir.«

»Dann rede und spiel nicht mit ihm«, schlug Mads vor. »Aber du wirst dich entschuldigen müssen, weil es falsch war, was du getan hast.«

»Ich weiß«, sagte sie.

»Hast du deshalb heute Morgen so herumgetrödelt?«

Sie nickte. Er drückte sie ganz fest an sich. Sie tat ihm leid, weil sie diesen Streit gehabt hatte, aber es würde immer wieder Menschen in ihrem Leben geben, die ihre Meinung nicht teilten, daher musste sie wohl oder übel lernen, mit Konflikten umzugehen.

»Die Lehrerin will heute Morgen mit uns beiden sprechen«, sagte er.

»Ja, aber wenn du dringend zur Arbeit musst, dann sage ich ihr das.« Sie ergriff seine Hand.

»Nein, du bist das Allerwichtigste für mich.« Er holte sein Handy aus der Tasche und schrieb dem Duty Manager eine Nachricht, dass er sich bis zu seinem Eintreffen um die Handwerker kümmern solle.

»Es tut mir leid, Papa.«

»Schon gut, Sof. Müssen wir womöglich ein bisschen ausführlicher über den Weihnachtsmann reden?«, fragte er.

Sie legte ihm die Hand ans Gesicht, wie sie es öfter tat, und schaute ihm ernst in die Augen. »Nein, Papa. Wir beide wissen doch, dass es Wunder nicht gibt.«

Die Bemerkung versetzte ihm einen Stich. Sofia war so

klein, noch so jung. Er wünschte, sie hätte den Glauben an Wunder nicht verloren.

Er hob sie hoch und drückte sie fest. Er gab sein Bestes, und doch wusste er an manchen Tagen nicht, ob er das Richtige tat. Die Zweifel nagten ständig an ihm, und er würde sich wohl nie an dieses Gefühl gewöhnen. Er hatte erwartet, dass ihm Gill bei der Erziehung seiner Tochter zur Seite stehen würde. Er hatte sich ausgemalt, dass er Sofia verwöhnen könnte und nicht jede seiner Entscheidungen infrage stellen musste.

Auf der Fahrt herrschte Schweigen, nur manchmal summte Sofia die Lieder im Radio mit.

»Bringen wir es hinter uns«, sagte er, als sie aus dem Auto stiegen.

Hand in Hand betraten sie die Schule.

Er wollte Sofia das Leben zu gern erleichtern und wollte nicht, dass sie annahm, sie dürfe ihre Meinung nicht offen äußern, ohne dafür bestraft zu werden. Er war stolz, dass sie sich so tapfer behauptet hatte. Bis zu dem Punkt, an dem sie die Grenze überschritten und den Jungen getreten hatte.

Iona gab am Dienstagvormittag drei Interviews und machte danach im Stockwerk über dem Café, in dem sie auch ihre Pralinenkurse abhielten, Fotos von der neuen Pralinensorte mit dem Namen »Weihnachtsmorgen«. Für den Hochglanzkatalog, den sie an ihre Stammkunden verschickten, engagierte sie immer einen Werbefotografen, aber für die Website reichte ihr Können, wie sie fand. Und da sie eine gute Ausrede brauchte, um die Nachrichten von ihrer Mutter und ihrem Bruder zu ignorieren, kam es ihr ganz gelegen, diese Aufgabe zu übernehmen.

Sie hatte das Fotoshooting gerade beendet und räumte auf, als sie Schritte auf der Treppe vernahm.

»Du hast Besuch«, rief Cici von der Tür aus.

»Wer ist es denn?«

»Ich.« Sofia trat hinter Cici hervor. »Jessie ist auch dabei.«

Jessie sah aus wie eine wandelnde Leiche. Blasse Haut, rote Nase und etwas wackelig auf den Beinen. Sie wirkte unglaublich müde, doch sie beobachtete Sofia so aufmerksam, als hätte sie Angst, sie aus den Augen zu verlieren.

»Möchten Sie sich setzen, Jessie?«, fragte Iona. »Wie wäre es mit einem Getränk? Wir sind berühmt für unsere heiße Schokolade, aber Sie sehen mir eher aus, als könnten Sie eine gute Tasse Tee vertragen.«

»Oh ja, das wäre schön. Aber wir sollten eigentlich gar nicht hier sein; Sofia weiß das auch. Sie hat jedoch keine Ruhe gegeben«, erklärte Jessie. »Und sie hat einen guten Grund dafür. Ich setze mich einfach hierher. Beeil dich, Spatz.«

Sofia nickte und lief zu Iona. »Ich brauche deine Hilfe, Iona. Ich habe mich in der Schule geprügelt.«

Iona kniete sich hin und legte Sofia eine Hand auf die Schulter. »Geht es dir gut?«

»Ja, ich habe jemanden getreten, und jetzt muss ich mich entschuldigen, obwohl es mir gar nicht leidtut …«

»Sofia«, hakte Jessie ein. »Das haben wir schon lang und breit besprochen. Du musst einen Entschuldigungsbrief schreiben.«

Iona warf einen schnellen Blick zu Jessie. Zu gern hätte sie mehr erfahren, aber sie konnte auch später noch nachfragen. »Und was kann ich für dich tun?«

»Also, ich habe gedacht, vielleicht kann ich Schokolade mit meinem Brief schicken«, sagte Sofia.

»Gute Idee. Jessie, Sie können gern im Café auf uns warten. Nick wird Ihnen eine Tasse Tee bringen, während ich Sofia dabei helfe, die Schokolade auszusuchen.«

»Danke, aber der Fahrer wird in …«, Jessie schaute auf die Uhr, »zehn Minuten zurück sein. Beeil dich, Sofia.«

»Ja, mache ich.« Sofia ergriff Ionas Hand.

Sie ging mit ihr in den Ladenbereich. »Mit wem hattest du denn Streit? Mit einem Jungen oder einem Mädchen? Und wie ist er oder sie denn so?«

Sofia machte sich von ihr los und trat zur Auslage. »Mit einem Jungen. Er ist nicht besonders klug und überhaupt nicht nett. Habt ihr Pralinen, die zu ihm passen?«

Iona verkniff sich ein Lächeln. »Nein, leider nicht. Aber sicherlich hat er auch seine guten Seiten. Wie heißt er denn?«

»Remy LeBeau.«

In Sofias Stimme schwang etwas mit, das sich nicht nach Wut anhörte.

»Magst du ihn?«

»Er hat behauptet, dass ich frech bin, deshalb mag ich ihn nicht«, erklärte Sofia.

»Warum sagt er denn so was? Weil du ihn getreten hast?«, hakte Iona nach.

»Nein, weil ich gesagt habe, dass der Weihnachtsmann nicht zu mir kommt. Papa meint, dass ich den anderen Kindern nicht verraten darf, dass es ihn gar nicht gibt. Er hat gesagt, das müssen sie selbst herausfinden.«

In der Hinsicht war Iona mit Mads einer Meinung. Sie fragte sich jedoch, wie er dazu stand, dass seine Tochter sich wegen des Weihnachtsmannes prügelte. Vermutlich fand er es auch nicht gut. Aber das ging sie nichts an. Mit der Schokolade allerdings konnte sie aushelfen.

Nachdenklich ließ Iona den Blick über die verschiedenen Schokoladenspezialitäten schweifen, da kam ihr eine Idee.

»Komm mit in die Küche«, forderte sie Sofia auf.

Sie schlängelten sich durch den überfüllten Laden zur Küche durch. Hayley arbeitete immer noch an ihren Kreationen und beaufsichtigte nebenbei ihr Küchenpersonal bei der Herstellung der Weihnachtsmorgen-Pralinen.

»Hayley, ich brauche deine Hilfe.«

»Ja?«, entgegnete ihre Freundin und grüßte Sofia lächelnd. »Hallo.«

»Hallo«, erwiderte Sofia.

»Wir brauchen eine Schachtel mit Pralinen als Entschuldigung. Hast du eine Idee, was wir nehmen können?«, fragte Iona.

Hayley hob eine Augenbraue, stellte aber keine Fragen. »Oh ja. Aber Details wären hilfreich. Sind die Pralinen für einen Jungen oder ein Mädchen?«

»Einen Jungen. Und der ist gemein«, antwortete Sofia.

Hayley stellte Sofia noch ein paar weitere Fragen, dann wanderte sie durch die Küche und stellte eine Schachtel mit sechs Pralinen zusammen.

»Ich glaube, die wird er mögen«, meinte sie, als sie Sofia die Schachtel in die Hand drückte.

Iona nahm Sofia anschließend mit in ihr Büro. »Hier hast du eine Karte, auf die du deine Entschuldigung schreiben kannst.« Sie reichte ihr die Karte und einen Stift.

»Danke.«

Sofia setzte sich auf den Boden. Sie ließ sich Zeit und schrieb langsam und ordentlich. So hoch konzentriert und ernst sah sie ihrem Vater sehr ähnlich.

»Fertig.«

»Super. Wir legen die Karte zu den Pralinen, und ich binde noch ein schönes Band um die Schachtel, dann kannst du mit Jessie nach Hause fahren.«

»Danke«, sagte Sofia.

Nachdem alles erledigt war, zahlte Jessie für die Schokolade, und die beiden verließen den Laden. Iona stand in der Tür und sah ihnen nach.

Hayley, noch in voller Konditormontur, tauchte plötzlich neben ihr auf und legte ihr einen Arm um die Schultern. »Woher kennst du denn dieses altkluge Kind?«

»Ihr Vater ist Mads Eriksson, der Geschäftsführer der Loughman-Hotelgruppe hier in New York. Die Kleine ist schon eine Marke.« Iona wollte nicht über Mads reden.

»Oh ja, das ist sie. Ihr Vater bestimmt auch«, meinte Hayley.

»Kann man so sagen«, gab Iona zu. Sie dachte an Sofia und den Jungen aus der Schule, mit dem sie sich gestritten hatte. »Hay, kannst du eine pikante Praline herstellen?«

»Klar, warum?«

»Wäre es nicht witzig, eine Weihnachts-Geschenkbox mit zwei Pralinensorten zu haben, nach dem Motto ›Brav und Frech‹?«

»Oh, das gefällt mir. Ich habe Rezepte für mehrere pikante Schokoladenmischungen, auch mit dem gewissen Crunch. Wie klingt das?«

»Perfekt«, sagte Iona.

Hayley verschwand wieder in der Küche, um die beste Kombination zusammenzustellen, und Iona redete sich ein, dass die Zufriedenheit, die sie durchströmte, von der Vorfreude auf eine neue Marketingkampagne ausgelöst wurde, die sie ausreichend beschäftigen würde. Dennoch konnte sie nicht leugnen, dass Sofia auch ihren Anteil an diesem wohlig-warmen Gefühl trug. Allmählich fing sie an, die kleine Familie zu mögen.

Womöglich viel zu sehr.

6. Kapitel

Mads hatte keinen guten Tag gehabt, und als er am Dienstag nach neun Uhr abends nach Hause kam, saß Jessie bereits vor dem Fernseher im Wohnzimmer, woraus er schloss, dass Sofia schon schlief. Das schlechte Gewissen nagte an ihm, denn das gemeinsame Einschlafritual war ihm wichtig, und gewöhnlich brachte er Sofia ins Bett. Der Rohrbruch im Hotel machte jedoch mehr Ärger als gedacht, und er hatte sich nicht loseisen können.

»Hallo, Mads. Gut, dass Sie zu Hause sind. Ich habe Sofia ins Bett gebracht, aber sie wollte unbedingt auf Sie warten«, sagte Jessie. Sie sah immer noch bleich aus, aber er wusste aus ihren Textnachrichten, dass das Fieber gesunken war und sie ihre Erkältung mit den üblichen Medikamenten erfolgreich in den Griff bekam. »Womöglich ist sie immer noch wach.«

»Danke. Wie geht es dir?«

Sie lächelte matt. »Besser, aber ich bin noch nicht hundertprozentig fit.«

»Wie schön, dass es dir besser geht. Ich sehe mal nach Sofia.«

»Falls Sie noch nichts gegessen haben, wir hatten heute Abend Curry, und ich habe Ihnen etwas aufgehoben.«

»Danke, Jessie. Ich habe tatsächlich Hunger.«

»Ich wärme es auf, während Sie nach Sofia sehen.«

Er nickte und ging den Flur hinunter zu Sofias Zimmer. Die Tür war nur angelehnt, und er stieß sie auf und trat ein.

Das Nachtlicht auf dem Nachttisch brannte. Gill und er hatten es für Sofia gekauft, als sie noch ganz klein gewesen war. Der rotierende Lampenschirm warf das Bild einer Kuh an die Wand, die über den Mond und die Sterne sprang.

Leise schlich er zum Bett. Sofia hatte sich auf die Seite gerollt, ihre Puppe Peaches im Arm. Sie schlief tief und fest und sah total niedlich aus. Er küsste sie sanft und zog ihr die Decke über die Schultern, ehe er das Zimmer wieder verließ.

Rasch tauschte er in seinem Zimmer Anzug gegen Jogginghose und ein T-Shirt. Danach ging er in die Küche, wo Jessie schon für ihn gedeckt hatte. Ihm fiel eine Schachtel auf der Theke auf; den Teller mit dem Curry in der Hand, warf er einen Blick darauf. Auf der beiliegenden Karte stand Remys Name. Er aß auf, stellte seinen Teller in die Geschirrspülmaschine und ging anschließend hinüber zu Jessie ins Wohnzimmer.

»Was hat Sofia für Remy besorgt?«, erkundigte er sich.

Sie schaltete die Dokumentation, die sie sich ansah, auf stumm.

»Schokolade. Sie wollte unbedingt etwas aus dem Candied Apple Café. Ich hoffe, das war Ihnen recht. Ich habe mich von ihr überreden lassen und bin mit ihr hingefahren«, erklärte Jessie. »Sie hat beharrlich behauptet, dass ihre Freundin Iona ihr dabei helfen würde, einen Weg zu finden, wie sie sich entschuldigen kann.«

Er schüttelte den Kopf. Er hatte schon selbst erlebt, dass Sofia ein ausgesprochener Dickkopf sein konnte. Jessie setzte sich gewöhnlich trotzdem durch, aber sie war krank und wirkte immer noch geschwächt. »Schon gut. Was genau hat sie denn für ihn ausgesucht?«

Jessie lächelte. »Pralinen, aber sie hat mehrmals nachdrücklich gesagt, dass sie sich nur unter Protest entschuldigt.«

Mads lachte. Das klang ganz nach seiner Tochter. »Ich muss noch ein wenig arbeiten. Geht es dir auch wirklich besser?«

»Ja. Ich stehe morgen mit Sofia auf und kümmere mich ums Frühstück und dass sie rechtzeitig zur Schule kommt.«

»Danke«, sagte Mads. »Ich muss wahrscheinlich schon sehr früh ins Common, aber ich will mich noch von ihr verabschieden, bevor ich gehe.«

»Okay.«

Er überließ sie ihrer Sendung und zog sich ins Arbeitszimmer zurück. Dort holte er sein Handy aus der Tasche und schrieb Iona schnell eine Dankesnachricht, weil sie Sofia geholfen hatte.

Ihre Antwort kam wenig später.

IONA: Kein Problem. Ich habe mich vergewissert, dass sie auch eine Entschuldigungskarte beilegt, aber ich weiß nicht, was sie geschrieben hat. Ich hoffe, das ist in Ordnung.

MADS: Ja, vielen Dank noch mal.

Kaum hatte er den Text abgeschickt, vibrierte sein Handy, und als er aufs Display schaute, sah er, dass Iona ihn anrief.

»Hallo?«

»Hallo. Entschuldige, dass ich so spät noch anrufe, aber ich hätte noch etwas mit dir zu besprechen, das ich nicht schreiben mag«, meinte sie. Ohne darüber nachgedacht zu haben, war sie zum Du übergegangen.

Sicher wollte sie ihn zur Rede stellen, weil er sie geküsst hatte, und er konnte es ihr nicht verdenken. Er war danach so schnell gegangen, weil … sich der Kuss viel zu gut angefühlt hatte. Er hätte sich nicht dazu hinreißen lassen dürfen.

»Ich bin am Freitag zu einer Party eingeladen, und du darfst gerne Nein sagen, wenn du nicht willst, aber ich würde mich freuen, wenn du mich mit Sofia begleiten würdest.«

Eine Party bei ihren Freunden.

»Blair und Jeff?«, hakte er nach.

»Nein. Cici und ihr Mann Hoop geben die Party. Cici ist eine meiner Geschäftspartnerinnen und im Candied Apple Café für die Finanzen zuständig«, erklärte Iona. »Die beiden sind frischgebackene Eltern und veranstalten daher eine Familienparty. Und ich … na ja, ich dachte, das könnte dir und Sofia vielleicht Spaß machen.«

Sofia hatte die Party bei Jeff tatsächlich Spaß gemacht. Beim Singen der Weihnachtslieder hatte sie förmlich gestrahlt. Vielleicht würde auch diese Party gut für sie sein. Außerdem wollte er Iona gern wiedersehen. »Um wie viel Uhr?«

»Um sieben. Du kannst aber auch gern später dazustoßen, wenn du möchtest. Ich texte dir gleich die Adresse.« Sie hielt kurz inne. »Danke, Mads.«

»Nein, ich danke dir. Gewöhnlich machen wir nicht viel in der Weihnachtszeit.«

»Wann hat deine Frau erfahren, dass sie so schwer krank ist? Ich glaube, Sofia hat erwähnt, dass sie damals zwei war.« Ionas Frage traf ihn unvermittelt.

Mads lehnte den Kopf an die Lehne und schaute zur Decke. »Das stimmt. Gill hatte eine Chemotherapie, und alles sah danach ein paar Monate gut aus. Doch dann ist der Krebs zurückgekommen, und das Ganze ging von vorne los. Behandlungen, Beten, Hoffen. Zumeist verbrachten wir Weihnachten zu Hause, weil die Ansteckungsgefahr für Gill sonst zu groß gewesen wäre. Die Chemo schwächt auch das Immunsystem.«

»Das war bestimmt alles sehr schwer«, meinte Iona. In ihrer Stimme schwang Mitgefühl.

Ja, es war schwer für ihn gewesen, aber er und Gill hatten sich ein Versprechen gegeben, als sie jung und glücklich und sehr verliebt gewesen waren. »Ja, aber weißt du, was das Schlimmste war? Zuzusehen, wie Sofia damit klarzukommen versuchte. Im letzten Jahr, als die Ärzte aufgaben und sagten, sie hätten alles getan, was sie konnten …« Ihm versagte die Stimme. Was sollte er tun? Sollte er ihr erzählen, dass Sofia, die ihn für einen Helden hielt, eine Art Superman, ihn gebeten hatte, die Krankheit ihrer Mutter wegzuzaubern?

»Oh, Mads. Ich kann mir gar nicht vorstellen, wie schmerzlich das gewesen sein muss«, sagte Iona. »Sofia macht jedoch einen ziemlich verständigen Eindruck auf mich, und ich glaube, dass du ein wundervoller Vater bist.«

Er wischte sich mit einem Daumen über die Augen, dann atmete er tief durch. »Das hoffe ich. Ich kann das nicht beurteilen. Manchmal ist sie so vorlaut. Ich weiß nicht, ob das gut ist.«

»Doch, das ist es«, meinte Iona. »Sie hat uns heute sogar, als sie im Laden die Pralinen aussuchte, inspiriert.«

»Ach ja?«

»Ja. Wir wollen kleine Pralinenschachteln mit dem Motto ›Brav und Frech‹ entwerfen. Die ›frechen‹ Pralinen werden ein pikantes Aroma erhalten.«

Mads gefiel die Idee. Und Sofia würde ganz aus dem Häuschen sein, wenn sie erfuhr, dass sie die Ideengeberin für gleich zwei neue Pralinensorten war. »Sehr originell – passt zu euch.«

»Danke. Ich versuche, der Konkurrenz immer einen Schritt voraus zu sein und dabei mit Hayleys Konditortalent anzugeben.«

»Genau deshalb hätten wir euch auch gern als Partner in der Loughman-Hotelgruppe. Hattest du schon Zeit, über unser Angebot nachzudenken?«

»Leider nicht, aber morgen werde ich es mit meinen Partnerinnen besprechen. Ich denke, dass wir dir nächste Woche eine Antwort geben können.«

»Gut. Ich glaube, unsere Partnerschaft könnte sehr erfolgreich werden«, sagte er, in der Hoffnung, einen Hinweis zu erhalten, in welche Richtung sie tendierte. Sie war allerdings clever, daher ging er davon aus, dass sie nicht auf seinen Aushorchversuch hereinfallen würde. Aber vielleicht entschlüpfte ihr auch versehentlich eine Bemerkung, die ihre Einstellung ein wenig verriet.

»Gute Nacht, Mads«, sagte sie jedoch leider bloß.

»Bis Freitag.«

Er sah noch einmal nach seiner Tochter und ging anschließend in sein Schlafzimmer. Er vermisste es, dass Gills Lampe brannte, wenn er das Zimmer betrat, und sie lesend im Bett lag. Der Anblick ihres leeren Bettes war für ihn immer noch schwer zu ertragen. Als er jedoch heute einen Blick auf die andere Seite des Bettes warf, sah er nicht Gill vor seinem inneren Auge, sondern Iona.

Und das verursachte ihm ein schlechtes Gewissen. Nein, er war noch nicht bereit für eine Frau wie Iona in seinem Leben.

Iona erhielt von ihren Freundinnen eine Nachricht, dass sie sich am Mittwochmorgen im Sant Ambroeus zum Frühstück treffen wollten statt im Büro. Das bedeutete, dass sie sich in aller Ruhe fertig machen und sich etwas mehr Zeit lassen konnte, weil das Sant Ambroeus näher an ihrem Apartment lag als das Candied Apple Café. Als sie schließlich mit dem Aufzug nach unten fuhr und die Lobby betrat, entdeckte sie ihren Bruder.

»Guten Morgen, Schwesterherz.« Theo stieß sich von der Wand ab, an der er lehnte.

Die Puderschicht Schnee, die sein schwarzes Haar und die Schultern seines beigefarbenen Mantels bedeckte, verriet, dass er noch nicht lange gewartet hatte.

»Hallo, Theo«, sagte sie. »Was machst du denn hier? Ist was mit Mom?«

»Nein, ihr geht es gut«, erwiderte er. »Wir haben uns Sorgen um dich gemacht, weil du in letzter Zeit auf die Nachrichten in unserem Familienchat nicht geantwortet hast. Ich habe angeboten, mal nach dir zu sehen. Du kannst zwar Anrufe und Nachrichten ignorieren, aber wenn ich in voller Größe vor dir stehe, kannst du mir nicht entkommen, denn wir beide wissen, dass ich schneller bin als du.«

Sie schüttelte den Kopf. »Aber nur, weil ich High Heels trage. Ich hatte eben viel zu tun. In der Weihnachtssaison ist im Candied Apple Café viel los, und mir bleibt kaum Zeit für etwas anderes. Ich muss dafür sorgen, dass wir genug Presse bekommen und der Kundenstrom nicht abreißt.«

»Schön, ich gebe dir jetzt mal einen guten Ratschlag, und falls du mir dafür eine scheuern willst, dann nehme ich das gerne in Kauf«, sagte Theo. »Du musst uns nicht immer wieder beweisen, dass du ebenso viel vom Geschäft verstehst wie Dad.«

»Das will ich doch gar nicht.«

»Gib dir keine Mühe. Wir beide wissen, dass es so ist«, gab er zurück. »Dads Problem war, dass er uns beide nie so gesehen hat, wie wir wirklich sind. Er hielt mich für sein Goldkind und dich für Moms Spiegelbild. Er hat nie erkannt, dass es in Wahrheit genau umgekehrt ist. Du bist beruflich noch ehrgeiziger und zielstrebiger als er, Io. Du kannst jetzt also damit aufhören, dich ständig beweisen zu wollen. Du bist längst besser als er.«

Sie schüttelte den Kopf. Sie wusste nicht, wie sie aufhören sollte. Sie hatte nur ihr nächstes Ziel, die nächste Kampagne, die PR für das nächste Quartal im Blick. »Womöglich hast du ja recht.«

»Natürlich habe ich recht. So wie immer«, meinte Theo, ohne den geringsten Hauch von Bescheidenheit. »Und ich weiß auch, dass du nicht so einfach aufhören kannst. Aber fahr das Berufliche wenigstens etwas zurück und kümmere dich ein wenig mehr um dein Privatleben. Dann würden Mom und ich uns viel weniger Sorgen um dich machen.«

»Ich versuch's.«

»Mehr verlange ich ja auch gar nicht.« Er umarmte sie fest, und plötzlich löste sich ein Knoten tief in ihr.

Sie wusste, dass sie mit ihrem Dad noch ins Reine kommen musste, aber er war tot, und es wollte ihr einfach nicht gelingen, ihm zu verzeihen.

Tränen brannten ihr in den Augen, aber sie blinzelte sie weg. »Ich habe eine Besprechung im Sant Ambroeus. Willst du mich begleiten und mit mir einen Kaffee trinken, bis Cici und Hayley kommen?«

»Das klingt gut. Du kannst dir denken, dass ich schon früh aufgestanden bin, um dich zu erwischen, und keine Zeit für einen Kaffee im Bett hatte.«

Sie schüttelte den Kopf, und gemeinsam verließen sie die Lobby, die bis auf den Portier leer war.

Iona ergriff Theos Hand. »Ich bin so froh, dass du mit Nico glücklich bist.«

»Ja, ich auch. Das kam völlig unerwartet. Danke, dass du das so gelassen nimmst«, entgegnete er.

»Tja, als Nico dich kennenlernte, habe ich gemerkt, dass zwischen euch die Funken nur so sprühen. In dem Blick, mit dem er dich ansah, lag mehr Leidenschaft als in jedem Kuss, den ich jemals von ihm bekommen habe, daher habe ich beschlossen, ihm einen kleinen Schubs in deine Richtung zu geben«, gestand Iona. »Kommst du mit ihm zum ›Nussknacker‹?«

»Ja. Bringst du auch jemanden mit?«

»Vielleicht«, sagte sie. Sofia würde das Kinderballett bestimmt gefallen und sich über die Einladung freuen. Was Mads anging, war sie sich nicht so sicher. Er hatte sie geküsst und dann so getan, als wäre nichts gewesen. Er blieb ihr ein Rätsel.

»Vielleicht?«, hakte Theo nach.

»Mehr kann ich im Moment noch nicht sagen. Ich lass es dich wissen, wenn ich Genaueres weiß.«

»Na schön. Ich habe auch Neuigkeiten.«

Sie wusste, dass ihr Bruder dachte, dass sie sich mit jemandem traf, und sie beließ es dabei. Im Grunde genommen traf sie sich mit Mads ja auch, wenn auch bloß geschäftlich.

»Welche Neuigkeiten hast du denn?«

»Nico hat mir einen Heiratsantrag gemacht.« Theo platzte fast vor Glück.

»Oh, das ist wundervoll. Wehe, wenn ich nicht Trauzeugin sein darf.«

»Niemanden hätte ich lieber!«

Er umarmte sie, und gemeinsam spazierten sie zum Sant Ambroeus. Iona fand, dass sie gut geschauspielert hatte. Sie hatte fast wieder wie ihr altes Selbst gewirkt. Und sie wusste, dass sie die Fassade aufrechterhalten musste, bis sie wirklich so empfand. Und das tat sie gern. Sie war immer für Theo da gewesen, und sie würde ihn niemals im Stich lassen.

Vor der Theke im Sant Ambroeus verabschiedeten sie sich, da ihre Freundinnen bereits auf sie warteten.

»Hallo. Wie war dein Abend gestern?«, fragte Cici zur Begrüßung.

»Nicht schlecht«, meinte Iona, in Erinnerung an das Gespräch mit Mads.

»Ich hatte eine Vision von Zuckerpflaumen«, sagte Hayley und zwinkerte. »Ich glaube, das wäre eine gute Idee für eine weitere Praline der Kategorie ›frech‹. Mir gefällt sie jedenfalls.«

»Mir auch. Der Vater von Sofia hat sich sehr gefreut, als er hörte, wozu seine Tochter uns inspiriert hat.«

»Wann hattest du denn Zeit dafür?«, fragte Hayley.

»Gestern Abend«, antwortete Iona. »Und ich würde die beiden gern mit zu deiner Party bringen, Cici.«

Cici und Hayley tauschten einen schnellen Blick, ehe sie wieder zu Iona schauten. »Wirklich?«

»Ja.« Iona brachte dann schnell das Gespräch auf das Angebot der Loughman-Hotelgruppe. Sie versuchte, sich auf das Geschäftliche zu konzentrieren, doch ihre Gedanken schweiften immer wieder zu Mads.

Kurz nach vier Uhr nachmittags setzte sich Mads zum ersten Mal an seinen Schreibtisch im Common, obwohl er bereits seit dem frühen Morgen im Hotel war. Er hatte eine ruhelose Nacht hinter sich, weil Iona ihm nicht aus dem Kopf ging und er immer wieder an den Kuss denken musste. Als sein Blick nun auf den Stapel Weihnachtskarten auf seinem Schreibtisch fiel, die er unterschreiben musste, stöhnte er entnervt auf, ehe er sie zur Seite schob. Er war im Moment nicht in der Stimmung, Weihnachtsgrüße in die Welt hinauszuschicken.

Er hatte schlechte Laune.

Sofia hatte er beim Frühstück nur kurz gesehen, weil er so früh hatte aufbrechen müssen, und die Erkenntnis, dass der Duty Manager inkompetent war, hatte seine Stimmung auch nicht gehoben. Noch dazu plagten ihn Schuldgefühle, weil er sich mit jedem Tag ein Stück mehr von Gill zu entfernen schien.

Er wusste natürlich, dass das völlig »normal« war, aber dadurch fühlte er sich auch nicht besser. Er ging zu dem kleinen Kühlschrank und begutachtete den Inhalt – Wasser und Fruchtsaft, falls Sofia vorbeikam. Viel lieber wäre ihm jetzt etwas Stärkeres gewesen. Alkohol während der Arbeitszeit war für ihn allerdings ein Tabu.

Da zog er die Grenze. Er war stolz darauf, dass er immer einen klaren Kopf behielt und sich selbst während Gills Krankheit oder nach ihrem Tod nicht betrunken hatte. Und er würde jetzt bestimmt nicht damit anfangen.

Ohne nachzudenken, rief er Iona an. Beim dritten Klingeln ging sie ran.

»Hallo, hier ist Mads«, sagte er.

»Hallo. Wir haben unsere Entscheidung noch nicht getroffen.«

»Das macht nichts. Ich rufe auch nur an, um zu fragen, ob du Sofia und mir beim Abendessen Gesellschaft leisten willst.«

»Danke, gern.« Sie klang überrascht.

Er sagte ihr die Nummer seines Apartments, und sie lachte. »Was ist denn?«

»Du wohnst ja nur fünf Türen weiter«, erklärte sie.

Ja, es war schon wirklich seltsam, dass sie sogar im selben Stockwerk wohnten und sich vor seinem geschäftlichen Besuch im Candied Apple Café trotzdem nie begegnet waren. Er und Gill hatten früher glücklich in einem Haus in Brooklyn gelebt, doch nach ihrem Tod hatte er es dort nicht länger ausgehalten. Gemeinsam mit Sofia hatte er ihre jetzige Wohnung ausgesucht, weil es von dort nicht weit zu ihrer Schule war.

»Wann soll ich denn rüberkommen?«, fragte Iona.

Und schon wurde er wieder daran erinnert, dass das Leben weiterging. Sie machte bereits Pläne für den Abend, während er immer noch in der Vergangenheit feststeckte. Er musste sich zusammenreißen. Für Sofia. Er musste endlich nach vorne blicken und sich an ein Leben ohne Gill gewöhnen.

»Wie wär's um sechs? Jessie hat heute Abend frei, daher gibt's Spaghetti«, sagte er.

»Mhm, mein Leibgericht. Soll ich etwas mitbringen?«

»Nein, nicht nötig. Jessie hat bereits alles eingekauft«, antwortete er. »Bis später.«

Er legte auf und schloss die vergessene Kühlschranktür. Danach ging er zum Schreibtisch zurück und nahm sich den Stapel Weihnachtskarten vor. Sie waren eigens für das Common gedruckt worden. Ein von Hand gemaltes Bild des weihnachtlich geschmückten Hotels zierte die Karte. Er erinnerte sich noch daran, dass er das Bild im Juli abgesegnet hatte. Er schlug die erste Karte auf und setzte seine Unterschrift unter den Text. Wenig später waren alle Karten unterschrieben, und er legte sie in den Ausgangskorb, damit Lexi sich um den Versand kümmern konnte.

Im vergangenen Jahr hatte er völlig vergessen, Karten an Freunde und Familie zu schicken, und er fragte sich, ob er in diesem Jahr persönliche Weihnachtsgrüße verschicken sollte. Allerdings wusste er nicht, wo er anfangen sollte. Der Gedanke war ihm viel zu spät gekommen.

Den Kopf in die Hände gestützt beugte er sich vor.

Weihnachten. Wie sollte er das Fest bloß überstehen? Er war spontan, mit hitzigem Temperament, und es fiel ihm schwer, seine Gefühle hinter einer ausdruckslosen Fassade zu verbergen. Daher wusste auch meist jeder sofort, wie ihm zumute war. Seine Vaterrolle hatte ihn jedoch ein wenig verändert. Für Sofia gab er sich Mühe, sich seine Gefühle nicht anmerken zu lassen. Im Moment jedoch … Ihm wurde bewusst, dass er bisher einigermaßen gut zurechtgekommen war, doch dieser Monat glich einer emotionalen Achterbahnfahrt.

Im Dezember war Gill gestorben. Inzwischen war sie schon fast ein Jahr tot. Zum ersten Mal würden sie Weihnachten ohne sie feiern, und diese Vorstellung verursachte ihm ein flaues Gefühl.

Fast wäre es ihm gelungen, den Schmerz zu unterdrücken, der ihn bei der Erinnerung an ihren Tod immer überrollte. Nun jedoch kam er mit voller Wucht auf ihn zu. Ein Stich, der ihm das Herz wie ein Messer durchbohrte, deutlich spürbar. Weil er eine andere Frau zum Abendessen eingeladen hatte. Er wusste, dass er das nicht hätte tun sollen, aber er brauchte die Ablenkung.

Er wollte endlich wieder einmal lachen, und ganz egal, wie es um seine Gefühle für Iona stand, sie brachte ihn zum Lachen.

»Du siehst aus, als ob du dich mit jemandem prügeln wolltest.«

Mads schaute auf und entdeckte seinen jüngeren Bruder Piers in der Tür. »Bist du deshalb hier?«

»Das ist eigentlich nicht der Grund, aber ich stehe dir gern zur Verfügung, wenn du mich darum freundlich bittest.«

Mads lächelte. Er stand auf und umarmte seinen Bruder.

»Ich hatte eine Besprechung mit einem Fernsehsender, der unser Hotel in Los Angeles gern als Schauplatz für eine neue Show nutzen möchte. Wir waren früher fertig. Daher dachte ich, ich schau mal bei dir vorbei.« Piers lächelte.

»Ich bin froh, dass du hier bist«, sagte Mads. »Das Hotel hält mich mal wieder auf Trab. Dieses Mal sorgt ein Rohrbruch für Ärger.«

»Ich habe die E-Mails gesehen. Hast du das Problem schon gelöst?«, fragte Piers.

»Fast«, meinte er. »Wie sieht es mit Abendessen aus, oder hast du schon etwas vor?«

»Wenn Abendessen bedeutet, dass ich dabei meine Lieblingsnichte zu sehen bekomme, gerne«, entgegnete Piers.

»Du hast nur eine Nichte«, erinnerte Mads ihn. Wenn sein Bruder ebenfalls mit ihnen zu Abend aß, war seine Verabredung mit Iona kein Date mehr, und er würde keine Gelegenheit bekommen, irgendeine Dummheit zu begehen. Was aber nicht erklärte, warum er immer noch den Drang verspürte, auf etwas einzuschlagen.

»Ja, und genau deshalb ist sie meine Lieblingsnichte«, riss Piers ihn aus seinen Gedanken.

7. Kapitel

Am Abend ging Iona zur verabredeten Uhrzeit durch den Flur zur Wohnung von Mads und Sofia. In den Händen hielt sie eine Elchfigur, die ein T-Shirt mit der Aufschrift »Weihnachten ist die Zeit der Wunder« trug, und eine Flasche Glenlivet, die sie von einem Kunden geschenkt bekommen hatte. Sie trank keinen Whisky, aber ihr Bauchgefühl sagte ihr, dass Mads ihn womöglich mochte.

Sie klopfte an, und gleich darauf wurde ihr die Tür von Sofia und einem Mann geöffnet, den sie nicht kannte.

»Hallo, Iona. Wir haben uns ein Rennen zur Tür geliefert, und ich habe gewonnen!«, rief Sofia. Sie trug Jeans und ein T-Shirt mit Disney-Prinzessinnen darauf, aber keine Hausschuhe, nur Strümpfe.

»Das überrascht mich nicht, du bist schnell«, sagte Iona.

»Ja«, stimmte Sofia zu.

»Der ist für dich.« Iona reichte ihr den Elch.

Sofia drückte ihn an sich. »Danke.«

»Gerne.«

»Kommen Sie herein«, sagte der Mann und streckte die Hand aus. »Ich bin Piers, Mads' jüngerer und besser aussehender Bruder.«

Lächelnd schüttelte Iona ihm die Hand. Jetzt sah sie auch

die Ähnlichkeit der Brüder. Piers strahlte jedoch eine Unbeschwertheit aus, die Mads fehlte. Vermutlich war der Krebstod seiner Frau für seine ernste Art verantwortlich.

»Ein Urteil darüber spare ich mir auf, bis ich Sie beide nebeneinander gesehen habe.«

»Iona.«

»Ja?« Sie schaute zu Sofia.

»Natürlich sieht Papa besser aus. Onkel Piers ist nur albern«, sagte Sofia. »Jeder weiß doch, dass mein Papa der Beste ist.«

»Klar weiß das jeder, Sof«, pflichtete Piers der Kleinen versöhnlich bei. »Gehen wir in die Küche, damit wir beim Kochen helfen können.«

Iona folgte Sofia den Flur hinunter und spürte dabei Piers' Blick im Rücken. Als sie die Küche betrat, entdeckte sie Mads am Herd, der in einem Topf mit Tomatensoße rührte. Er schaute über die Schulter und lächelte sie an.

»Hallo. Das ist für dich.« Iona stellte die Flasche Whisky auf die Arbeitsplatte.

»Danke. Wer hat das Rennen gewonnen?«

»Ich«, rief Sofia.

»Herzlichen Glückwunsch«, sagte Mads.

»Iona hat mir einen Elch geschenkt.« Sofia hielt das Stofftier in die Höhe. »Iona, willst du mit in mein Zimmer kommen und zusehen, wie ich ihn meinen anderen Stofftieren vorstelle?«

»Ja, gerne. Es sei denn, ich kann hier in der Küche helfen.«

»Nein, danke. Piers kümmert sich bereits ums Knoblauchbrot, und Sof hat schon den Salat gemacht«, erwiderte Mads.

»Okay, dann zeig mir dein Zimmer«, sagte Iona zu Sofia.

Das Mädchen hüpfte aus der Küche und führte Iona an einem großen Wohnzimmer vorbei, in dem sich Bücherregale an einer Wand drängten und ein Fernseher an einer anderen zu sehen war. Vor der dritten Tür blieb Sofia stehen und öffnete sie.

»Das ist mein Zimmer«, sagte sie. In der Mitte des großen Raumes stand ein Himmelbett. Darauf sammelten sich Kissen, Stofftiere und Puppen. Die Decke war pink gestrichen, auf dem Boden lag ein weißer Teppich, und die Wände waren mit Prinzessinnen und Burgen tapeziert. Ritter in Rüstung kämpften gegen Drachen.

Das Zimmer war ziemlich fantasievoll eingerichtet, wenn man bedachte, dass das Mädchen nicht an den Weihnachtsmann glaubte.

»Du magst wohl Ritter und Prinzessinnen?«

»Ja. Meine Mom hat mir immer Geschichten über sie vorgelesen, auch als sie krank war. Ich habe im Bett neben ihr gesessen.«

»Kein Wunder, dass du Ritter und Prinzessinnen so gerne magst«, meinte Iona. »Meine Mutter hat mir auch früher immer vorgelesen, als ich so alt war wie du jetzt.«

»Hast du ein Lieblingsbuch?«

»Ich mag ›The Secret Three‹«, sagte Iona. »Das Buch handelt von drei Freunden, die ein Geheimnis teilen. Wie heißt dein Lieblingsbuch?«

»Gute Nacht, guter Ritter«, erwiderte sie. »Soll ich es dir zeigen?«

»Ja, bitte.« Iona setzte sich auf das Sofa vor dem Fenster. Sofia hielt den Elch immer noch in der Hand, als sie zum Bücherregal ging und das Buch heraussuchte. Iona fiel sofort auf, dass jemand etwas mit dem Einband gemacht hatte. Der Ritter war eindeutig ein Junge gewesen, aber man hatte ihm lange schwarze Zöpfe und ein pinkfarbenes Tutu angeklebt.

»Mommy und ich haben das Buch schöner gemacht«, erklärte Sofia.

Rührung stieg in Iona auf, als sie an Sofias Mutter dachte, die gewusst haben musste, dass sie sterben würde, und ihrer Tochter so viel Liebe geschenkt hatte wie möglich, bevor sie gehen musste. Hayleys Mutter war gestorben, als Hayley achtzehn gewesen war, und hatte ihr einen Stapel Briefe hinterlassen, die sie an ihren Geburtstagen lesen sollte. Unwillkürlich war Iona froh, dass ihre Mutter noch lebte.

»Das ist perfekt. Der Ritter sieht aus wie du«, sagte Iona.

»Ja. Und der Drache wie Mommy.« Sofia setzte sich neben Iona und schlug das Buch auf. Iona las es ihr vor; es war eine schöne Geschichte, doch dass Sofia und ihre Mutter die Helden umgestaltet hatten, machte sie zu etwas ganz Besonderem. Als Iona fertig war, legte Sofia das Buch auf das Sofa.

»Möchtest du meine Stofftiere kennenlernen?«

»Gerne.«

Sie standen auf, traten zum Bett, und Sofia stellte Iona einzeln die Stofftiere und Puppen vor. Iona war sich sicher, dass sie sich die vielen Namen niemals merken würde. Zum

Schluss setzte sie den Elch, dem Sofia den Namen Iona gegeben hatte, in die Mitte, und da fiel Iona der Teddy auf, der in einer Ecke saß, mit dem Gesicht zur Wand.

»Warum ist der Teddy denn nicht bei den anderen?«

»Das ist Mr. Bees, und er war sehr böse«, sagte Sofia.

»Was hat er denn angestellt?«

»Er hat gestern alle Spielzeuge draußen vergessen. Ich musste sie alle sauber machen, und Jessie war sauer deswegen«, erklärte Sofia.

»Wow. Das war echt nicht nett«, meinte Iona.

»Ich weiß. Ich habe ihn schon ausgeschimpft, und er hat eine Auszeit bekommen.« Sofia seufzte. »Aber jetzt darf er wieder zu den anderen.«

Sie holte den Teddy und erzählte ihm, dass sie ihn immer noch liebe, aber er sich an die Regeln halten müsse, was Iona zum Lächeln brachte. Offenbar spielte das kleine Mädchen mit ihren Stofftieren nach, womit sie selbst zu rechnen hatte, wenn sie sich danebenbenommen hatte.

Mads wusste nicht recht, was er erwartet hatte, aber der Abend verlief sehr unterhaltsam, und er fühlte sich ausgesprochen wohl, bis Sofia nach dem Essen ausgelassen herumtobte. Dadurch holte ihn der Stress des anstrengenden Tages wieder ein, denn er musste sie wiederholt auffordern, sich zu setzen, wenn sie wieder mal vom Sofa auf den Sessel sprang. Inzwischen stand er kurz davor, die Geduld zu verlieren.

»Sofia«, mahnte er mit strenger Stimme.

Seine Tochter ließ sich aufs Sofa plumpsen, schamrot im Gesicht. »Tut mir leid, Papa.«

»Schon gut«, sagte er. »Aber mach das nicht noch mal. Wir springen nicht auf den Möbeln herum.«

»Ja, Sir.« Sofia nickte eifrig.

»Ich sollte jetzt wohl besser gehen«, meinte Iona. »Ich würde nur noch gern kurz mit dir über die Dinnerparty am Freitag sprechen.«

»Warum bringst du Iona nicht nach Hause?«, schlug Piers vor. »Ich beaufsichtige unsere Flummi-Maus hier, stecke sie ins Bett und lese ihr eine Geschichte vor.«

Das klang wirklich vernünftig. So vernünftig, dass es merkwürdig erschienen wäre, wenn er den Vorschlag abgelehnt und damit eingestanden hätte, dass er im Moment lieber nicht allein mit Iona sein wollte. Es war ein schöner Abend gewesen, und die Abwechslung hatte ihnen gutgetan. Sofia und ihm. Er verstand auch gut, warum Sofia so fröhlich über die Möbel hüpfte. An diesem Abend gab es keine Lücke in ihrer Familie. Dieser Abend hatte eine Spur Normalität in ihr Leben gebracht.

Später würde er sich vielleicht schuldig deswegen fühlen, aber im Moment wünschte er nur, dass auch er den Abend so unbeschwert genießen könnte wie seine Tochter.

»Ja, klingt gut«, stimmte er schließlich Piers' Vorschlag zu. Er küsste Sofia auf den Kopf und folgte Iona zur Tür.

Sie trug eine enge Jeans und einen langen, schmal geschnittenen Pulli, dazu Stiefeletten, die sie gut zwei Zentimeter größer machten. Dennoch reichte sie ihm bloß bis zur

Schulter. So betrachtet hatte sie genau die richtige Größe, um perfekt in seine Arme zu passen.

Er erinnerte sich an den kurzen Kuss auf der Straße, und unwillkürlich stieg in ihm das Verlangen nach mehr auf.

Er sehnte sich nach etwas, das er sich schon sehr lange verwehrt hatte. Nicht etwa Sex, sondern dieses Gefühl der Geborgenheit, das er auch nun wieder verspürte, als sie den Flur zu ihrer Wohnung hinunterschlenderten. Sie redete über die Party am Freitag, doch er hörte nur mit halbem Ohr zu.

»Also, das ist mir jetzt ein wenig peinlich«, sagte sie. »Aber, äh, willst du noch mit reinkommen?«

»Warum ist dir das peinlich?«, fragte er.

»Ich meinte meinen Bruder. Ich muss dir etwas sagen«, erklärte sie. »Hast du mir denn nicht zugehört?«

Er schüttelte den Kopf. »Tut mir leid, Iona, ich war in Gedanken. Ja, ich komme gern noch mit rein.«

Sie nickte, und er betrat hinter ihr die Wohnung. Der Schnitt war ähnlich wie in seinem Apartment, aber alles war in fröhlicheren Farben dekoriert.

Sie führte ihn in die Küche und schaltete das Licht ein. »Möchtest du etwas trinken?«

»Werde ich es denn brauchen?«, gab er zurück und grinste.

Um ihre Lippen spielte ein Lächeln. »Nein, ich glaube nicht.«

»Dann möchte ich auch nichts«, sagte er. Er setzte sich in der Essecke auf einen Stuhl. Iona nahm ihm gegenüber auf der gepolsterten Bank Platz. Im Schein der Lampe schimmerten ihre roten Haare golden.

»Also. Ich wollte dich und Sofia zur Familienvorstellung von ›Der Nussknacker‹ einladen. Wir gehen jedes Jahr vor Weihnachten in die Vorstellung, meine Familie hat eine Loge.«

»Ich habe bereits Karten. Sofia wollte die Aufführung gern sehen. Vielleicht kannst du dich uns ja anschließen?«, fragte er.

»Ich werde mit meiner Mutter reden; ich möchte sie nicht kränken.«

»Einverstanden«, sagte er. »Ich glaube, Sofia hätte dich gern dabei. Sie mag dich sehr.«

»Sie hat mir heute Abend das Buch gezeigt, dessen Umschlag sie mit ihrer Mutter verschönert hat. Das ist so schön und besonders«, sagte Iona.

Mads liebte das Buch, aber es fiel ihm sehr schwer, Sofia daraus vorzulesen. An manchen Tagen ging es ihm gut, aber die Trauer war unberechenbar, und manchmal überwältigte sie ihn ziemlich heftig.

An diesem Abend jedoch nicht. Die Erinnerungen an Gill waren voller Liebe und versetzten ihm keinen Stich, was wohl an Iona liegen musste.

»Dieser Monat ist der letzte, in dem wir Dinge zum ersten Mal ohne Gill erleben, und danach … Ich weiß nicht, was danach passieren wird«, gestand er. »Ich habe ihr versprochen, nach vorn zu schauen und mein Leben weiterzuleben, aber es ist nicht leicht.«

Iona ergriff seine Hand. »Du bist nicht allein. Ich glaube, inzwischen kann man uns als Freunde bezeichnen.«

»Ja, mag sein.« Tief in seinem Inneren wusste er, dass er sich mehr als ihre Freundschaft wünschte. Er wollte, dass sie ihm den Weg aus der Dunkelheit zeigte, ihm half, nach vorn zu schauen, obwohl er sich nicht sicher war, ob er schon bereit dafür war.

»Mag sein?«

»Womöglich möchte ich mehr als Freundschaft«, gestand er.

Der Tag war einer der seltsamsten, die Iona in vergangener Zeit erlebt hatte. Der Abend jedoch war sehr schön. Sie hatte das Abendessen mit Mads genossen. In seiner Familie herrschte eine völlig andere Dynamik als in ihrer. Mads und Piers waren beide starke Charaktere, und trotzdem standen sie sich sehr nahe. Zumindest machte es den Eindruck. Das verstärkte ihre Schuldgefühle gegenüber ihrem Bruder, weil sie so sehr auf Distanz gegangen war.

Sie wusste, dass sie sich selbst in diese unangenehme Situation mit Theo und Nico hineingeritten hatte, doch nach dem Gespräch mit ihren Freundinnen, und nun mit Mads, hatte sie das Gefühl, dass sie allmählich besser damit umgehen konnte. Sie kam sich zwar albern vor, wenn sie ihre Gefühle laut aussprach, doch sie für sich zu behalten hatte ihre Verlegenheit nur verstärkt und den Abstand zu ihrem Bruder noch vergrößert.

In Mads' dunklen Augen lag ein Funkeln, und es kam ihr so vor, als ob sein Blick ziemlich oft zu ihrem Mund wanderte. Vielleicht bildete sie sich das aber auch nur ein.

Sie fragte sich, wie es wohl wäre, ihn noch einmal zu küssen. Der Kuss auf der Straße hatte ihr Verlangen nach mehr geweckt. Sie wusste jedoch, ganz egal, wie sehr auch er sie küssen wollte, er war immer noch zu sehr in seiner Trauer gefangen. Er war seit knapp einem Jahr Witwer und hatte sich noch nicht an ein Leben ohne seine Frau gewöhnt. Und seine Sorge um Sofia tat ihr Übriges.

Sie wünschte, dass das kleine Mädchen, das Prinzessinnen und Ritter mochte, immer noch an den Weihnachtsmann glauben könnte. Sie wünschte, Sofia hätte diese Unschuld der Kindheit nach dem Tod ihrer Mutter nicht verloren. Iona konnte ihr zwar die Mutter nicht ersetzen, aber sie hoffte, dass sie Vater und Tochter die Weihnachtszeit ein wenig verschönern konnte.

Mads rutschte unruhig auf seinem Stuhl hin und her und entzog ihr seine Hand. Sanft rieb er ihr mit dem Daumen über die Fingerknöchel und löste damit eine Hitzewelle in ihr aus. Er hatte gesagt, dass er mehr als Freundschaft wollte, und ihr ging es ähnlich.

»Du bist ziemlich schweigsam«, sagte er.

Sie zuckte mit den Schultern. Auf keinen Fall würde sie ihm verraten, dass sie ihn gerne noch einmal küssen würde. Ihre Lippen fühlten sich trocken an, und sie leckte mit der Zunge darüber, um sie zu befeuchten.

Er hob die Augenbrauen. »Ich glaube, du bist aus demselben Grund abgelenkt wie ich vorhin im Flur.«

Das bezweifelte sie. Er hatte vermutlich an seine Tochter gedacht. Bis zu diesem Augenblick war ihr jedoch nicht bewusst gewesen, dass Nico zu verlieren ein viel heftigerer Schlag für ihr Selbstbewusstsein gewesen war, als sie gedacht hatte. Seit August, als aus ihm und Theo ein Paar geworden war, hatte sie kein Date mehr gehabt und nur noch das Bedürfnis verspürt, sich zu verkriechen. »Was hat dich abgelenkt?«

»Du«, sagte er. »Ich habe mich gefragt, wie es wohl wäre, dich noch einmal zu küssen.«

Sie nagte an ihrer Unterlippe. »Ich glaube, das wäre keine gute Idee.«

Darauf erwiderte er nichts. Untätigkeit lag ihm jedoch nicht, so gut kannte sie ihn bereits, und ihr Puls beschleunigte sich, als er aufstand und ihr die Hand reichte. Erneut musste sie an seinen Kuss denken und sehnte sich nach mehr.

Sie stand ebenfalls auf, und er legte ihr eine Hand auf die Taille und die andere auf ihren Oberarm. Leicht umfing er sie, ohne ihr näher zu kommen. Er hielt sie einfach nur fest und ließ sie entscheiden, was als Nächstes passieren sollte. Sie schlang die Arme um ihn, als wäre er ihr Anker. Als er den Kopf zur Seite legte, stellte sie sich auf die Zehenspitzen und ließ ihre Lippen mit seinen verschmelzen. Ihr war, als hätte sie plötzlich ein Stromschlag durchzuckt. Besitzergreifend zog er sie an sich und erwiderte den Kuss.

Voller Wonne gab sie sich dem leidenschaftlichen Moment und der Anziehung hin, den Mads seit ihrer ersten Begegnung auf sie ausübte. Sie hatte sich selbst etwas vorgemacht, als sie sich einredete, dass ihr eine Freundschaft mit ihm genügte. In Wahrheit wollte sie viel mehr.

8. Kapitel

Mads konnte Iona nicht länger widerstehen. Er wollte einfach nur alles eine Weile lang in ihren Armen vergessen. Den Mantel aus Schuldgefühlen schleppte er schon viel zu lange mit sich herum. Er wusste nicht, ob ihre Beziehung zu mehr taugte als zu einer flüchtigen Affäre, aber darüber wollte er auch nicht nachdenken.

Zumindest nicht an diesem Abend.

Wie vermutet, schmiegte sie sich perfekt in seine Arme. Leidenschaftlich küssten sie sich, und er gestand sich ein, dass es sich gut anfühlte, wieder eine Frau im Arm zu halten. Er genoss das Gefühl ihres geschmeidigen Körpers, ihrer weichen Rundungen an seiner Brust. Unwillkürlich drückte er sich an sie und rieb sich an ihr, worauf sie sich eng an ihn presste. Die Hand auf ihrem Rücken, erkundete er mit der Zunge ihren Mund. Sie schmeckte nach dem Kaffee, den sie gemeinsam nach dem Essen getrunken hatten, und duftete nach Pfefferminz und Kiefern. Wie Weihnachten und all die Dinge, von denen er behauptete, dass er sie nicht leiden konnte. Offensichtlich hatte er sich getäuscht, denn sonst hätte sich ihre Nähe wohl kaum so richtig angefühlt.

Er schwelgte in dem Gefühl, wie sie sich an ihm festhielt. Langsam ließ er seine Hand über ihren Rücken nach unten wandern und umfasste ihren Po. Ihre Zungen tanzten miteinander, ertasteten und erforschten, bis sein Herz so heftig trommelte, dass selbst die letzte Mauer aus Bedenken einstürzte und jegliche Grübelei, ob er das Richtige tat, unter sich begrub.

Lieber Himmel, Iona schmeckte paradiesisch gut.

Er mahnte sich, dass er es langsam angehen sollte, dass er sich von ihr lösen musste, doch sein Wille war nicht stark genug dafür. Sanft strich er über ihre Brust, als sie einen Arm hob und seinen Nacken umschlang.

Auch sie schien sich selbst zu vergessen. Offenbar war es das, was sie beide in diesem Moment am meisten brauchten – eine Flucht aus der Realität –, und Sex war die beste Ablenkung überhaupt.

Die Wahrheit war jedoch, dass es ihm um viel mehr ging als nur um Sex.

Verflucht.

Erneut begann sich das Gedankenkarussell in seinem Kopf zu drehen, und es gelang ihm nicht, es wieder abzuschalten. Denn auch das war ein erstes Mal: eine andere Frau zu küssen, die ihm etwas bedeutete. Das hier war kein One-Night-Stand, nach dem er sich aus dem Staub machen konnte und die Frau nie wiedersehen würde.

Das war schier unmöglich; immerhin lebten sie im selben Haus.

Unvermittelt löste sie sich von ihm, und er musterte sie.

»Du bist in Gedanken woanders«, stellte sie fest. »Und ich vermute, du willst das hier nicht mehr.«

Mist.

»Nein, das stimmt nicht«, widersprach er. Aber welche Frau wollte schon die Wahrheit hören, wenn sie lautete, dass er befürchtete, er könnte tiefere Gefühle für sie entwickeln, und nicht sicher war, ob er das riskieren konnte? Dass er aus seinem Herzen einen Eisblock gemacht hatte und sich an diese Gefühlskälte klammerte, weil sie ihn schützte und den schier unerträglichen Schmerz dämpfte, den er schon viel zu lange verspürte?

Und nun taute sein Herz langsam auf, und das bereitete ihm Sorge.

Er war noch nicht bereit für einen Neuanfang. Es war eine Sache, eine Frau zu küssen, die er danach nie wieder sehen musste. Aber hier ging es um mehr. Etwas, das er nicht vorausgesehen hatte.

»Ach ja?« Sie hob die Augenbrauen. »Ich bin nicht auf den Kopf gefallen. Ich kann dich verstehen. Du versuchst immer noch, dich mit Gills Tod abzufinden, und bist noch nicht bereit für eine neue Beziehung. Und nun komme ich daher und sage, lass uns Freunde sein …«

»Das ist nur teilweise der Grund«, gab er zu. »Die Wahrheit ist, Iona, du überraschst mich immer wieder, und im Moment fühle ich mich hin- und hergerissen zwischen der Vergangenheit und der Gegenwart.«

»Das verstehe ich ja«, sagte sie leise. »Allerdings bin ich mir nicht sicher, ob ich damit klarkomme. Wären wir uns zu einem anderen Zeitpunkt begegnet, hätte ich vermutlich gelächelt, dich geküsst und mit dir geschlafen, einfach, um ein wenig Spaß zu haben. Aber ich mag dich. Ich mag deine Tochter, und sie scheint mich auch als Freundin zu brauchen. Deshalb können wir nicht einfach so miteinander schlafen, ohne die Folgen zu bedenken, Mads.«

Mads strich ihr durch die Haare. All das wusste er auch. Er hätte sie nicht küssen sollen, aber die Versuchung war zu groß gewesen. Zu lange hatte er schon das Verlangen verspürt, ihre verführerischen Lippen noch einmal zu kosten, obwohl er hartnäckig dagegen angekämpft hatte. Er hatte gewusst, wenn er die Entscheidung traf, seinem Verlangen nachzugeben, musste er auch die Konsequenzen tragen und sich ganz auf sie einlassen. Nicht nur oberflächlich …

»Ich glaube, du solltest jetzt gehen«, sagte sie. »Ich kann das nicht. Nicht heute Abend. Wenn wir uns am Freitag bei Cicis Party sehen, werde ich wieder ich selbst sein.«

Sie ging auf Abstand zu ihm und lehnte sich an die Küchentheke, die Beine übergeschlagen, die Arme vor der Brust verschränkt. Jemand hatte ihr das Herz gebrochen, und er hatte mit seinen Worten gerade Salz in die Wunde gestreut. Er hatte für sie beide alles besser machen wollen und kläglich versagt.

Er kam sich wie ein Idiot vor.

Vermutlich war er das auch.

Schwer schluckend ging er einen Schritt auf sie zu. Doch ihre versteinerte Miene war ihm eine stumme Warnung, dass sie nicht in der Stimmung für Beschwichtigungen war, was er nachvollziehen konnte. Er hätte nicht etwas anfangen sollen, das er nicht beenden konnte. Allerdings hatte er auch erst, als er sie in die Arme genommen hatte, erkannt, wie wichtig Iona ihm inzwischen geworden war.

»Es tut mir leid. Du bist seit Gills Tod die erste Frau, die mir etwas bedeutet und die ich geküsst habe. Aber das bereitet mir mehr Gewissensbisse, als ich gedacht hätte.«

Sie schüttelte traurig den Kopf. »Sag nichts, was du nicht auch so meinst.«

»Das tue ich nie«, versicherte er.

Iona hätte Mads' Worten gerne Glauben geschenkt, ein eindeutiger Beweis dafür, dass sie bis über beide Ohren in ihn verliebt war. »Das kann nicht dein Ernst sein.«

»Warum nicht?«, fragte er.

Was sollte sie darauf antworten? Dass sie nicht die richtige Frau für ihn war. Wenn sie eines aus der Sache mit Theo und Nico gelernt hatte, dann, dass das Herz seinen eigenen Willen hatte. Sie konnte genauso wenig kontrollieren, in wen sie sich verliebte, wie jeder andere.

Und sich in Mads verliebt zu haben war die größte Dummheit, die sie hatte begehen können. Er trauerte immer noch um seine verstorbene Frau und war deshalb nicht der Mann, mit dem sie eine gemeinsame Zukunft planen konnte.

Dennoch kam sie nicht gegen ihre Gefühle an. Sie liebte ihn, das war ihr spätestens in dem Moment bewusst geworden, als sie ihrem Verlangen, ihn zu küssen, nachgegeben hatte. Ganz offensichtlich mochte er sie auch, aber wohl nicht so sehr wie sie ihn, wie ihr eine innere Stimme zuflüsterte. Sie würde nie mehr für ihn sein als die Übergangsfrau.

»Ich glaube, wir sind im Moment beide nicht in der Lage, mit dieser Situation umzugehen.«

Sein Lächeln ließ ihn sehr viel jünger wirken.

Es war das erste Mal, dass er aus ganzem Herzen zu lächeln schien, fiel ihr auf. Aber er lächelte auch nur selten und wirkte meist so ernst wie jemand, der täglich ums Überleben kämpfte.

Ihr Herz floss über vor Mitgefühl, und obwohl sie ein großes Mädchen war und viel zu alt, um an die Kraft der Wünsche zu glauben, wünschte sie sich an diesem kalten Winterabend von ganzem Herzen eine gemeinsame Zukunft mit Mads.

»Lass uns ehrlich miteinander sein. Keine Versprechungen, keine Verpflichtungen«, sagte er.

Langsam nickte sie. »Und wenn ich meine Meinung ändere?«

»Dann gib mir Bescheid. Wenn ich genauso denke, können wir die Regeln neu bestimmen.« Er rieb sich über den Nacken. »Es fällt mir schwer zu unterscheiden, was echt ist und was nur meinem Wunsch entspringt, nach vorne zu blicken, aber du faszinierst mich, Iona. Seit unserer ersten Begegnung bist du mir nicht mehr aus dem Kopf gegangen.«

Weil sie sich so sehr wünschte, dass seine Worte der Wahrheit entsprachen, bemühte sie sich, die Spannung im Raum durch einen Scherz aufzulockern. Im Moment war das alles zu echt. Zu ernst. Sie war sich immer noch unschlüssig, ob sie ihm trauen konnte. Ganz zu schweigen von sich selbst.

»Unterschätze nie die Macht von geringelten Strumpfhosen und einem Minirock.«

»Ich streite gar nicht ab, dass du tolle Beine hast und die Fähigkeit besitzt, einem erwachsenen Mann den Glauben an den Weihnachtsmann wiederzugeben, aber das ist es nicht allein.«

Immer wieder sagte er das Richtige, und es fiel ihr schwer, sich an ihren Entschluss zu halten, die Sache langsam anzugehen und einfach abzuwarten, wohin ihre Freundschaft sie beide führte. Allerdings war sie noch nie besonders geduldig gewesen, was vermutlich auch ein Grund für das Scheitern ihrer früheren Beziehungen war.

»Wie? Konnte ich deine Meinung über Weihnachten ändern?«, fragte sie und straffte die Schultern. Es war Zeit, sich von ihm zu verabschieden, bevor sie doch noch ins Wanken geriet und sich zu weiteren Dummheiten hinreißen ließ, die sich zwar gut anfühlten, die sie aber am nächsten Tag bereuen würde.

»Ja«, gestand er. »Ich glaube zwar immer noch nicht an Wunder, und das werde ich wohl auch nie. Aber du hast Sofias und mein Leben verändert.«

»Sie ist so ein süßes Kind«, sagte Iona. »Wie sind die Pralinen überhaupt angekommen?«

»Gut. Die Lehrerin hat das Geschenk für eine nette Geste gehalten, und heute Abend hat Remy angerufen, um sich zu bedanken und sich dafür zu entschuldigen, dass er sie als frech bezeichnet hat. Damit war sie zufrieden. Ich denke, damit ist der Streit aus der Welt.«

»Das freut mich.«

»Ist das deine Art, mir schonend beizubringen, dass ich nach Hause gehen soll?«, fragte er.

»Die ehrliche Antwort lautet: ja. Heute … Na ja, es war ein langer Tag, und ich bin total fertig«, meinte sie. »Ich habe den Charlie-Brown-Weihnachtsfilm aufgenommen, und ich glaube, den würde ich mir jetzt gern anschauen.«

»Dann will ich dich nicht länger davon abhalten«, sagte er und trat zur Tür. Sie folgte ihm.

Sie beschloss, in den nächsten Tagen etwas auf Abstand zu gehen, damit sie beide Zeit zum Nachdenken bekamen. Sie musste sich über vieles klar werden. Sie hatte einen Plan gehabt, aber der hatte sich schon bei ihrem ersten Kuss in Luft aufgelöst und nun … Oh ja, einen Moment lang hatte sie sich in seinen Armen geborgen gefühlt. Aber dann …

»Schluss damit«, sagte sie und erschrak, als sie ihre Stimme hörte.

Mist.

»Schluss damit?«

Immer wieder kam es vor, dass sie, wenn sie gestresst war, Gedanken versehentlich laut aussprach, die sie lieber für sich hätte behalten sollen, und sie wünschte, sie könnte sich diesen peinlichen Tick endlich abgewöhnen. »Ich habe nur versucht, diesen Gedankenwirrwarr in meinem Kopf abzuschalten. Mein Verstand serviert mir immer noch Argumente, mit denen ich mich im Moment nicht auseinandersetzen kann.«

»Na, viel Glück dabei«, sagte er. »Ich habe noch nicht herausgefunden, wie man komplett abschalten kann. Nur wenn ich dich küsse, vergesse ich alles um mich herum.«

Sie lehnte sich neben die Tür. »Bis dein Gehirn einen Kurzschluss bekommt und du wieder an Gill denken musst.«

»Ich habe nie behauptet, dass es leicht ist«, erwiderte er.

»Das soll es wohl auch nicht sein. Ihr habt euch geliebt, und wenn ich an deiner Stelle wäre, hätte ich sicher auch Probleme mit einem Neuanfang.«

»Danke«, meinte er, nachdem sie ein paar Momente geschwiegen hatten.

»Wofür?«

»Für dein Verständnis.« Er umarmte sie und griff hinter sie, um die Tür zu öffnen. Sie sah ihm einen Moment nach, als er den Flur hinunterlief, bis ihr auffiel, was sie da tat. Dann schloss sie die Tür, verriegelte sie und sank auf den Boden. Den Blick auf die Fliesen gerichtet, redete sie sich ein, dass es ihr gut ging.

Insgeheim hatte sie jedoch das Gefühl, dass es ihr nie wieder gut gehen würde.

Mads hatte Iona für die Party, die an diesem Abend stattfinden sollte, abgesagt. Sofia war deswegen sauer auf ihn, und die Reparatur des Rohrbruchs im Hotel stellte sich als größere Aktion heraus, aber da dieses Problem noch am einfachsten zu lösen war, konzentrierte er sich darauf.

Sein Bruder war zurück an die Westküste geflogen, nicht ohne zuvor seine Einladung für die Weihnachtsfeiertage zu wiederholen.

Inzwischen dachte Mads ernsthaft darüber nach, die Einladung anzunehmen. Er wusste schon gar nicht mehr, warum er sich überhaupt dazu entschlossen hatte, über die Festtage in Manhattan zu bleiben. Vielleicht, weil er wollte, dass Weihnachten … verflucht, selbst das wusste er nicht mehr.

Er saß in seinem Büro und sollte eigentlich über das Problem mit den Rohren nachdenken und einen Notfallplan ausarbeiten, wo er die Gäste unterbringen sollte, falls die Reparatur des Lecks doch länger dauerte als geplant. Einige prominente Gäste hatten Zimmer über die Feiertage gebucht, und solange eine gewisse Anzahl von Räumen nicht nutzbar war, musste er ein ausgewogenes Gleichgewicht zwischen Stammgästen, die jedes Jahr kamen, und den Promis finden. Die Planung war ein Albtraum, und er hatte den Großteil des Tages in Besprechungen mit dem Personal verbracht, einschließlich der Hausverwaltung, die Aushilfen eingestellt hatte, um die Klempnerfirma zu unterstützen, damit die Arbeit schneller voranging.

Man hatte ihm versprochen, dass das Problem bis zum Abend gelöst sein würde, und das hatte er als Ausrede für seine Absage benutzt. Er wusste, dass er Iona damit in Verlegenheit brachte, aber nach dem Abend, an dem sie sich geküsst hatten, hatte er sich nicht mehr daran erinnern können, wie Gills Küsse geschmeckt hatten, und das erschien ihm wie ein Verrat an ihr. Vor allem, weil er in dieser Nacht davon geträumt hatte, mit einer Frau zu schlafen. Nur war diese Frau nicht Gill, sondern Iona.

Er hatte gehofft, dass er die Anziehungskraft, die sie auf ihn ausübte, bezwingen konnte, obwohl er bereits zugegeben hatte, dass er mehr als nur Begierde für sie empfand. Er hatte sich gewünscht, dass sie weiterhin in der Freunde-mit-gewissen-Vorzügen-Zone bleiben könnten, aber dann hatte er von ihr geträumt. Er erinnerte sich an ihren Kuss in einer Weise, wie er sich nie an Gills Küsse erinnert hatte.

Den Kopf in die Hände gestützt, grübelte er, bis das Klingeln des Telefons ihn aus seinen Gedanken riss. Er hatte Lexi schon nach Hause geschickt und ihr gesagt, sie solle ihr Telefon auf seines umstellen, falls die Hausverwaltung anrief.

Seufzend griff er zum Hörer. »Mads Eriksson.«

»Oh, hallo«, hörte er Ionas Stimme. »Es tut mir leid, falls ich störe, aber wir haben einen Überraschungsgast auf unserer Party, und ich dachte, das könnte Sie interessieren.«

»Wovon redest du? Und warum bist du so förmlich?«, fragte er.

»Ja, genau. Wir brauchen noch ein weiteres Kindergedeck«, sagte Iona.

»Ist Sofia auf der Party deiner Freundin?«, fragte er verblüfft.

»Ja, genau. Die junge Dame steht direkt neben mir, und sie hätte gern …«, fuhr Iona fort, dann schien sie den Hörer zuzuhalten. »Was hättest du denn gern zum Abendessen?«

»Hühnchen«, antwortete Sofia. Ihre Stimme klang trotzig.

»Ist sie allein gekommen?«

»Ja. Ich glaube, sonst brauchen wir nichts weiter. Benötigen Sie die Adresse?«, fragte sie.

»Die habe ich noch. Ich bin gleich da.«

»Wunderbar«, meinte Iona. »Ich glaube, das ist das Beste.«

Sie legte auf. Sein Handy klingelte. Auf dem Display sah er, dass es Jessie war.

»Mads, o mein Gott, ich kann Sofia nicht finden. Ich glaube, sie ist weggelaufen. Was gar keinen Sinn ergibt, denn …«

»Ich weiß, wo sie ist.«

»Oh, dem Himmel sei Dank. Wo steckt sie denn?«, fragte Jessie.

»Sie ist auf der Party, zu der wir heute eigentlich gehen wollten«, entgegnete Mads. »Wie ist sie aus der Wohnung entwischt?«

»Ich war kurz in meinem Zimmer«, erklärte Jessie. »Wir waren im Central Park, um im Schnee zu spielen, und als wir zurückkamen, habe ich ihr Wasser für ein Bad eingelassen und bin mich umziehen gegangen. Ich schwöre, ich habe sie höchstens zehn Minuten im Bad allein gelassen und dann gleich wieder nach ihr gesehen, aber da war sie schon weg. Ich habe überall nach ihr gesucht. Das ist so untypisch für sie.«

»Ja, das ist es.«

»Wo genau ist sie denn? Wenn Sie mir die Adresse schicken, hole ich sie ab.«

»Nein, schon gut. Das mach ich schon. Ich glaube, ich muss mal ein Wörtchen mit ihr reden. Nimm dir den restlichen Abend frei«, schlug Mads vor.

»Ich glaube, ich kann nicht abschalten, bis ich weiß, dass es ihr gut geht«, sagte Jessie. »Ich habe Gill versprochen, dass ich immer gut auf sie aufpassen würde, so als wäre sie mein eigenes Kind.« Jessies Stimme klang erstickt.

»Du machst das toll«, versicherte er ihr. »Dass sie ausgebüxt ist, ist meine Schuld. Sie mag Iona und war sauer auf mich, als ich ihr gesagt habe, dass wir nicht zu der Party gehen werden. Ich schreibe dir eine Nachricht, wenn wir auf dem Heimweg sind.«

»Danke«, sagte Jessie.

Mads ging nach unten, um dem Hausmeister, der die Arbeiten beaufsichtigte, Bescheid zu geben, dass er wegmusste, und bat ihn, ihn auf dem Laufenden zu halten. Dasselbe sagte er auch noch einmal dem Portier.

Sein Fahrer Hamlisch wartete vor dem Eingang bereits auf ihn. »Nach Hause, Sir?«

»Nein, bringen Sie mich zu dieser Adresse.« Er nannte sie ihm. Dann sank er in den Sitz, und Hamlisch schloss die Autotür. Wenig später waren sie auf dem Weg. Mads beobachtete, wie die Lichter der Stadt am Fenster vorbeiflogen, und fand, dass er alles gründlich vermasselt hatte. Gill war erst seit knapp einem Jahr tot, und schon war Sofia ihm davongelaufen.

Er wusste, dass sich etwas ändern musste, aber er wusste im Moment nicht, wie er das schaffen sollte. Es fiel ihm schwer, die Trauer zu bewältigen und gleichzeitig nach vorn zu schauen und sich um Sofia zu kümmern. Er suchte nicht etwa nach Ausreden, warum ihm das nicht gelang, aber an diesem Abend hatte er das Gefühl, es gäbe Millionen Gründe, warum ihm die Kraft dafür fehlte.

Hamlisch hielt vor einem Gebäude, und Mads bat ihn zu warten. Einen Moment nahm er sich Zeit, um sich zu sammeln. Er stand kurz davor, die Beherrschung zu verlieren, und es wäre ein Fehler gewesen, Sofia in dieser Verfassung gegenüberzutreten. Andererseits konnte er ihr diese Sache auch nicht so einfach durchgehen lassen. Sie war sechs und nicht sechzehn. Und sie hatte sich in Gefahr gebracht.

9. Kapitel

Iona entging die Mischung aus Panik und Wut nicht, die sich in Mads' Gesicht spiegelte, als er Cicis Wohnung betrat. Die Party war bereits in vollem Gange, und der Raum war angefüllt von Musik, Stimmengewirr und Gelächter. Suchend ließ er den Blick durchs Zimmer schweifen, und sie war schon auf dem Weg zu ihm, als sich ihre Blicke trafen. Anfangs hatte sie überlegt, ihn nach dem Kuss in ihrer Wohnung zu meiden, aber Weglaufen lag nicht in ihrer Natur, und es hatte sie ehrlich überrascht, dass er die Party-Verabredung abgesagt hatte.

Sie konnte nachvollziehen, dass ein Rohrbruch im Hotel in der Vorweihnachtszeit ein echter Notfall war, dennoch wurde sie das Gefühl nicht los, dass es nur eine Ausrede gewesen war, um ihr nicht zu begegnen.

Deshalb war sie auch so verblüfft gewesen, als Sofia plötzlich vor der Tür gestanden hatte. Die Kleine hatte trotzig und verängstigt ausgesehen, und Iona war sofort klar gewesen, dass das Mädchen ohne Erlaubnis gekommen war. Nun half sie, den Baum zu schmücken, den Cici und Hoop im Wohnzimmer aufgestellt hatten. Hoop war ein wundervoller Vater; fast schien es so, als hätte er sich schon sein ganzes Leben lang darauf gefreut, eine eigene Familie zu haben.

»Wo ist sie?«, fragte Mads, als sie sich gegenüberstanden.

»Sie schmückt den Baum. Du siehst verärgert aus. Möchtest du dich nicht erst ein wenig beruhigen, bevor du mit ihr redest?«, schlug Iona vor.

»Nein«, erwiderte Mads. Er fuhr sich mit einer Hand durch die Haare. »Ich glaub, das wird mir ohnehin nicht gelingen. Sie ist alles, was mir noch geblieben ist. Und ihr Verhalten ist inakzeptabel.«

»Ich weiß. Und ich glaube, sie weiß das auch. Sie sah ziemlich schuldbewusst aus, als sie herkam. Cicis Portier hat sie hochgebracht und das Taxi bezahlt.«

»Sie ist ohne Geld mit einem Taxi gefahren?«, fragte Mads.

Iona erkannte, dass er gleich die Beherrschung verlieren würde. »Denk nicht dran, was alles hätte passieren können. Wichtig ist doch, dass sie jetzt in Sicherheit ist. Komm mit. Sie hat vorhin mit Holly gespielt, der Tochter meiner Freundin. Sie ist erst drei Monate alt, und Sofia schien von ihr ganz hingerissen zu sein.«

Iona hatte Mads und Sofia eigentlich allein lassen wollen, damit sie sich aussprechen konnten, doch er strahlte eine Verzweiflung aus, die seine Worte bestätigt hatten. *Sie ist alles, was mir noch geblieben ist.* Sie verstand, warum er so dachte. Niemand sollte so einen Verlust erleiden müssen. Mitfühlend ergriff sie Mads' Hand.

Einen Moment lang machte er sich steif, ehe er ihre Hand drückte. »Danke.«

Sie nickte. Sie wusste nicht, ob er ihr für den Trost dankte oder dafür, dass sie auf seine Tochter aufgepasst hatte. Womöglich bedankte er sich ja auch für ihre Freundschaft.

Darauf lief es letztendlich hinaus: Er brauchte einen Freund. Und sie wollte womöglich mehr als Freundschaft. Gut, zugegeben, sie wollte definitiv mehr. Sein Anblick brachte sofort die Erinnerung an diesen unglaublich schönen Kuss zurück, und sie widerstand nur mit Mühe dem Verlangen, ihm durch die dichten schwarzen Haare zu streichen.

Reiß dich zusammen, ermahnte sie sich streng.

Begierde war keine gute Basis für eine Beziehung gleich welcher Art, außer wenn man eine Nacht Spaß haben wollte.

In der Nähe des Weihnachtsbaumes blieb Mads stehen. Sofia saß neben der Babyschale, in der Holly lag. Sie hatte die Schale so gedreht, dass das Baby die blinkenden Lichter sehen konnte.

»Das ist ein Stern«, erzählte sie. »Und das ein Rentier. Die leben in kalten Ländern. Dort ist es viel kälter als hier bei uns. Sie können Schlitten ziehen, aber fliegen können sie nicht. Manche Leute glauben zwar, dass sie fliegen können, aber das stimmt nicht.« Das Baby prustete, und Sofia lachte.

Mads ließ Iona stehen und hockte sich neben seine Tochter. »Wahrscheinlich ziehen sie den Schlitten so schnell, dass es manchen Leuten so erscheint, als würden sie fliegen.«

»Papa.«

»Sofia.«

»Das ist Holly«, stellte Sofia das Baby vor, ohne aufzusehen.

»Wir werden darüber reden müssen, dass du weggelaufen bist«, sagte Mads.

»Ich weiß. Es tut mir leid, Papa.« Sie hob den Kopf. »Jessie kann nichts dafür.«

»Das ist mir schon klar, denn sie hat mich total aufgelöst angerufen«, meinte Mads.

»Ich bekomme Ärger, oder?«

»Sagen wir einfach, dass du heute Abend ein ziemlich unartiges Mädchen warst«, sagte Mads. Er klang nun völlig beherrscht und wirkte gelassen, obwohl er wütend auf seine Tochter war. »Hast du Holly das Weihnachtsfest erklärt?«

»So gut ich kann. Hier sind viele Erwachsene, und Iona musste sich mit einigen unterhalten.«

»Tut mir leid, Schätzchen«, meldete Iona sich zu Wort.

»Das macht doch nichts. Hast du Papa angerufen?«

»Ja. Ich habe dich zwar gerne hier, aber ich habe gedacht, dass er vielleicht nicht weiß, wo du steckst.«

»Schon gut. Ich verzeihe dir«, sagte Sofia.

»Du verzeihst ihr?«, fragte Mads.

»Dass sie mich verpetzt hat«, erklärte Sofia.

»Sie hat dich nicht verpetzt. Sie hat uns wissen lassen, dass es dir gut geht, Sofia. Jessie und ich haben uns wirklich große Sorgen gemacht, weil wir nicht wussten, wo du bist. Hätte Iona nicht angerufen, wäre ich zur Polizei gegangen.«

»Warum?«

»Damit sie mir geholfen hätte, dich zu finden«, sagte Mads. »Wenn Eltern ihre Kinder nicht finden können, gehen sie zur Polizei, und die leitet eine große Suchaktion ein.«

Sofia stand auf und warf sich Mads in die Arme, wobei er nach hinten umkippte. Er drückte sie fest an sich. Sie flüsterte ihm etwas ins Ohr, und Iona beschloss, die beiden allein zu lassen, damit sie sich in Ruhe aussprechen konnten.

Sie nahm die Babyschale mit Holly hoch und trug die Kleine in die Küche. Hier war es ruhiger, und sie dachte, sie wäre allein, bis sie Hayley in einer Ecke bemerkte, die ihren Verlobten Garrett küsste. Sie drehte den beiden den Rücken zu und betrachtete Holly, die leise gluckste.

Unvermittelt wurde sie von dem Wunsch überwältigt, auch eine kleine Familie zu haben. Sie liebte ihre Arbeit im Candied Apple Café zwar, aber sie war nicht wie ihr Vater. Verdammt. Es hatte lange gedauert, bis sie diese Tatsache akzeptieren konnte. Theo hatte recht gehabt, dass Erfolg im Berufsleben nicht dauerhaft glücklich machte.

Aber warum kam ihr diese Erkenntnis gerade jetzt auf dieser Party? Und warum nur wünschte sie sich diese Familie ausgerechnet mit Mads, der nur eine gute Freundin in ihr sah und Gefühle in ihr weckte, mit denen sie nicht umzugehen wusste?

Sie brachte Holly ins Kinderzimmer und hob sie aus der Schale. Die Kleine duftete ganz zauberhaft nach Babypuder und Creme. Ihr kleiner Körper steckte in einem rot-weiß gestreiften Strampler. Vorsichtig drückte Iona das Baby an sich und wiegte es in ihren Armen.

Es war nur logisch, dass sie sich eine Familie wünschte, weil alle in ihrem Umfeld eine hatten. Es war bloß schwierig, sich mit der Tatsache abzufinden, dass der Mann, den sie gern dafür an ihrer Seite gehabt hätte, nicht denselben Wunsch verspürte.

Nachdem Mads mit Sofia geredet und sie beruhigt hatte, suchte er nach Iona, um sich noch einmal bei ihr zu bedanken. Er konnte sie jedoch nirgendwo entdecken. Ionas Freundin forderte ihn auf, sich am Buffet zu bedienen, und als Sofia eingestand, dass sie vor lauter Angst, in Schwierigkeiten zu stecken, noch nichts gegessen hatte, nahm er die Einladung an. Mit beladenen Tellern suchten Sofia und er sich anschließend eine ruhige Ecke im Esszimmer.

»Wenigstens hattest du ein schlechtes Gewissen, als du herkamst«, sagte Mads. »Du warst dir also durchaus bewusst, dass du etwas Falsches tust.«

»Ja«, sagte Sofia.

»Und warum bist du dann trotzdem einfach hergefahren, ohne jemandem Bescheid zu geben?«

Sie zuckte mit den Schultern und schob das Essen auf ihrem Teller herum.

»Das ist keine Antwort, Sof. Es ist schon in Ordnung, wenn du es nicht genau sagen kannst, aber wir sollten versuchen, den Grund herauszufinden.«

Sie blickte ihn mit so großen, ernsten Augen an, dass es ihm einen Stich versetzte. Er gab sein Bestes, um sie zu beschützen, aber ihre Mutter war beinahe so lange krank gewesen, wie sie denken konnte, und inzwischen ganz aus ihrem Leben verschwunden. Daran konnte selbst er nichts ändern, auch wenn er sich wünschte, er hätte Sofia all das ersparen können.

»Ich wollte nur, dass es … na ja, dass die Weihnachtszeit nicht so wie im letzten Jahr wird«, gab sie zu. »Und ich dachte, mit einer Party würde es anders werden.«

Er nickte. »Ich hatte heute einen Notfall bei der Arbeit, und mir tat es auch leid, dass wir absagen mussten. Vielleicht können wir das zukünftig anders lösen, wenn so etwas noch mal passieren sollte, und einfach miteinander reden. Weglaufen ist nie eine Lösung.«

»Das weiß ich jetzt auch«, sagte Sofia. Im selben Moment betrat Iona das Zimmer. »Hallo, Iona. Du kannst jetzt zu uns kommen. Papa hat mich bereits ausgeschimpft.«

»Ich habe dich nicht ausgeschimpft, Sofia«, widersprach er mit nachsichtigem Lächeln und machte eine einladende Geste in Ionas Richtung. »Bitte setz dich doch.«

Sie kam zum Tisch, und bei jedem ihrer Schritte erklang ein Glöckchen, obwohl sie heute die Weihnachtsmannmütze gar nicht trug. Prüfend musterte er sie und gestand sich ein, dass er es leid war, ihr aus dem Weg zu gehen. Er hatte sie vermisst, obwohl sie sich nur einen Tag lang nicht gesehen hatten. Sie schenkte Sofia ein Lächeln und legte den Kopf schräg. Dabei bemerkte er die kleinen Glöckchen an ihren langen Ohrringen.

»Darf ich, Papa?«

»Tut mir leid, Sof, ich habe nicht zugehört.«

»Darf ich mir ein Plätzchen aus der Küche holen?«, fragte

Sofia erneut. Sie betonte jedes Wort, als ob er schwerhörig wäre.

»Ja, Frechdachs«, erwiderte er. Sie lächelte und flitzte davon.

Iona setzte sich zu ihm. »Ich hoffe, es macht dir nichts aus, aber ich würde gern mit dir reden.«

»Es macht mir gar nichts aus. Danke, dass du auf Sofia aufgepasst hast.« Es gab nicht genug Worte, um ihr zu sagen, wie viel seine Tochter ihm bedeutete.

»Ich bin froh, dass sie hier ist. Woher hatte sie die Adresse?«

»Das habe ich sie auch schon gefragt. Sie hat die Adresse auf Jessies Handy gesehen. Ich hatte sie ihr in einer SMS mitgeteilt. Was ist los? Warum wolltest du mit mir reden?«

Sie schlug die Beine übereinander und warf einen schnellen Blick über die Schulter, ehe sie sich zu ihm beugte. Sie duftete nach Zimt, und er musste unwillkürlich daran denken, wie gut es sich angefühlt hatte, sie in den Armen zu halten.

»Ich war mir nicht sicher, ob du wegen neulich abgesagt hast«, begann sie. »Ich muss mich bei dir für mein Verhalten entschuldigen. Der Kuss war wirklich schön, und ich mag dich, Mads. Und Sofia ist wie ein Bonus, den ich erhalte, weil ich mit dir befreundet bin.«

»Du musst dich nicht entschuldigen«, erwiderte er. Er war sich immer noch nicht schlüssig, wie seine Beziehung zu Iona zukünftig aussehen sollte, aber eins wusste er jetzt mit Gewissheit: Er konnte ihr nicht den Rücken zukehren.

»Dafür gibt es keinen Grund. Es tut mir leid, dass ich so neben der Spur war.«

»Das ist schon in Ordnung. Im Gegenteil, ich fand es sogar gut, denn es hat mir deutlich gemacht, dass du eine Beziehung nicht leichtfertig eingehst.« Auch sie ging Beziehungen nicht leichtfertig ein. Früher vielleicht einmal, aber jetzt nicht mehr.

»Gut. Dann steht unsere Verabredung für den Nussknacker also noch?«, fragte er.

»Oh ja«, antwortete sie. »Mom war auch einverstanden. Als Cici und Hayley hörten, dass mein Platz in Moms Loge frei wird, wollten sie auch gern mitkommen, und jetzt streiten sie, wer den Platz bekommen soll. Hast du denn noch einen freien Platz in deiner Loge?«

»Ja, ich denke, es sind sogar noch mehrere Plätze frei. Das ist bestimmt in Ordnung. Bitte halte mich nicht für unhöflich, aber ich muss zurück ins Hotel. Mit ein bisschen Glück sind die Handwerker mit der Reparatur inzwischen fertig, und ich muss entscheiden, ob wir die Räumlichkeiten ab morgen wieder nutzen können.«

»Mach nur«, sagte Iona. »Ich suche Sofia, und wir treffen uns dann gleich im Wohnzimmer beim Weihnachtsbaum. Holly liebt die Lichter, und Cici schaut ihrer Tochter gern zu, wenn sie sie betrachtet.«

Sie stand auf, doch er hielt sie am Handgelenk fest. Der plötzliche Griff brachte sie aus dem Gleichgewicht, und sie fiel ihm in die Arme, genau so, wie es seine Absicht gewesen war. Er schloss die Augen und küsste sie. Dieses Mal verspürte er nicht diesen fiesen Schmerz in der Brust. Er hatte sich nach diesem Kuss gesehnt, und Iona war die Einzige, die er küssen wollte. Leise klingelten die Glöckchen an ihren Ohrringen, als sie ihm die Arme um den Nacken schlang und den Kuss erwiderte.

Iona fand, dass es ein fast magisches Erlebnis war, gemeinsam mit ihren Freundinnen, deren Männern, Mads und Sofia Weihnachtslieder zu singen, nachdem die anderen Partygäste gegangen waren. Die Schneeflocken, die vor den Fenstern fielen, untermalten die festliche Stimmung.

Cici und Hoop kuschelten eng umschlungen in einem Sessel, die kleine Holly schlief in Cicis Armen. Garrett und Hayley hatten es sich auf dem Boden vor dem Weihnachtsbaum gemütlich gemacht, und Mads, der zurückgekommen war, nachdem er im Hotel nach dem Rechten geschaut hatte, saß neben ihr auf dem Sofa, Sofia im Schoß. Es kam Iona vor, als wären sie mühelos zu einer Familie zusammengewachsen, obwohl sie wusste, dass das nur Wunschdenken war.

Sofia hatte schläfrig den Kopf auf Mads' Brust gelegt, und ihr fielen fast die Augen zu, während im Hintergrund Leon Redbones Version von »Winter Wonderland« lief. Mads schenkte ihr ein Lächeln. »Ich denke, wir sollten jetzt gehen …«

Sie nickte. »Ich komme mit.«

»Ich habe gehofft, dass du das sagen würdest.«

Aus dem Augenwinkel bemerkte sie, dass Hayley sie mit hochgezogenen Brauen beobachtete. Ihre Freundinnen hatten bisher kein Wort darüber verloren, dass Sofia ganz allein aufgetaucht war oder Mads sie im Esszimmer geküsst hatte. Sie wusste jedoch, dass sie spätestens morgen von den beiden in die Mangel genommen werden würde, bis sie jede noch so kleine Einzelheit aus ihr herausgequetscht hatten.

Hayley zwinkerte ihr zu, und sie antwortete darauf mit einem Lächeln. »Wir machen uns auf den Weg. Danke für den schönen Abend.«

»Gern geschehen.« Hoop schob Cici und Holly behutsam von sich runter und erhob sich. »Ich bringe euch zur Tür.«

»Danke.«

Iona umarmte Cici zum Abschied und küsste die schlafende Holly auf die Stirn, ehe sie Hayley und Garrett zuwinkte. Mads folgte ihr, Sofia im Arm, die inzwischen fest eingeschlafen war. Hoop reichte Iona die Mäntel.

»Mein Handy ist in meiner Jeanstasche«, sagte Mads zu Iona. »Kannst du Hamlisch eine Nachricht schicken, dass wir aufbrechen wollen?«

Unter Hoops belustigtem Blick steckte sie errötend die Hand in Mads' Jeanstasche und zog das Handy heraus. Sie versuchte, sich gelassen zu geben, dennoch fühlte sich die Geste sehr intim an. Gar nicht kameradschaftlich. Da das Handy mit einem Passwort geschützt war, reichte sie es Mads und hielt Sofia so lange, bis er seinem Fahrer geschrieben hatte.

»Bis Samstag«, verabschiedete sie sich von Hoop.

Er öffnete ihnen die Tür. »Ich kann nicht glauben, dass ich tatsächlich ins Ballett gehen werde. Könnte lustig werden. Danke noch mal für die Einladung, Mads.«

»Es wird dir bestimmt gefallen«, versicherte Iona.

Hoop nickte, und sie verabschiedeten sich. Als sie auf den Aufzug warteten, spürte sie, dass Mads sie nachdenklich musterte. In seinem Blick lag eine ungewohnte Intensität.

»Was ist denn?«, fragte sie.

»Ich musste nur an etwas denken, das Sofia vorhin gesagt hat.«

»Was denn?« Iona strich Sofia eine Haarsträhne aus dem Gesicht.

»Sie wollte, dass dieses Weihnachtsfest anders wird als das letzte. Gill war drei Jahre lang krank vor ihrem Tod. Sofia hat noch nie ein Weihnachtsfest ohne Krankenschwestern, Ärzte und Krankenhaus erlebt.«

Behutsam umarmte sie ihn und Sofia. Am liebsten hätte sie die beiden ewig festgehalten. »Wir werden dieses Weihnachtsfest ganz besonders schön für sie gestalten«, versprach sie.

»Ich hoffe, auch für dich wird es schön«, meinte er.

»Bestimmt«, entgegnete sie, als sich die Lifttüren öffneten.

Unten in der Lobby erhaschte Iona einen Blick auf sich und Mads in den verspiegelten Wänden. Sie wirkten wie die kleine Familie, die sie sich insgeheim schon wünschte, seit ihre Mutter ihr die Partnervermittlungsagentur vorgeschlagen hatte. Ihrer Mutter war es eigentlich darum gegangen, dass Iona nicht mehr so viel arbeitete und nicht so wurde wie ihr Vater. Iona selbst hatte darauf gehofft, durch die Agentur den richtigen Mann zu finden, um eine Familie zu gründen.

Mads und Sofia waren jedoch ganz unvermittelt in ihr Leben getreten, als sie die Suche schon aufgegeben hatte.

»Alles in Ordnung?«, fragte Mads.

Erst jetzt fiel ihr auf, dass sie stehen geblieben war und ihr Spiegelbild anstarrte. Sie nickte nur. Unmöglich konnte sie ihm ihre Gedanken anvertrauen und ihm sagen, dass zum ersten Mal seit wirklich langer Zeit tatsächlich alles in Ordnung zu sein schien.

Sie hatte das Candied Apple Café als Ersatzfamilie benutzt. Sie hatte das kleine Ladencafé zur wichtigsten Sache in ihrem Leben gemacht, weil sie sich dort geborgen fühlte. Sie konnte all ihre Hoffnungen und Träume in den Laden stecken und sicher sein, dass er sie nicht im Stich lassen würde.

Das Ladencafé würde ihr nicht das Herz brechen oder ihr etwas versprechen, das sie sich sehnlichst wünschte, um es ihr dann wieder wegzunehmen.

In Wahrheit hatte sie sich jedoch viel zu lange vorgemacht, dass das Candied Apple Café die Leere in ihrem Leben füllen könnte.

Sie hatte sich nie viele Geschenke unter dem Baum gewünscht. Solange sie denken konnte, hatte sie nur diesen einen Weihnachtswunsch gehabt. Etwas, das man nicht kaufen konnte. Etwas, das immer außerhalb ihrer Reichweite gewesen war – die Anerkennung ihres Vaters. Auch jetzt wünschte sie sich ein ganz besonderes Weihnachtsfest, und ihr Spiegelbild gab ihr Hoffnung, dass diesmal ihr sehnlichster Wunsch in Erfüllung gehen könnte.

Dass sie mit Mads und Sofia zusammen sein konnte, und nicht nur an diesem Weihnachtsfest, sondern an allen zukünftigen auch.

10. Kapitel

Sofia schlief während der Fahrt, und Iona war ungewöhnlich still. Selbst im Aufzug in ihrem Wohnhaus sprach sie immer noch kein Wort und winkte Mads nur zu, bevor sie in ihr Apartment verschwand.

Irgendetwas hatte sich an diesem Abend verändert. Ihm war deutlich bewusst, dass die Arbeit, die nach Gills Tod seine Rettung gewesen war, sich als unzuverlässige Krücke erwiesen hatte. Der Hausmeister war natürlich durchaus in der Lage, die Reparaturarbeiten allein zu beaufsichtigen, und der Duty Manager hätte sich auch um die Umquartierung der Gäste kümmern können, aber Mads hatte vor Ort sein wollen, weil er die Weihnachtszeit nur schwer ertrug und die Arbeit ihn auf andere Gedanken brachte.

Sofia brauchte ihn jedoch mehr. Und er hatte eine leise Ahnung, dass Iona, die ebenso arbeitssüchtig war wie er, ihn ebenso brauchte.

Jessie wartete schon auf sie. »Ich hätte sie ja gern ausgeschimpft, aber wenn sie schläft, sieht sie wie ein kleiner Engel aus.«

»Ich habe ihr bereits gesagt, welch große Sorgen wir uns gemacht haben. Morgen früh wird sie sich sicher bei dir entschuldigen.«

»Soll ich sie ins Bett bringen?«, fragte Jessie.

»Nein, ich mach das schon.« Behutsam trug er seine schlafende Tochter in ihr Zimmer, legte sie aufs Bett und zog ihr den Pyjama an. Anschließend schaltete er das Nachtlicht ein und verließ das Zimmer.

Jessie hatte vor der Tür gewartet. »Ich glaube, ich setze mich noch einen Moment zu ihr und schau ihr beim Schlafen zu.«

»Gut.« Er vermutete, dass Jessie sich gern vergewissern wollte, dass es Sofia gut ging. »Macht es dir etwas aus, wenn ich noch einmal weggehe?«

»Nein.«

»Gib mir Bescheid, falls du Hilfe brauchst«, sagte Mads. Er griff sich eine Flasche Baileys, die er geschenkt bekommen hatte, und ging den Flur hinunter zu Ionas Wohnung.

Es war schon spät, fast Mitternacht, daher war er sich nicht sicher, ob sie ihn noch hereinlassen würde, falls sie überhaupt noch wach war, aber einen Versuch war es wert.

An diesem Abend, als er mit Sofia neben ihr auf dem Sofa gesessen hatte, hatte sich etwas verändert. Die Eismauer um sein Herz, die er seit Gills Erkrankung sorgfältig darum errichtet hatte, war noch ein Stückchen weiter geschmolzen.

Und er war es leid, sein Leben von Schuldgefühlen bestimmen zu lassen. Er hatte Gill geliebt, aber er würde ihrer Liebe unrecht tun, wenn er niemanden mehr an sich heranließ. Das bedeutete nicht, dass er bereit war, sich neu zu verlieben, aber er wollte auch nicht länger allein sein.

Wenn er jetzt an Ionas Tür klopfte, konnte er keinen Rückzieher mehr machen wie neulich, nachdem er sie geküsst hatte. Er musste sich ganz auf sie einlassen.

Unschlüssig starrte er auf den bunten Weihnachtskranz an ihrer Tür. Er hob die Hand, um anzuklopfen, und ließ sie doch wieder sinken. Er wäre sich gern zu hundert Prozent sicher gewesen, dass er das Richtige tat, aber diese absolute Gewissheit hatte er noch nie verspürt. Weder bei Gill noch als er den Geschäftsführerposten bei der Loughman Group übernommen hatte. Er war immer seinem Bauchgefühl gefolgt, und es hatte ihn nur selten getäuscht. Er hoffte, dass es ihn auch bei Iona nicht trog.

Entschlossen hob er die Hand erneut und klopfte an. In seinen Ohren klang das Geräusch lauter, als es eigentlich war. Es hallte bis in die dunkelsten Winkel seiner Seele wider. Mit angehaltenem Atem wartete er, bis er das Klicken des Riegels hörte. Dann schwang die Tür auf.

»Mads.« In Ionas Miene spiegelte sich Überraschung.

Sie hatte sich umgezogen. Nun trug sie eine rot-weiß gestreifte Pyjamahose und ein rotes Shirt. Das Haar hatte sie sich zu einem Pferdeschwanz zusammengebunden und das Make-up abgewaschen.

»Darf ich reinkommen?«, fragte er.

»Natürlich.« Sie machte ihm Platz.

Er betrat die Wohnung und hoffte, dass sich seine Nerven endlich beruhigen würden, aber das geschah nicht. Allein ihre Nähe erregte ihn, und plötzlich konnte er an nichts anderes mehr denken als daran, sie erneut in den Armen zu halten. Inzwischen dachte er nicht nur nachts an sie, wenn er nicht schlafen konnte. Fast ständig beherrschte Iona seine Gedanken. Selbst im Aufzug, auf dem Weg zur Arbeit, stellte er sich vor, sie im Arm zu halten, sie zu küssen, während ihre Körper miteinander verschmolzen. Er hatte es satt, innerlich wie tot zu sein und niemandem sein Herz zu öffnen.

Er wollte mehr als diese Freundschaft, von der sie beide vorgaben, dass sie ihnen genügte. Allerdings hatte Iona ihm erst neulich unmissverständlich zu verstehen gegeben, dass sie für eine Affäre nicht bereit war.

Er nahm den Duft von Zimt wahr, so als gehörte er zu ihr.

»Oh, du hast Baileys mitgebracht.«

»Ja. Ich dachte, wir könnten beide einen Drink gebrauchen. Die Woche war ziemlich anstrengend.«

»Meine auch. Wir haben die Brav-und-Frech-Pralinen ins Sortiment aufgenommen. Ich habe spezielle Schachteln mit unserem Logo anfertigen lassen. Morgen beginnt die Kampagne dafür«, sagte sie. »Vermutlich bist du aber nicht hier, um über die Arbeit zu reden. Komm mit.«

Sie ging den Flur hinunter. Die Schlafanzughose schmiegte sich eng um ihren Po und betonte ihre langen Beine. Über der Kochinsel in der Mitte der Küche brannte ein warmes Licht, das eine gemütliche Atmosphäre schuf. Iona drückte auf einen Schalter, und das Deckenlicht flammte auf. Sie machte einen sehr verschlossenen Eindruck. Gewöhnlich lächelte sie immer, und er fragte sich, ob es an ihm lag. Womöglich saugte er die Weihnachtsstimmung aus ihr auf wie ein Schwamm, weshalb ihre gleichermaßen abnahm, wie seine wuchs.

Er konnte nur hoffen, dass er sich irrte. Sie hatte ihm in Erinnerung gerufen, wie schön die Weihnachtszeit ohne Fahrten ins Krankenhaus und mitternächtliche Arztanrufe sein konnte. Er hatte schon ganz vergessen, wie sie diese Jahreszeit damals vor Gills Erkrankung verbracht hatten. Vielleicht ja ganz ähnlich wie jetzt.

»Soll ich lieber wieder gehen?«, fragte er.

»Nein. Ich hole uns Gläser und Eis.«

Sie öffnete einen der Schränke und holte zwei große Gläser heraus. In jedes warf sie zwei Eiswürfel, ehe sie die Gläser auf die Kochinsel stellte, an der er lehnte. Er öffnete die Flasche und schenkte großzügig ein.

Sie prostete ihm zu. »Auf den Mitternachtsdrink.«

Er betrachtete den cremigen Likör im Glas. Gill hatte Alkohol nie gemocht, und durch den Krebs und die Chemotherapie war sie ein Schatten ihrer selbst geworden. Zum Schluss hatte er das Gefühl gehabt, dass sie nur noch seinetwegen durchhielt.

»Gib es einen Grund, warum wir Alkohol trinken?«, fragte er.

»Du hast ihn mitgebracht«, erwiderte sie verwundert. »Gibt es einen?«

Er stützte sich mit dem Ellbogen auf die Kochinsel. »Vielleicht«, sagte er, aber er wollte sie nicht mit seinen Sorgen belasten. Er riss sich zusammen und lächelte ihr zu. Dabei fiel ihm erneut auf, wie schön sie war. »Ich dachte, damit fällt es leichter, abzuschalten und den Stress zu vergessen.«

»Ja, bestimmt«, sagte sie, doch sie klang angespannt.

»Rede mit mir«, forderte er sie auf. »Früher war ich mal ein guter Zuhörer.«

»Hör auf damit.«

»Mit was?«

»Solche Sachen zu sagen wie ›früher‹, so als ob du kein anständiger Mann mehr wärst«, erwiderte sie. »Du hast die Frau verloren, die du geliebt hast, und du bist über den Verlust noch nicht hinweg. Das macht dich aber nicht zu einem Schwächling.«

Ihre Worte trafen ihn an einem wunden Punkt; tatsächlich fühlte er sich schon seit Langem nicht mehr wohl in seiner Haut. In gewisser Weise grollte er Gill, weil sie gestorben war und ihn mit Sofia allein gelassen hatte, und er war wütend auf sich selbst, weil er nicht wusste, wie er ohne sie weiterleben und seine Lebensfreude wiederfinden sollte.

Mads stand wieder in ihrer Küche, und Iona wollte nicht zulassen, dass er sie erneut mit ihren Gefühlen und ihrer Sehnsucht allein ließ. Beim letzten Mal hatte sie seine Entscheidung akzeptiert und sich bemüht, Verständnis für ihn aufzubringen. Sie konnte nachvollziehen, dass es ihm schwerfiel, den Blick nach vorn zu richten und eine Beziehung mit einer anderen Frau einzugehen. Nach dem Gespräch mit ihrem Bruder und dem erhellenden Abend bei

Cici war sie sich jedoch im Klaren darüber, dass sie mehr wollte und auch brauchte.

Sie wollte eine Zukunft mit ihm.

»Danke, dass du so eine gute Meinung von mir hast«, sagte er.

»Aber sicher. Ich habe dich mit deiner Tochter erlebt, deinem Bruder, deinen Angestellten. Du bist ein guter Mensch, Mads. Vergiss das nicht.«

»Das ist noch das Leichteste. Bei anderen Dingen vermassele ich es aber ständig«, meinte er und nahm einen großen Schluck.

»Was meinst du damit?« Sie war sorgfältig darauf bedacht, ihn zu nichts zu drängen.

»Ich will mehr von dir«, platzte er heraus.

»Ich auch von dir«, gab sie zu.

»Das ist ein guter Anfang.« Er stellte sein Glas ab und umrundete die Kochinsel.

»Ist es das?«

»Zumindest könnte es ein Anfang sein.« Er umfing ihre Hüfte und zog Iona an sich.

Sie schloss die Augen; er roch nach Baileys und Aftershave. Noch viel besser als in ihrer Erinnerung.

Warm und federleicht spürte sie seine Hand in ihrem Nacken. Sein Atem strich ihr über die Wange, und sie öffnete die Augen.

Der Eishauch in seinen blaugrauen Augen war verschwunden; ein Feuer loderte nun darin, das auch sie in Flammen setzte.

Stumm betrachtete er sie mit diesem hitzigen Blick, während er ihr sanft mit dem Daumen über die Unterlippe strich. Ein Prickeln durchrieselte sie; erwartungsvoll reckte sie sich ihm entgegen, aber er nahm sich Zeit.

Er zog ihr das Haarband aus dem Pferdeschwanz und ließ spielerisch die Finger durch ihre Haare gleiten.

»Sie erinnern mich an eine Flamme«, meinte er.

Zärtlich fuhr auch sie ihm durch die Haare. Er wirkte wie ein gefallener Engel. Die Art von Engel, die Menschen zu sündhaftem Verhalten verführte. Doch sie hatte ihren Verstand längst ausgeschaltet und hörte nicht mehr auf die Stimme der Vernunft, die ihr all die Gründe in Erinnerung rufen wollte, warum sie kurz davor stand, eine Dummheit zu begehen.

Langsam strich sie ihm mit den Fingern über den Hals nach unten, immer tiefer, bis zum Saum seines Shirts. Sie schob die Hand darunter, ertastete seine warme Haut, während er sie auf die Küchentheke setzte und ihr mit dem Knie die Beine spreizte, sodass er sich dazwischenschieben konnte.

Die Hände auf seine Schultern gelegt, beugte sie sich vor, bis sich ihre Lippen fanden. Unvermittelt fühlte sie sich zurückversetzt zu dem ersten Kuss in ihrer Küche. Wieder flammte die Leidenschaft in ihr auf, und sie küsste ihn voller Verlangen.

Er erwiderte den Kuss mit gleicher Inbrunst; er ließ die Hände unter ihr Shirt wandern, liebkoste ihren Rücken.

Als sie sich schließlich von ihm löste, sah er sie fragend

unter halb geschlossenen Lidern an. Mit aller Kraft bemühte sie sich, ihre innere Stimme, die jetzt doch in ihr Bewusstsein drang, zum Schweigen zu bringen, aber die Frage, ob er ganz bei ihr war oder wieder nur an Gill dachte, ließ sich nicht so leicht ignorieren.

Sie schob ihn von sich und sprang von der Theke. Wortlos zog er sie in seine Arme, und als sich ihre Blicke erneut trafen, las sie in seinen Augen, dass er dieses Mal sie meinte. Dass er an diesem Abend ganz bei ihr war und nur sie begehrte.

Er hob sie hoch und trug sie ins Wohnzimmer. Sanft legte er sie aufs Sofa, beugte sich über sie, einen Arm unter ihren Schultern, und ihre Lippen vereinten sich erneut. Dieses Mal jedoch warf Iona jegliche Bedenken über Bord und gab sich ganz ihren Gefühlen hin.

Mads wollte sich in Ionas Zauber verlieren.

Sie rüttelte an seiner Selbstbeherrschung und brachte das Kartenhaus zum Einstürzen, das er aus seinem Leben gemacht hatte. Forschend erkundete sie mit der Zunge seinen Mund, und das wachsende Verlangen überwältigte ihn. Nach Luft schnappend löste er sich von ihr, spürte ihren Atem auf seiner Wange und dann ihre Lippen, die sie sanft über seinen Hals nach unten wandern ließ.

Hart vor Verlangen stöhnte er auf.

Ihre Hand folgte der Spur heißer Küsse, die ihre Lippen gezogen hatten, und sie legte einen Finger auf die Ader, die heftig in der kleinen Kuhle an seinem Hals pulsierte. An diesem Abend machte er ihr nichts vor; er war alles andere als ein Eisblock. Er war stolz darauf, dass er stets die Beherrschung bewahrte, sich kühl gab, aber damit war es nun endgültig vorbei. Er konnte nicht einmal mehr so tun, als ob.

Er legte den Kopf an ihre Brüste, genoss das Gefühl ihrer weichen Rundungen unter sich und atmete ihren süßen Duft ein. Als sie sich ihm entgegenwölbte, wusste er, dass sie ihn ebenso sehr begehrte wie er sie.

Er zog den Ausschnitt ihres T-Shirts zur Seite und umfing die zum Vorschein kommende Brustwarze mit dem Mund.

Die Hände in seine Haare geschoben, stieß Iona einen kehligen Laut aus.

»Mads …«, stöhnte sie und ließ die Hände über seine Wangen nach unten gleiten, hinunter zu seinem Hals und noch tiefer.

Er spürte, wie sie an seiner Hose herumfummelte, dann einen der Knöpfe öffnete und ihre Finger über seinen Bauch gleiten ließ.

Die Berührung durchzuckte ihn wie ein Stromschlag. Mit einer schnellen Bewegung zog er ihr das Shirt über den Kopf und warf es auf den Boden.

Ihre Haut war seidenweiß, ganz ohne Sommersprossen. Gelassen sah sie zu, wie sein Blick über ihre schmale Taille und die vollen Brüste schweifte.

Zielstrebig öffnete sie die Knöpfe seines Hemdes und streifte es ihm über die Schultern. Er zog es rasch aus, setzte sich rittlings über sie und beugte sich vor. Bedächtig rieb er seine Brust an ihrer und entlockte Iona damit ein Stöhnen.

Er war schon fast süchtig nach diesem Laut. Gern hätte er sich eingeredet, dass die Anziehungskraft zwischen ihnen nur auf Lust beruhte, aber er konnte nicht leugnen, dass Iona eine ganz besondere Magie auf ihn ausübte. Sie berührte seine Seele.

Gierig atmete er den zimtigen Duft ihrer Haut ein und steckte eine Hand in ihr flammengleiches Haar. Ionas Feuer brachte das Eis in ihm zum Schmelzen, wärmte jede Faser seines Körpers und entflammte seine Leidenschaft.

Als sie den Kopf in den Nacken legte, ließ er seinen Mund über ihren Hals nach oben wandern, bis sich ihre Lippen wieder trafen.

Erneut erforschte sie begierig mit ihrer Zunge seinen Mund, und er stöhnte auf. Sie schmiegte sich an ihn, und er stellte fasziniert fest, dass er süchtig nach ihren Liebkosungen war, nach ihr. Sie weckte Gefühle in ihm, die er schon lange nicht mehr verspürt hatte. Er schob den Gedanken beiseite. Er wollte jetzt nicht darüber nachdenken, er wollte sie einfach nur spüren, jeden Zentimeter von ihr kennenlernen, alles nehmen, was sie ihm bereitwillig gab.

Er wollte in ihr versinken. Sich selbst beweisen, dass er sich nicht mehr so einsam und verloren vorkam wie in den vergangenen Jahren.

Verflucht.

Er brachte seine innere Stimme zum Schweigen. Iona hatte etwas Besseres als ihn verdient. Das wusste er, aber er wusste auch, dass er nicht genug Willenskraft besaß, um jetzt noch aufzuhören.

»Du raubst mir den Verstand«, sagte er. Er konnte ihr keine Liebe schwören, aber er konnte sie wissen lassen, wie viel sie ihm bedeutete.

Mit den Fingern streifte er über ihre Oberschenkel bis zum Bund ihrer Schlafanzughose. Langsam zog er die Hose nach unten. Sie hob die Hüften, damit er sie ihr ausziehen konnte. Darunter kam ein winziges rotes Höschen zum Vorschein.

»Warte, die wirst du lieben«, sagte sie.

»Das tu ich schon jetzt«, meinte er, unfähig, den Blick von ihr zu lösen, während sie sich umdrehte. Sie kniete nun auf dem Sofa, die roten Haare fielen ihr über den Rücken, als sie ihn über die Schulter hinweg ansah.

Der Anblick war so bezaubernd, dass ihm der Atem stockte. Spielerisch wackelte sie mit dem Po, und er entdeckte den Schriftzug auf ihrem Slip: Freches Früchtchen.

Lachend umfing er sie und zog sie an sich. Ihren Rücken an seine Brust gedrückt, legte er den Kopf auf ihre Schulter, während er über ihre Hüften nach unten zum Bund ihres Slips tastete.

Sie legte ihre Hand auf seine und führte ihn zu ihrer intimsten Stelle. Zärtlich liebkoste er sie, während sie ganz still hielt und seine Berührungen sichtlich genoss. Mit der freien Hand öffnete er den Reißverschluss seiner Jeans und befreite sich von der einengenden Kleidung, wobei er Iona weiter mit kreisenden Bewegungen streichelte.

Sie stöhnte auf. Ein einladender Laut. Er streichelte sie, bis sie sich in seinen Armen umdrehte und ihren Mund kurz auf seinen senkte, ehe sie ihren Slip auszog.

In ihren braunen Augen funkelte Verlangen, ihr Gesicht war leicht gerötet, und ihre Brust hob und senkte sich heftig.

Er zog aus seiner Tasche das mitgebrachte Kondom. Er hatte es eingesteckt, bevor er mit der Flasche Baileys sein Apartment verlassen hatte.

Ein eindeutiger Beweis dafür, dass er sie begehrte.

Sie lächelte, als sie die Packung entdeckte. Rasch entledigte er sich seiner Kleidung und kniete sich hin.

Als sie nach dem Kondom griff und es ihm überstreifte, überlief ihn ein Kribbeln. Sanft schob er ihre Hand fort und spreizte ihr mit einem Knie die Schenkel, worauf sie mit den Beinen seine Hüften umschlang und ihn an sich zog.

Fordernd küsste er sie, wild und gierig. Ebenso fordernd, wild und gierig drang er in sie ein.

Immer schneller, immer härter nahm er sie, bis sie keuchend seinen Namen rief und ein Beben ihren Körper durchzuckte.

Noch einmal presste er sie an sich und füllte sie mit einem tiefen Stoß aus, bis die Welle der Ekstase auch ihn unaufhaltsam durchflutete. Erschöpft sank er neben ihr nieder, genoss ihre Umarmung und lauschte ihrem Herzschlag, während er sich einredete, dass ihm Schweißperlen in die Augen getropft waren und sie deshalb brannten, und nicht etwa, weil sich Tränen darin sammelten, die er heftig wegzublinzeln versuchte.

11. Kapitel

Iona hielt Mads in den Armen und lauschte den gedämpften Klängen des Küchenradios. Diana Krall sang gerade »Have Yourself a Merry Little Christmas«. Ihre Jazzstimme gab dem Song eine gewisse sehnsuchtsvolle Melancholie und passte perfekt zu der Stimmung, in der sie sich gerade befand.

Der Sex hatte alles verändert. Er hatte ihr bewusst gemacht, dass ihre früheren Beziehungen ziemlich oberflächlich gewesen waren. Kein Mann in ihrer Vergangenheit hatte je solche Gefühle in ihr geweckt wie Mads.

Er wich ihrem Blick jedoch aus, und sie klammerte sich ein wenig zu fest an ihn, wie ihr auffiel, deshalb lockerte sie ihren Griff und streichelte ihm leicht über den Rücken. Er drehte den Kopf, streifte mit den Lippen über die Rundung ihrer Brust und küsste ihren Busen.

Die federleichte Berührung und sein rauer Bartschatten lösten ein Kribbeln in ihr aus. Sie streichelte ihm weiter über den Rücken und kratzte dabei mit den Fingernägeln über seine Haut. Schließlich stützte er sich auf und sah so aus, als wollte er etwas sagen. Dann jedoch lehnte er stumm seine Stirn gegen ihre und zog sie an sich. So schön und befriedigend der Sex mit ihm auch gewesen war, innerlich fühlte sie sich immer noch leer. Vielleicht, weil sie sich nicht ganz aufeinander eingelassen hatten. Irgendetwas verbarg er vor ihr.

Kompliziert.

Die Beziehung zu ihm würde nie einfach sein. Er schleppte mehr Altlasten mit sich herum als die meisten Männer, aber das hatte sie bereits gewusst, bevor sie ihn in ihre Wohnung gebeten hatte.

Dennoch begehrte sie ihn. Sogar jetzt noch. Sie genoss seine zärtlichen Liebkosungen, die sich so ganz anders anfühlten als alles, was sie bisher erlebt hatte.

Er schob ihr die Hände in die Haare und sah ihr in die Augen. Er schien etwas auf dem Herzen zu haben, doch er schwieg, und sie wünschte, sie könnte an seiner Miene ablesen, was in ihm vorging. War die Trauer für seine Verschlossenheit verantwortlich, oder war er immer schon so zurückhaltend mit seinen Gefühlen gewesen?

Sie wusste es nicht. Vermutlich würde er es ihr auch nicht verraten, und selbst wenn, könnte sie die Wahrheit nicht von einer Lüge unterscheiden.

Sie rückte von ihm ab.

Unvermittelt legte er ihr einen Arm unter den Nacken, den anderen unter ihre Knie und hob sie hoch. Er trug sie ins Badezimmer und stellte sie dort auf die Füße.

Vor der Wanne kniend, ließ er ein Bad ein. Sie griff über seine Schulter hinweg nach dem Badesalz und schüttete eine Prise ins Wasser. Wortlos streckte er die Hand aus, half ihr in die Wanne und stieg dazu.

Und plötzlich fühlte sie sich geborgener denn je. Offenbar brauchte sie Mads doch mehr, als sie gedacht hatte.

Mads vermutete, Iona hatte ihn durchschaut und ahnte, dass er am Ende ihres Liebesspiels an Gill gedacht hatte. Und er bedauerte, sie gekränkt zu haben. Als er die Tränen in ihren Augen entdeckte, war alles andere unwichtig geworden. Er hatte zwar an Gill und seine Trauer gedacht, aber in diesem Moment war ihm klar geworden, dass Iona ihm viel zu wichtig war und er ihr niemals Kummer bereiten wollte.

Das warme Bad war wohltuend und vertrieb die Anspannung, die er schon die ganze Woche über verspürt hatte. Er umfing Ionas Fuß, stellte ihn gegen seine Brust und wusch ihr mit dem Schwamm, der am Rand der Wanne lag, das Bein. Er saß leicht vorgebeugt, damit ihn der Wasserhahn nicht in den Rücken drückte, dennoch fand er es sehr bequem.

»Was hast du nächste Woche zu tun?«, fragte er.

»Nun ja, die Kampagne für die Brav-und-Frech-Pralinen, zu denen uns Sofia inspiriert hat, steht an. Wir haben eine süße Karamellpraline und eine pikante Schokoladen-Chili-Praline kreiert.«

Mads schüttelte vergnügt den Kopf. »Ja, sie kann ganz schön frech sein, du aber auch.«

Sie schenkte ihm ein flüchtiges Lächeln, und er wünschte sich das Feuer in ihren Augen zurück. Den Zauber, der ihr so eigen war.

»Ich habe meinen Augen nicht getraut, als Sofia mit Hoop ins Wohnzimmer kam«, fuhr sie fort. »Ich war total durch den Wind, aber ich habe mir Mühe gegeben, ruhig zu bleiben. Ich wusste, wenn ich mir etwas anmerken lasse, würde ich sie nur verschrecken. Und ich sah ihr an, dass sie schon genug Angst hatte.«

»Du hast die Situation grandios gemeistert. Besser als ich«, sagte er. »Nach deinem Anruf wäre ich fast durch die Decke gegangen. Ich bin nur ruhig geblieben, weil du bei mir warst. Du tust mir gut.«

»Ach ja?«

Er legte ihr Bein ins Wasser zurück und hob das andere an. »Ja.«

»Wo hast du die Narbe hier her?«

Sie rieb ihm mit den Zehen über die Brust, und er senkte den Blick. »Gill hatte … sie war völlig außer sich, als sie die Nachricht erhielt, dass sie sterben würde, und hat mit Sachen um sich geworfen. Ich wollte sie trösten, und dabei habe ich mich an einer Glasscherbe geschnitten.«

»Oh, Mads.«

Sie nahm das Bein von seiner Brust, rutschte auf seinen Schoß und umarmte ihn. Ihre Umarmung sollte ihn trösten, und das tat sie auch, doch sie war auch ebenso erregend, und die Begierde übermannte ihn erneut. Dieses Mal nicht, weil er durch den Sex mit ihr die Vergangenheit vergessen wollte, sondern allein ihretwegen. Weil sie immer dazu bereit war, ihn zu trösten, ohne Rücksicht auf ihre eigenen Gefühle.

Er drückte sie fest an sich. »Es tut mir leid. Ich sollte nicht von einer anderen Frau reden, wenn ich mit dir zusammen bin.«

»Sei nicht albern.« Mit beiden Händen umfing sie sein Gesicht und schaute ihm in die Augen. »Wir können es nicht ignorieren.«

»Das weiß ich«, sagte er.

»Gut.«

Er strich mit der Hand über ihren Rücken, um sich von ihren Brüsten abzulenken, die sich verführerisch an ihn schmiegten. Die harten Knospen rieben sich an seiner Haut, wenn Iona sich bewegte und das Wasser hochschwappte. Dieses Bad war eigentlich als Friedensangebot gedacht gewesen, aber nun stand ihm nach etwas ganz anderem der Sinn.

Sie strich ihm mit dem Schwamm über die Brust. »Willst du heute Nacht bei mir bleiben?«

Oh ja, das wollte er. Nur zu gern. »Das wäre schön, aber ich muss spätestens in den frühen Morgenstunden gehen.«

»Ich weiß, du musst wegen Sofia nach Hause.«

»Ja, ist das für dich in Ordnung?«

»Natürlich.« Sie stand auf, und das Wasser perlte von ihrem Körper. Er legte den Kopf in den Nacken und ließ den Blick bewundernd über ihre langen schlanken Beine, die schmale Taille und die üppigen Brüste nach oben gleiten, ehe er sich an ihrem lächelnden Mund verfing, der ihm verriet, dass sie ihm seinen Fehler verziehen hatte. Und plötzlich schien ein Felsbrocken von ihm abzufallen. Die Eismauer um sein Herz taute weiter auf, und obwohl er wusste, dass er die Trauer noch nicht vollständig bewältigt hatte, schien er seine Lebensfreude allmählich wiederzufinden, und ein Neuanfang rückte in Reichweite.

Auch er stand auf. Sie trockneten einander ab, und dann hob er sie wieder hoch, weil es ihm gefiel, sie zu tragen. Die Arme um seine Schultern geschlungen, hielt sie sich an ihm fest, bis er sie im Schlafzimmer aufs Bett legte.

Ionas Haare lockten sich leicht, wenn sie feucht waren, stellte Mads fest. Wie ein Fächer breiteten sie sich über das weiße Kissen aus. Sie hatte die Beine leicht gespreizt, die Arme entspannt an der Seite, und er nahm sich vor, es dieses Mal etwas langsamer anzugehen, obwohl es ihm nach dem Gespräch in der Wanne noch schwerer fiel, die Selbstbeherrschung zu wahren, als zuvor.

Er war beinahe schmerzlich hart vor Erregung und sehnte sich danach, sich in ihr zu verlieren und ihren warmen Körper zu spüren.

»Mads?«

Er setzte sich auf die Bettkante. Er wollte sie berühren, jeden Zentimeter ihres Körpers erforschen und ihn so gut kennenlernen wie ihr großherziges, temperamentvolles Wesen. Er wollte sich Zeit lassen, sie nicht für selbstverständlich nehmen. Denn alles, was er in der Vergangenheit für selbstverständlich genommen hatte, hatte er verloren.

Mit einem Finger streichelte er ihr über die Brust und beobachtete, wie sich die Knospen verhärteten. Er beugte sich vor und leckte darüber. Iona gab einen kehligen Laut von sich. Sie hob eine Hand und legte sie ihm auf die Schulter. Begierig umfing er ihre Brustwarze mit den Lippen und saugte zärtlich daran, bis sie sich ihm entgegenwölbte. Mit dem Knie schob er ihre Beine noch ein Stück weiter auseinander, stützte sich auf den Ellbogen ab und rieb seine Brust über ihre. Begehrlich schmiegte sie sich an ihn, während er, die Hände in ihren Haaren vergraben, ihr Ohrläppchen mit der Zunge umspielte, ehe er leicht hineinbiss. Ihr tief in die Augen blickend drang er so langsam wie möglich in sie ein.

Dann hielt er einen Moment lang inne und genoss das Gefühl, in ihr zu sein, sie zu spüren. Sie bewegte sich unter ihm, hob die Hüften an und nahm ihn noch tiefer auf. Leicht öffnete sie den Mund, und er küsste sie hingebungsvoll, während er sie mit langsamen Stößen eroberte. Die Arme um seine Schultern geschlungen und die Beine um seine Hüften, zog sie ihn an sich.

Er legte einen Arm unter sie und hob sie leicht an, damit er noch tiefer in ihr sein konnte. Voller Leidenschaft trieb er sie beide unerbittlich dem Höhepunkt entgegen, spürte, wie sie unter ihm erbebte. Aufkeuchend löste sie den Mund von ihm und rief stöhnend seinen Namen.

Den Kopf an ihrem Hals geborgen, stieß er noch ein letztes Mal tief in sie, bis auch er Erlösung fand und sich in ihr verströmte. Dann rollte er sich, ohne sie loszulassen, auf den Rücken. Dieses Mal verspürte er keine Schuldgefühle gegenüber seiner verstorbenen Frau und auch kein Bedauern, dass er Iona nicht alles von sich gegeben hatte. Er verspürte bloß das wohlige Gefühl, mit einer Frau vereint zu sein, die ihm mit jedem Tag mehr bedeutete.

Zärtlich streichelte er ihr den Rücken und wartete unwillkürlich darauf, dass die emotionale Bürde der Vergangenheit ihn wie eine Woge fortspülte, aber nichts passierte. Er fühlte sich zufrieden und erfüllt.

Iona küsste ihn auf die Brust, während Mads sie betrachtete. Er wusste, dass er sich lange Zeit vor allen Menschen verschlossen hatte, doch er war bereit, Iona in sein Herz zu lassen. Er wusste bloß nicht, ob es ihm auch gelingen würde.

Es war seltsam, dass ihm diese Frau, die er erst so kurze Zeit kannte, schon so wichtig geworden war. Und dass sie ihn vermutlich besser kannte als jeder andere. Und er hatte keine Ahnung, was er davon halten sollte. Es gab keine Garantien für die Zukunft. Das war ihm bewusst. Und er hatte Angst, Iona genauso zu verlieren wie Gill. Solch großen Kummer könnte er kein zweites Mal ertragen.

Verdammt.

Kaum war der Gedanke in seinem Kopf aufgetaucht, wurde er ihn nicht mehr los.

»Wann musst du gehen?«, fragte sie.

Er richtete sich auf und schaute auf die Uhr auf dem Nachttisch. Er wollte vor fünf Uhr morgens zu Hause sein, damit er noch duschen konnte, bevor Sofia aufwachte. »Ich kann noch ein Weilchen bleiben, wenn du willst.«

»Ja, gern«, sagte sie. »Ich möchte noch ein wenig mit dir kuscheln und so tun, als hätten wir keine Vergangenheit oder Zukunft, um die wir uns Sorgen machen müssten.«

Er schob die Kissen unter seinem Kopf zurecht, zog Iona in seine Arme und deckte sie zu. Er redete sich ein, dass er ihr nur gern diese Bitte erfüllen wollte, aber insgeheim wusste er, dass er sich genauso sehr danach sehnte, noch ein wenig mehr Zeit mit ihr zu verbringen. Er wünschte sich die Chance auf eine gemeinsame Zukunft mit ihr. Er wollte nicht, dass sie wie zwei Schiffe waren, deren Wege sich im Ozean des Lebens zufällig kreuzen und danach sofort wieder auseinanderdriften.

Er wusste jedoch nicht, wie er ihr das sagen sollte, ohne den Eindruck zu erwecken, dass er für mehr bereit war, als er es sich im Moment zutraute.

12. Kapitel

Im High Line Park herrschte am Samstagmorgen kaum Betrieb, als sich Iona dort mit Cici und Hayley traf. Sie fanden eine Bank mit einem schönen Blick auf die Stadt. Cici hatte für alle Schokoladencroissants und Kaffee mitgebracht. Inzwischen hatte es aufgehört zu schneien, und sie saßen eng aneinandergekuschelt auf der Bank und genossen ihren Kaffee.

»Also, raus damit ...«, sagte Cici und sah Iona auffordernd an. Der Dampf aus dem Kaffeebecher nebelte ihre Brillengläser ein, und sie nahm sie ab, um sie zu reinigen.

»Womit?«, fragte Iona. Sie wusste natürlich, dass Cici auf Mads anspielte, aber sie hatte keine Ahnung, wo sie mit ihrem Bericht anfangen sollte.

»Äh ... du bist gestern Abend allein zur Party gekommen«, begann Hayley. »Dann kommt ein kleines Mädchen vorbei und fragt nach dir, und schließlich taucht auch noch Mr. Sahneschnitte auf, und du fragst jetzt wirklich, was wir wissen wollen?«

Iona schmunzelte. »Okay. Natürlich weiß ich, was ihr wissen wollt, aber ich weiß nicht, wo ich anfangen soll.«

»Fang mit der Sahneschnitte an«, meinte Cici. »Ihr beiden und seine Tochter habt ein süßes Bild auf dem Sofa abgegeben, aber so, wie er dich angesehen hat, ist klar, dass da mehr abgeht.«

»Tja, wie ihr wisst, ist er Geschäftsführer der Loughman-Hotelgruppe. Wir müssen übrigens endlich mal eine Entscheidung bezüglich seines Angebots treffen und ihm Bescheid geben.«

»Ich tendiere immer noch zu Nein«, sagte Hayley. »Mir gefällt der Gedanke nicht, irgendwelchen Konditoren meine Finessen beibringen zu müssen, um die Qualität zu erzielen, die unsere Ware auszeichnet. Ich behaupte nicht, dass ich die beste Konditorin der Welt bin und dass nur ich allein unsere Pralinen herstellen kann. Aber wir drei haben immerhin eine bestimmte Vision für das Candied Apple, und ich fürchte, andere werden nicht so schnell begreifen, worum es uns geht.«

»Kann ich nachvollziehen«, sagte Cici. »Ich habe allerdings ein paar Zahlen, die deine Meinung ändern könnten, aber lass uns das im Büro besprechen. Erst mal will ich mehr über Mads und Iona hören.«

Mads und Iona.

Ionas Herz schlug ein wenig schneller bei dem Gedanken, dass sie tatsächlich ein Paar werden könnten. Bisher verband sie jedoch eher eine Art Freundschaft mit besonderen Vorzügen.

»Seine Frau – Sofias Mutter – ist vergangenes Jahr gestorben, am 27. Dezember«, fing Iona mit ihrer Erklärung an. »Das ist also sein erstes Weihnachtsfest ohne sie. Und Sofia hat deshalb den Glauben an den Weihnachtsmann verloren. Ich habe jedoch das Gefühl, sie würde sehr gern noch an ihn glauben können. Es ist alles sehr kompliziert.«

»Kein Wunder, dass sie nicht mehr an den Weihnachtsmann glaubt, wenn ihre Mutter an Weihnachten starb. Vermutlich hat sie sich vom Weihnachtsmann gewünscht, dass sie wieder gesund wird«, meinte Hayley. »Ich war sechzehn, als bei meiner Mom Krebs diagnostiziert wurde, und ich habe in dieser Zeit oft gebetet, dass sie wieder gesund wird.«

Iona dachte kurz daran, was sie alles schon gemeinsam durchgemacht hatten, wodurch sie die Gewissheit hatte, dass sie mit ihren Freundinnen an ihrer Seite alles überstehen könnte. Sie wollte mehr von Mads als nur Freundschaft, aber nicht nur er hatte Schwierigkeiten, sich auf eine neue Beziehung einzulassen. Auch sie hatte eine Mauer um ihr Herz errichtet, aus Angst, dass es brechen könnte, wenn er und Sofia ihr zu wichtig wurden.

Wenn sie mehr wollte, musste sie diese Mauer einreißen.

Hayley legte ihr einen Arm um die Schultern. »Das klingt alles ganz schön schwierig.«

»Ich weiß. Ich habe versucht, mich von ihm fernzuhalten, aber es ist ziemlich schwer, die beiden nicht zu mögen. Sofia ist ein richtiger kleiner Schatz, und ich glaube, sie braucht mich. Ihr habt ja gesehen, dass sie mich auch immer wieder mal im Laden besucht.«

»Ja«, sagte Cici. »Genau das meine ich. Deshalb solltest du dir auch gut überlegen, ob du was mit ihrem Vater anfängst. Wenn ihr miteinander schlaft und die Beziehung später womöglich scheitert, wäre das sicher ein schwerer Schlag für sie, und sie hat bereits eine Mutter verloren.«

Zu spät, dachte Iona. »Ich würde sie nie aus meinem Leben aussperren.«

»Aber er vielleicht«, warf Hayley ein.

»Das ist mir auch bewusst.« Iona seufzte. Das war ihre größte Sorge.

Cici umarmte sie, und Hayleys Arm lag immer noch um ihre Schultern. Die beiden Frauen waren mehr als Freundinnen für sie. Sie waren wie Schwestern, und Iona war voller Dankbarkeit dafür. »Er wollte, dass wir einen schönen Abend verbringen, und hat sich auch wirklich Mühe gegeben, aber ich kann den Gedanken an seine verstorbene Frau einfach nicht verdrängen.«

Sie drückte ihre Freundinnen, dann stand sie auf und schüttete den Kaffee aus, der bereits kalt geworden war.

»Danke, ihr Süßen. Ich glaube, ich habe Angst, mich ganz auf eine neue Beziehung einzulassen.«

»Ja, das wissen wir«, meinte Cici. »Seit wir die Idee mit dem Ladencafé hatten, hast du uns angetrieben und Tag und Nacht geschuftet und dir ausgefallene Marketingaktionen ausgedacht, damit wir Erfolg haben. Du hast so viel Energie ins Candied Apple Café gesteckt, dass für ein Privatleben gar keine Zeit blieb.«

»Das stimmt«, gab sie zu. »Theo glaubt, ich versuche, meinem Vater etwas zu beweisen.«

»Das glaube ich auch.« Hayley nickte. »Ihr wisst ja, wie

mein Dad ist, also weiß ich, wie du dich fühlst. Aber du bist inzwischen so eine gute Geschäftsfrau. Du hast uns sogar erlaubt, den Samstag freizunehmen, damit wir gemeinsam zum Nussknacker-Ballett gehen können.«

»Ha!« Iona wusste, dass Hayley sie nur aufziehen wollte. »Ich habe nie gesagt, dass ihr den ganzen Samstag freihaben könnt.«

Gemeinsam brachen sie in Gelächter aus. Schließlich verabschiedeten Cici und Hayley sich. Iona blieb noch ein Weilchen sitzen. Den Blick nachdenklich auf die Stadt unter sich gerichtet, erinnerte sie sich an all die Lektionen, die ihr Vater ihr erteilt hatte. Sie wusste, wie man eine Kampagne durchzog, wie man Investoren überzeugte und wie man sein Unternehmen in den schwarzen Zahlen hielt. Er hatte ihr jedoch nie beigebracht, wie man Beruf und Privatleben unter einen Hut brachte, und bis Mads und Sofia ihr begegnet waren, hatte sie auch nie eine Notwendigkeit dafür gesehen.

Sofia hatte Kopfhörer im Ohr und das Tablet auf dem Schoß, als Mads am Abend von der Arbeit nach Hause kam. Jessie hatte mit ihr bereits gegessen und wollte sich mit Freunden treffen, daher verabschiedete sie sich, kaum dass er die Wohnung betreten hatte. Mühsam widerstand er dem Drang, Iona eine Nachricht zu schicken, weil er sie nicht bedrängen wollte. Immerhin hatten sie sich erst am vergangenen Abend gesehen.

Es war schon lange her, dass er die Nacht mit einer Frau

verbracht hatte oder überhaupt nur an eine Frau in der Weise gedacht hatte wie an Iona, und er wollte nicht ausgehungert und bedürftig erscheinen.

Vielleicht war es nicht die beste Idee, sich schon zum ersten Weihnachtsfest als alleinerziehender Vater mit einer neuen Frau einzulassen.

Er setzte sich zu seiner Tochter aufs Sofa und las E-Mails, doch er war nicht ganz bei der Sache.

»Papa?«

Er schaute auf. Sofia hatte ihre Kopfhörer abgenommen und das Tablet ausgeschaltet. »Ja?«

»Haben wir auch Weihnachtstraditionen?«, fragte sie.

Wo kam das denn her? Sie hatten nicht viel Zeit gehabt, um irgendwelche Traditionen einzuführen, bevor Gill krank geworden war. »Hm, ich glaube nicht, Sof. Möchtest du dir welche ausdenken?«

Sie verschränkte die Arme vor der Brust und legte den Kopf zur Seite. Ihre Nachdenkhaltung, wie er wusste. »Ich glaube schon. Das ist das erste Weihnachtsfest ohne Mommy.«

»Das stimmt.« Er musterte sie aufmerksam und nahm eine Veränderung an ihr wahr. Er rutschte näher an Sofia heran. »Ich weiß nicht so recht, was wir als Tradition nehmen könnten. Onkel Piers und ich haben früher, als wir klein waren, mit unserer Mom immer Popcorn aufgefädelt. Mit den Ketten haben wir dann den Baum geschmückt. Möchtest du das mal probieren?«

»Wir haben keinen Baum«, stellte sie fest.

»Sollen wir einen besorgen?«, fragte er. Die vergangenen Weihnachtsfeste hatten sie zumeist im Krankenhaus verbracht und dort einen kleinen Keramikbaum mit aufgemaltem Weihnachtsschmuck aufgestellt.

Sie nickte. »Ja, ich hätte gern einen Baum. Ist das in Ordnung?«

Er nahm sie in den Arm und küsste sie auf den Scheitel. »Natürlich. Ich schau mal nach, wo wir einen kaufen können, und dann suchen wir uns einen aus.«

»Heute noch?«

»Warum nicht? Wir haben ja nichts weiter vor, bis morgen Mittag das Nussknacker-Ballett stattfindet.«

»Oh, darauf freue ich mich schon riesig. Jessie und ich haben heute extra ein neues Kleid für mich gekauft.«

»Ich weiß«, sagte er. »Möchtest du es mir vorführen?«

»Nein, du musst bis morgen warten«, sagte sie. »Ich will jetzt lieber einen Baum kaufen gehen.«

Er schaute im Internet nach, wo man einen Weihnachtsbaum kaufen konnte. Wie sich herausstellte, gab es einen Stand ganz in ihrer Nähe, aber der hatte schon geschlossen. »Wir werden bis morgen früh warten müssen. Was hältst du davon, wenn wir stattdessen heute Abend einen Schaufensterbummel auf der Fifth Avenue machen?«

»Kann Iona mitkommen?«

»Wir können sie fragen, aber vielleicht hat sie schon was vor«, meinte er vorsichtig.

»Vielleicht aber auch nicht.« Sofia sprang zur Tür. »Ich lauf schnell rüber und frage sie.«

»Mach dich erst fertig, damit wir gleich losgehen können, egal, was sie sagt.«

»Jippieh!« Sofia hüpfte aus dem Zimmer. Wenig später tauchte sie in Mantel und Mütze wieder auf. In der Hand hielt sie ihre Handschuhe.

»Ich bin fertig.«

»Das sehe ich.«

Mads schlüpfte in seinen Mantel und hielt seiner Tochter die Tür auf. Sie schlenderten über den Flur zu Ionas Wohnung, wobei Sofia unentwegt plauderte und ihm von den Familientraditionen ihrer Klassenkameraden erzählte. Sogar Remy hatte solche Traditionen, erfuhr er. Da er aber so frech sei, könnten es keine guten sein, war Sofias Meinung dazu.

Vor Ionas Tür blieben sie stehen und betrachteten den fröhlichen Kranz. Unwillkürlich erinnerte er sich, dass er am Abend zuvor an derselben Stelle gestanden hatte, mit einer Flasche Baileys in der Hand. Sofia klopfte an, bevor er sie zurückhalten konnte.

Plötzlich wünschte er sich, er hätte Nein gesagt, als Sofia vorschlug, Iona einzuladen. Er wusste jedoch, dass die Weihnachtszeit für Sofia ebenso schwer zu ertragen war wie für ihn. Das erste Weihnachtsfest ohne ihre Mutter stand kurz bevor. Und er würde alles tun, um seiner Tochter die Situation zu erleichtern; dafür hielt er sogar die widerstreitenden Gefühle aus, die Iona in ihm weckte.

Die Tür öffnete sich, und Sofia winkte Iona zu.

»Hallo, Iona! Papa und ich wollen einen Weihnachtsschaufensterbummel machen. Willst du mitkommen?«, fragte Sofia.

Iona beugte sich zu ihr und schenkte ihr ein herzliches Lächeln. »Oh ja, gerne. Ich hole nur schnell meinen Mantel und meine Tasche.«

»Okay«, sagte Sofia.

Iona ließ die Tür offen, wenig später tauchte sie in Stiefeln und rotem Wollmantel wieder auf, die Nikolausmütze mit dem Glöckchen auf dem Kopf. Sie schloss die Tür ab, und Sofia ergriff auf dem Weg zu den Aufzügen ihre Hand.

Mads folgte den beiden und redete sich ein, dass er das alles für Sofia tat und es ihm egal sein konnte, dass Iona seinem Blick auswich. Aber es war ihm nicht egal. Die letzte Nacht hatte etwas in ihm verändert. Und auch wenn er sich gerne vorgemacht hätte, dass es bloß ein weiterer Meilenstein auf dem Weg aus der Trauer und Einsamkeit war, wusste er doch, dass mehr dahintersteckte.

Er wünschte sich, dass Ionas Lächeln ihm genauso galt wie Sofia. Er wollte nicht, dass sie sich ihnen nur Sofia zuliebe anschloss und ihre Aufmerksamkeit allein seiner Tochter schenkte. Er konnte entweder hinter den beiden herlaufen, wie sie es offenbar beabsichtigte, oder sich auf den Mann besinnen, der er vor Gills Krankheit gewesen war.

Entschlossen ergriff er Ionas freie Hand, als sie den Weg in Richtung der Fifth Avenue einschlugen.

»Macht es dir was aus, wenn wir laufen?«, fragte er. »Der Abend ist so schön.«

»Überhaupt nicht«, entgegnete Iona und betrachtete erst vielsagend ihre verschränkten Hände, dann ihn.

Er lächelte nur und versank dabei im Anblick ihrer braunen Augen. Sollte sie doch ihre eigenen Schlüsse aus der Situation ziehen. Er hatte auch keine Ahnung, was in ihrem hübschen Kopf vorging.

13. Kapitel

Hand in Hand schlenderten sie über die schneebedeckten Wege des Central Parks zur Fifth Avenue. Die verschneite Winterlandschaft bot einen hübschen Anblick, und Sofia plauderte die ganze Zeit. Iona hörte jedoch nur mit halbem Ohr zu, weil Mads ihre Hand so fest hielt, als wollte er sie nie wieder loslassen. Sie war sich unsicher gewesen, wie es mit ihnen weitergehen sollte. Schließlich fasste sie den Entschluss, sich von ganzem Herzen der Beziehung mit Mads zu öffnen, wie auch immer diese aussehen mochte. Daran zu denken und es tatsächlich zu tun waren jedoch zwei verschiedene Paar Schuhe.

»Hast du Weihnachtstraditionen, Iona?«, fragte Sofia. »Papa und ich haben keine.«

Das glaubte Iona sofort. »Ja. Eine unserer Traditionen ist das Nussknacker-Ballett, das wir morgen gemeinsam besuchen.«

Sofia lächelte. »Das könnten wir doch auch zu unserer Tradition machen, Papa.«

»Natürlich.« Mads nickte lächelnd. »Was machst du sonst noch?«

»Hm, also ich backe Plätzchen fürs EK-Seniorenheim.«

»Was heißt EK?«

»Episkopalisch und katholisch. Jedes Jahr findet im Seniorenheim ein Weihnachtsliederabend statt. Gewöhnlich setze ich meine Nikolausmütze auf, bringe Plätzchen vorbei und singe mit.«

»Das hört sich lustig an«, meinte Sofia.

Iona warf Mads einen Blick zu. »Der Liederabend findet immer am Samstag vor Weihnachten statt. Ihr könnt mich gerne begleiten, wenn ihr möchtet«, sagte Iona, obwohl sie Mads nicht unter Druck setzen wollte.

»Das hört sich gut an. Wir kommen gerne mit«, sagte er aber sofort.

»Wunderbar, ich freue mich drauf«, erwiderte Iona.

Inzwischen hatten sie die Fifth Avenue erreicht und blieben an dem ersten weihnachtlich geschmückten Schaufenster stehen.

Sofia drückte sich die Nase an der Scheibe platt, doch als Iona sich zu ihr gesellen wollte, hielt Mads sie zurück.

»Nächsten Mittwoch findet die Weihnachtsfeier der Loughman-Hotelgruppe statt, und äh … die Gäste erscheinen zumeist mit Partner. Möchtest du mich begleiten?«

Sie musterte ihn im funkelnden Licht des weihnachtlich geschmückten Schaufensters. »Ja, gerne.«

Sofia hopste zu ihnen zurück, und sie setzten ihren Weg gemächlich fort, an den feierlich dekorierten Schaufenstern vorbei. Sofia hatte sich zwischen sie gequetscht und sie beide an den Händen gefasst. Als sie vor dem Candied Apple Café stehen blieben, stellte Iona fest, dass der Laden trotz der abendlichen Stunde immer noch gut besucht war. Ihr heißer

Minzkakao war bei den Leuten, die entweder einen Schaufensterbummel machten oder Weihnachtseinkäufe erledigten, sehr beliebt.

»Möchte jemand Kakao?«, fragte sie.

»Ich!« Sofia ließ ihre Hand los und flitzte ins Café. Iona folgte ihr, im selben Moment klingelte Mads' Handy.

Sie warf ihm einen Blick über die Schulter zu. »Nimm den Anruf ruhig an. Ich hole inzwischen den Kakao und suche uns einen Tisch.«

»Danke«, sagte er.

In dem Bewusstsein, dass sie sich immer noch vor ihm versteckte, betrat sie das Café. Sie fragte sich, ob darin womöglich auch der Grund lag, warum ihre früheren Beziehungen immer gescheitert waren. Sie neigte dazu, ihr Herz vor anderen zu verschließen. Vielleicht aus Furcht, dass sie sonst in einer Beziehung landen würde wie die ihrer Eltern, die sich zum Schluss wie Fremde im selben Haus begegnet waren und sich nichts mehr zu sagen gehabt hatten. Sie wollte jedoch eine Beziehung, die auf gegenseitiger Liebe und Respekt beruhte, aber sie wusste nicht, was sie dafür tun musste.

Sofia betrachtete die verschiedenen Pralinen, während Iona sich mit Nick unterhielt, der sich mittlerweile zu einem ihrer besten Mitarbeiter entwickelt hatte. Er war sehr aufgeschlossen und freundlich und nahm die Kunden mit seiner herzlichen Art schnell für sich ein.

»Kontrollierst du mich etwa, Chefin?«

»Gar nicht. Ich habe nur an diesem wunderschönen Dezemberabend einen Schaufensterbummel gemacht«, sagte sie. »Kannst du mir drei Kakao machen, und gibt es noch Figurenplätzchen?«

»Ich habe noch drei Nikoläuse«, antwortete er.

»Die nehme ich. Wie läuft das Geschäft?«

»Gut. Die ganze Stadt scheint heute unterwegs zu sein, Einheimische wie Touristen, um einen Spaziergang im Schnee zu machen. Abends glitzert er im Licht, und das sieht irgendwie magisch aus.«

»Ja, nicht wahr?« Iona lächelte beseelt.

»Solche Abende liebe ich«, sagte Nick.

Auch sie fand den Abend besonders schön, was aber auch an ihrer Begleitung lag. Sie brachte das Tablett mit Kakao und Plätzchen zu dem Tisch, auf den Sofia ihre Mütze und Handschuhe gelegt hatte. Suchend schaute sie sich nach dem Mädchen um und entdeckte es an einem anderen Tisch, an dem eine Familie mit zwei Jungen saß.

Iona stellte das Tablett ab und wollte zu Sofia hinübergehen, doch die Kleine lief bereits wieder auf sie zu.

»Wer ist das denn?«

»Remy und sein Bruder«, erklärte Sofia.

»Der Junge, bei dem du dich mit der Schachtel Pralinen entschuldigt hast?«

»Ja. Seine Mom ist wirklich nett. Ihr haben die Pralinen geschmeckt, deshalb sind sie heute hier«, sagte Sofia.

»Hayley ist wirklich gut im Pralinenmachen«, sagte Iona zustimmend.

»Kann sein.«

»Was ist los?« Iona half Sofia aus dem Mantel und schob sie auf den Stuhl.

»Nichts.«

Iona zog ihren Mantel aus und setzte sich neben Sofia. »War er gemein zu dir?«

»Nein«, antwortete Sofia einsilbig.

Iona verstand den Wink und hörte auf, Fragen zu stellen. Stattdessen redete sie von den Plätzchen. »Ich habe Plätzchen mit Zuckerguss schon immer geliebt.«

»Die sind ganz okay. Mommy durfte keinen bunten Zuckerguss mehr essen«, sagte Sofia.

»Möchtest du lieber etwas anderes?«, fragte Iona.

»Ich glaub, ich möchte jetzt nach Hause.«

»Okay. Dann ziehen wir dich wieder an und suchen deinen Dad.«

Beim Aufstehen stieß Sofia gegen den Tisch. Der Kakao schwappte über und ergoss sich in einer Pfütze auf dem Tisch, worauf Sofia in Tränen ausbrach. Iona kniete sich vor sie und zog sie tröstend in die Arme, sich insgeheim fragend, was dem kleinen Mädchen so großen Kummer bereitete.

Erst machte sich Sofia in ihren Armen ganz steif, dann aber erwiderte sie die Umarmung.

»Ich vermisse meine Mommy«, schluchzte sie.

»Ich weiß, Liebes.«

Mitfühlend hielt Iona sie in den Armen, bis Sofias Tränenstrom versiegte. Iona griff nach einer Serviette und reichte sie ihr, damit sie sich das Gesicht trocknen konnte. Nick hatte das Missgeschick bemerkt und war herbeigeeilt, um den Tisch abzuwischen. Beim Aufstehen bemerkte Iona aus dem Augenwinkel, dass Remy Sofia beobachtete. Hinter ihm in der Tür entdeckte sie Mads; er wirkte unsicher und besorgt zugleich.

Was nur verständlich war. Seine Tochter war mitten im Café aus heiterem Himmel in Tränen ausgebrochen. Fragend schaute Iona zu Sofia, die schlicht ihre Hand ergriff. Gemeinsam gingen sie zum Ausgang. Schweigend, ohne eine Erklärung für Mads, verließen sie das Café.

Mads deckte Sofia zu, nachdem er ihr ihre Lieblingsgeschichte vorgelesen hatte. Das Buch, dessen Umschlag sie mit Gill zusammen umgestaltet hatte. Danach ging er ins Wohnzimmer zurück, wo Iona auf ihn wartete.

»Was ist denn passiert?«, fragte er.

»Ich bin mir nicht ganz sicher. Alles war in Ordnung, dann hat sie den Jungen aus ihrer Schule getroffen, und danach ist ihre Stimmung gekippt. Sie hat gesagt, er sei nicht gemein zu ihr gewesen, aber sie wollte auch nicht länger bleiben«, erklärte Iona. »Beim Aufstehen ist sie gegen den Tisch gestoßen, aber ich glaube nicht, dass der verschüttete Kakao zu dem Tränenausbruch geführt hat.«

Mads nickte. Natürlich war das nicht der Grund gewesen. Eher schon, dass sie mit Gill nie einen solchen Weihnachtsspaziergang unternommen hatten. Als Sofia laufen gelernt hatte, war Gill schon zu schwach und krank gewesen, um sich in der Winterkälte aufzuhalten. »Bist du sicher, dass der Junge sie nicht geärgert hat?«

Iona schüttelte den Kopf. »Ich weiß es wirklich nicht. Ich habe gerade den Kakao bestellt und war nicht bei ihr, als sie sich mit ihm und seinen Eltern unterhalten hat.«

Das kam also dabei heraus, wenn er etwas Neues ausprobieren wollte. Sein Verstand wusste, dass Sofias Kummer nichts mit den Weihnachtstraditionen zu tun hatte, die sie für ihre kleine Familie ins Leben rufen wollten, aber seine Schuldgefühle sagten ihm etwas anderes. Jedes Mal, wenn er versuchte, alles wirklich perfekt zu machen, passierte so etwas.

Er rieb sich über den Nacken. Vor dem Candied Apple Café hatte er noch gedacht, dass er und Sofia vielleicht bereit für einen neuen Menschen in ihrem Leben waren. Nun war er sich nicht mehr so sicher. Seine Tochter wirkte stets so ausgeglichen, aber in letzter Zeit hatte sie sich verändert. Irgendetwas bedrückte sie, aber er konnte es nicht benennen und wusste nicht, wie er ihr helfen sollte.

»Sie hat gesagt, dass sie ihre Mutter vermisst«, fügte Iona hinzu. »Das weißt du natürlich schon, aber womöglich hat der Anblick von Remy und seiner Familie Erinnerungen an ihre Mutter ausgelöst, und das hat sie traurig gemacht.«

Was logisch war. »Verdammt. Ich weiß nicht, was ich tun soll. Ich rede mit ihr und bin für sie da, aber ich kann ihr ihre Mutter nicht wiederbringen und auch keine Mutter herbeizaubern.«

»Nein, das kannst du nicht. Ich glaube, du kannst nur so weitermachen wie bisher. Glaubst du, meine Gegenwart hat sie aufgeregt?«

»Nein, das glaube ich nicht. Sie himmelt dich förmlich an. Es war ihre Idee, dich einzuladen.«

»Oh. Du wolltest mich also nicht sehen?« Grinsend sah sie ihn an.

»Doch, natürlich. Ich wollte dir nur genügend Freiraum geben und dich nicht bedrängen.«

»Du bedrängst mich nicht, und ich brauche auch keinen Freiraum«, erwiderte sie.

»Du gibst mir das Gefühl, endlich wieder lebendig zu sein, und das ist nicht unbedingt immer angenehm. Ich habe gedacht, dass ich mein restliches Leben allein in diesem sicheren Kokon verbringe, aber dann bist du mir mit deiner Glöckchen-Nikolausmütze und diesem ansteckenden Lächeln über den Weg gelaufen und hast meine Welt auf den Kopf gestellt.« Mads fühlte sich verletzlich und entblößt. Er hätte seine Gefühle nicht so ehrlich aussprechen sollen, doch Iona hatte diese Wirkung auf ihn, und der Charme, den er früher einmal besessen hatte, war verschwunden. Seiner geliebten Frau beim Sterben zusehen zu müssen hatte ihn ausgelöscht. Niemals hätte er gedacht, dass er noch einmal einer Frau begegnen würde, für die er so tiefe Gefühle empfand. Und dabei sprach er nicht einmal von Liebe. Dafür war er definitiv noch nicht bereit, und er war sich ziemlich sicher, dass Iona auch nicht bereit dafür war. Dennoch verband sie mehr als Freundschaft miteinander.

»Das verstehe ich, und ich würde gern alles tun, um euch beiden die Weihnachtszeit erträglicher zu machen, aber ehrlich gestanden will ich auch nicht, dass mir dabei das Herz bricht.«

»Ich will dir nicht wehtun«, sagte er leise.

»Das glaube ich dir«, entgegnete sie. »Vielleicht sollten wir uns eine Auszeit nehmen, bis wir uns beide im Klaren darüber sind, wie es mit uns weitergehen soll. Keine Küsse und Übernachtungen mehr, okay?«

Der Vorschlag gefiel Mads überhaupt nicht, aber er konnte ihr den Wunsch auch nicht abschlagen. Er mochte Iona und wollte alles in seiner Macht Stehende tun, um ihr nicht noch mehr Kummer zu bereiten.

»Wenn du das wirklich willst, halte ich mich natürlich daran.«

»Ja, bitte«, gab sie zurück. »Und ich sollte jetzt wohl besser gehen. Wir sehen uns ja morgen im Lincoln Center.«

»Du kannst gerne mit uns fahren.«

»Danke, aber ich muss morgen Vormittag noch mal ins Café. Es ist einfacher, wenn wir uns dort treffen.«

»Gut. Ich gehe morgen früh mit Sofia einen Baum kaufen. Vielleicht magst du uns später beim Schmücken helfen?«

»Wenn Sofia das gern möchte«, antwortete Iona verhalten.

»Und was ist mit dem, was wir beide möchten?«

Sie nagte an ihrer Unterlippe. »Ich bin nicht sicher, was du damit meinst.«

Er wollte vor ihr nicht noch mehr preisgeben und brachte es nicht über sich, ihr anzuvertrauen, dass er sie gern an seiner Seite hatte, weil er durch sie die Weihnachtszeit leichter ertragen konnte. Sie füllte die Leere und machte ihn vergessen, dass Gill nicht mehr da war. Gills Verlust hatte Sofia nicht nur den Glauben an den Weihnachtsmann genommen, wie ihm nun auffiel. Er hatte sich auch wie ein dunkler Schleier über sie gelegt und ihre Freude an der Weihnachtszeit erstickt, bis nichts mehr davon übrig geblieben war. Und diese Freude wollte er seiner Tochter gern wiedergeben und sie wohl auch für sich selbst wiederfinden.

Diese Worte wollten ihm jedoch nicht über die Lippen, daher zuckte er nur mit den Schultern und beobachtete mit gemischten Gefühlen, wie Iona seine Wohnung verließ.

Der Baum war schnell besorgt, doch zu Hause fiel Mads auf, dass sie gar keinen Schmuck und Lichterketten besaßen.

»Ich kann mich ja um den Schmuck kümmern, während ihr beide im Ballett seid«, schlug Jessie vor. »Soll ich bunte Lichterketten kaufen oder lieber weiße?«

Mads überließ die Entscheidung seiner Tochter. »Sofia?«

»Ich finde weiße schöner, Papa. Die sehen bestimmt aus wie Schnee.«

»Das glaube ich nicht, Spätzchen«, meinte Jessie. »Aber sie werden bestimmt hübsch glitzern.«

»Was meinst du, Papa?«

»Jessie hat recht. Die weißen Lichter werden sicher schön aussehen«, sagte er. »Möchtest du dir vielleicht ein paar geschmückte Bäume anschauen, bevor du dich entscheidest?«

»Ja, bitte.« Sofia nickte eifrig. »Der Baum am Rockefeller Center hat bunte Lichter.«

»Ja, das stimmt. Im Common haben wir aber einige Bäume, die mit weißen Lichtern geschmückt sind. Das sieht auch sehr hübsch aus. Wir könnten sie uns nach dem Ballett anschauen.«

»Okay.« Sofia strahlte.

»Ich warte dann mit dem Einkaufen erst mal«, sagte Jessie, nachdem Sofia das Wohnzimmer verlassen hatte. »Übrigens … werden Sie beide den ganzen Abend unterwegs sein? Heute ist zwar nicht mein freier Abend, aber wenn Sie nichts dagegen haben …«

Mads nickte. »Ja, wir werden länger weg sein. Hättest du den Abend gern frei?«

»Nur, wenn es Ihnen nichts ausmacht. Mein Freund hat mich zu einer Weihnachtsparty eingeladen. Ich hätte Sofia sonst gefragt, ob sie mitgehen will.«

»Nein, das ist nicht nötig. Geh ruhig. Ach, und Jessie … Hat Sofia vielleicht mit dir über Gill geredet?«, fragte Mads.

»Nein, warum?«

»Sie ist gestern bei einem Spaziergang unvermittelt in Tränen ausgebrochen und hat Gill gegenüber Iona erwähnt.«

»Tut mir leid, Mads. Zu mir hat sie nichts gesagt. In letzter Zeit ist sie auf dem Heimweg von der Schule aber auch stiller als sonst, und wenn sie Fragen stellt, dann geht es meist um Weihnachtstraditionen und Familie. Ich habe mir allerdings nicht viel dabei gedacht, weil sie viele Projekte in der Schule zum Thema Weihnachten gemacht haben. Und die erste Klasse ist ja auch eine große Umstellung für Sofia, weil alles ganz anders läuft als im Kindergarten.«

Mads nickte wieder. »Ja, das stimmt natürlich.« Insgeheim fragte er sich jedoch, ob er auch das lieber noch einmal bei der Lehrerin ansprechen sollte. Er hatte sie bereits um einen Telefontermin wegen der Sache mit Remy und seiner Familie gebeten. Womöglich steckte jedoch etwas ganz anderes hinter Sofias Verhalten. »Ich glaube, im Moment können wir nicht viel mehr tun, als sie im Auge zu behalten.«

»Das werde ich. Wenn Sie möchten, kann ich die Einladung für heute Abend auch absagen«, meinte Jessie.

»Nein, das ist wirklich nicht nötig. Du hast dich sechs Jahre lang wegen uns eingeschränkt, daher ist es völlig in Ordnung, wenn du heute Abend mit deinem Freund auf diese Party gehst«, sagte Mads. Sie alle hatten Gill so viel Zeit wie möglich widmen wollen, solange sie noch da gewesen war. Sogar Jessie. Und das Kindermädchen hatte es sich wirklich redlich verdient, die Weihnachtszeit zu genießen.

»Sind Sie sicher?«

»Ja. Und ich bin dein Chef, also keine Diskussion mehr.«

Sie streckte ihm die Zunge heraus, aber dann umarmte sie ihn. »Danke.«

»Gern geschehen. Viel Spaß!«

Jessie verließ das Wohnzimmer, und Mads betrachtete den Baum, den Sofia ausgesucht hatte. Er war so groß, dass er mit der Spitze an die Decke stieß und fast das gesamte Fenster mit Blick auf den Central Park verdeckte. Die Miete der Wohnung war zwar wegen des Blicks recht hoch, aber die schöne Aussicht war es wert.

Sofia brauchte jedoch mehr als eine schöne Aussicht. Offenbar sehnte sie sich nach etwas. Er hatte zwar noch nicht herausbekommen, wonach, aber er vermutete, dass es ihr guttun würde, wenn sie zu Weihnachten nicht nur zu zweit wären.

Er schrieb seinem Bruder eine SMS und fragte, ob die Einladung für die Feiertage noch galt, aber Piers antwortete nicht. Ihre Eltern waren beide schon tot, und seit zehn Jahren bestand Mads' Familie nur noch aus Piers und ihm. Mit Gills Eltern hatte er seit der Einschulung von Sofia nicht mehr telefoniert. Sie lebten in Nordkalifornien. Er redete nicht gern mit ihnen, weil sie mit Gills Krankheit nie zurechtgekommen waren und schon lange vor Gills Tod nicht mehr an ihrem Leben teilgenommen hatten. Aber vielleicht wären sie ja für Sofia da.

Er schickte auch ihnen eine Nachricht und lud sie ein. Nun hieß es warten.

Da es allmählich Zeit fürs Ballett wurde, zog er sich Anzug und Krawatte an und ging anschließend in Sofias Zimmer. Seine Tochter saß am Schreibtisch und kritzelte mit einem großen roten Stift auf ein Blatt Papier.

»Was machst du da?«, fragte er.

Schnell deckte sie das Papier mit ihren kleinen Armen ab. »Nichts, Papa.«

Er hob abwehrend die Hände. Manchmal malte sie ihm Bilder fürs Büro und wollte nie, dass er einen Blick darauf warf, bevor sie fertig waren.

»Ich schau nicht hin. Bist du bereit fürs Ballett?«

»Ich glaub schon. Kannst du mir einen Haarknoten machen?«, bat sie. »So wie bei einer Ballerina?«

»Ich weiß nicht«, sagte er. »Hol das Tablet und komm rüber. Wir suchen uns eine Anleitung, und dann versuch ich es mal.«

»Danke, Papa.«

»Warum hast du denn nicht Jessie gebeten, dir die Haare zu stecken, bevor sie gegangen ist?«, fragte er, als sie sich auf den Hocker vor ihrem Frisiertisch setzte. Ihre Blicke trafen sich im Spiegel.

»Weil du gesagt hast, dass du gern neue Dinge lernst«, erinnerte sie ihn.

»Wann habe ich das denn gesagt?«, gab er zurück.

»Am ersten Schultag, als ich zu Hause bleiben wollte.«

Das stimmte, nun fiel es ihm auch wieder ein. Sie hatte sich vor dem Schulgebäude geweigert, ihn allein zu lassen, und auch er hätte sie am liebsten bei sich behalten. Er hätte sie ohnehin gern immer in seiner Nähe gehabt, um auf sie aufzupassen und sich sicher zu sein, dass es ihr gut ging. Er wusste jedoch, dass das für sie beide nicht gesund gewesen wäre, und hatte an jenem Tag sein Bestes gegeben, um sie zu ermutigen, zur Schule zu gehen.

»Ja, stimmt, das habe ich gesagt. Ich habe dabei aber an Dinge wie Lesenlernen und Rechnen gedacht, nicht daran, dein Haar zu einem Ballerinaknoten zusammenzustecken.«

»Aber das ist schöner als Rechnen«, sagte sie und kicherte. »Ich wette, Onkel Piers kann keinen Ballerinaknoten machen.«

»Noch eine Sache, in der ich besser bin als er«, sagte Mads lächelnd.

»Ich wünschte, ich hätte auch einen Bruder und könnte auch etwas besser als er«, sagte Sofia.

»Wirklich?«

»Ja, aber ich weiß, dass das nicht geht, wegen Mommy.«

Sie schaltete ein Video ein, in dem man lernen konnte, wie man einen Chignon frisierte, doch Sofias Worte gingen ihm nicht aus dem Sinn. Ihm war bisher nie der Gedanke gekommen, dass sich ihre kleine Zweipersonenfamilie irgendwann einmal vergrößern könnte. Gut, er mochte Iona und wollte sie wiedersehen, aber noch ein Kind … mit einer anderen Frau? Er wusste nicht, ob er jemals wieder genug Mut aufbringen würde, noch weitere Menschen in sein Herz zu schließen.

14. Kapitel

Iona war spät dran. Sie wusste nicht, woran es lag, aber im Dezember schien die Zeit immer wie im Flug zu vergehen, und sie schaffte es einfach nicht, pünktlich zu sein. Es wäre leicht gewesen, den Menschenmassen auf den Bürgersteigen die Schuld daran zu geben, weil ständig jemand stehen blieb, um die weihnachtlich dekorierten Schaufenster zu betrachten, aber sie wusste, dass sie selbst schuld war.

Sie trödelte, weil sie sich zu gern vor der Familienvorstellung des Nussknacker-Balletts gedrückt hätte, obwohl die Aufführung zu ihren Lieblingsstücken gehörte.

Als sie sich dem Lincoln Center näherte, sah sie jedoch ein, dass sie selbst, wenn sie sich beeilte, die verlorene Zeit nicht mehr aufholen konnte. Vor dem Eingang hatte sich bereits eine riesige Schlange gebildet. Sie blickte zum strahlend blauen Himmel, an dem sich nicht einmal eine klitzekleine Schneewolke zeigte, obwohl es klirrend kalt war.

Iona besaß zwar weder den dafür nötigen Ehrgeiz noch die zierliche Figur einer Balletttänzerin, dennoch hatte sie als kleines Mädchen oft davon geträumt, Ballerina zu werden, weil ihr die Kostüme und die adretten Frisuren der Tänzerinnen so gut gefielen.

Tatsächlich hatte sie sich in Erinnerung an ihre Kindheit

an diesem Tag ganz ähnlich gekleidet. Sie hatte die Haare zum Chignon gesteckt und trug ein Kleid mit eng anliegendem roten Oberteil und einer Lage Tüll über dem weiten cremefarbenen Satinunterrock, das im Moment jedoch von ihrem schwarzen Mantel verdeckt wurde. Noch im Laufen fischte sie in ihrer Tasche nach der Eintrittskarte.

»Iona?«

Sie warf einen Blick über die Schulter und entdeckte in ein paar Schritten Entfernung Sofia und ihren Vater. Auch Sofia trug das Haar zu einem Dutt frisiert. Fröhlich winkte sie ihr zu, während Mads mit wütender Miene hektisch auf seinem Handy herumtippte. Vermutlich stauchte er gerade einen armen Angestellten zusammen, der irgendwelche Anweisungen nicht befolgt hatte.

»Hallo, Kleines. Bist du schon aufgeregt wegen des Balletts?«, fragte Iona.

»Ja. Ich war noch nie im Theater.«

Sie lief auf Iona zu, und Mads schaute von seinem Handy auf. »Sofia, bleib in meiner Nähe.«

»Schon gut. Ich passe auf sie auf, bis du fertig bist.« Ihre Blicke trafen sich, und Iona dachte unwillkürlich an ihren letzten Kuss zurück und wie sie eng umschlungen in ihrem Bett gelegen hatten. Danach hatte sie vergeblich auf seinen Anruf gewartet. Er holte eine Eintrittskarte aus seiner Tasche, die er Iona reichte. »Wenn die Damen bitte drinnen warten würden, ich bin gleich bei euch.«

Iona bemerkte den flüchtigen Ausdruck der Enttäuschung, der über Sofias Gesicht huschte, ehe sie ihre Hand ergriff.

»Gut, Papa.«

Die beiden Tickets in der Hand reihte Iona sich mit Sofia in die Schlange vor dem Eingang ein. »Was hast du denn gemacht, seit wir uns zum letzten Mal gesehen haben?«

»Nicht viel. Letzte Woche haben wir in der Schule etwas über Weihnachtstraditionen gelernt. Manche sind total komisch. In Italien bringt eine Hexe den Kindern die Geschenke, nicht der Weihnachtsmann. Na ja, vielleicht hat der Weihnachtsmann diese Aufgabe inzwischen übernommen.«

»Kann sein. Ich glaube, ich kenne den Namen der Hexe. Sie heißt Befana, oder?«, fragte Iona. Sie war mal mit einem Italiener zusammen gewesen; seine Mutter hatte eine Befanapuppe neben dem Hauseingang stehen gehabt. »Ich glaube, sie soll die bösen Geister vertreiben.«

Sofia kicherte. »Ja, stimmt. Papa meint, bei uns vertreibt er die bösen Geister, weil er manchmal genauso brummig ist wie ein Bär.«

Iona musste lachen. »Da könnte was dran sein.«

Sie kamen schneller voran als erwartet, zeigten die Eintrittskarten vor und standen gleich darauf in der Wärme der Lobby. »Schon besser. Draußen war es so kalt. Komm, wir geben unsere Mäntel ab und holen uns etwas zu trinken.«

Sofia ließ Ionas Hand nicht los, als sie sich vor der Garderobe anstellten, und ergriff sie auch später wieder, als sie sich auf den Weg zum Erfrischungsstand machten. »Was hättest du denn gerne, Pfefferminzkakao oder einen Jingle Bells Mocktail?«

»Was ist denn ein Jingle Bells Mocktail?«, fragte Sofia.

»Limonade, Grenadine und Limonenwasser mit einer Kirsche oben drauf. Schmeckt wie Kirsch-Limonen-Limo.«

»Ich glaube, ich hätte lieber einen Pfefferminzkakao«, beschloss Sofia.

Iona bestellte zwei Tassen.

»Machen Sie drei draus«, rief Mads und gesellte sich zu ihnen. Er legte das Geld über Ionas Schulter hinweg auf die Theke.

»Danke, dass du auf Sofia aufgepasst hast«, sagte er.

»Kein Problem. Wir haben uns über Weihnachtstraditionen unterhalten«, sagte sie. »Das hier ist eine Tradition meiner Familie.«

»Ach ja?«, fragte Sofia. »Ist deine Familie hier? Deine Mama auch? Sie ist nett.«

Iona lächelte. Ihre Mutter hatte diese Wirkung auf Menschen. Ihre Eltern waren ein seltsames Paar gewesen. Ihre Mutter war sehr gesellig und stets der Mittelpunkt auf jeder Party, während ihr Vater sich am liebsten zu Hause in seinem Arbeitszimmer oder in der Firma in seinem Büro verschanzt hatte.

»Sie freut sich schon sehr darauf, dich wiederzusehen. Irgendwo in dieser Menschenmenge muss sie sein. Wir besuchen diese Veranstaltung jedes Jahr, weil sie dem *New York City Ballet* zugutekommt.«

»Warum?«, fragte Sofia.

Mads schien ihr aufmerksam zuzuhören, und Iona fiel auf, dass es ihr nichts ausmachte, mit Sofia derart private Dinge auszutauschen, aber bei Mads hatte sie immer das

Gefühl, sie müsse auf der Hut sein. »Ich wollte früher mal Ballerina werden. Deshalb hat meine Mutter meinen Vater dazu überredet, eine Stiftung für das Theater zu gründen und jedes Jahr mit uns hierherzukommen.«

»Sofia will auch Ballerina werden«, sagte Mads.

Die Kleine lächelte sie an. »Deshalb haben wir beide Ballerinaknoten. Wo sitzen wir?«

»In der Nähe des Orchesters. Gewöhnlich treffe ich mich mit meiner Mutter und meinem Bruder am Getränkestand, damit wir gemeinsam auf das schöne Erlebnis anstoßen können. Diese Veranstaltung läutet für mich und meine Familie offiziell die Weihnachtszeit ein«, erklärte sie.

Sofias Hand schlängelte sich erneut in ihre, und Iona schenkte der Kleinen ein Lächeln.

»Ist dein Bruder nett?«, fragte Sofia.

»Ja, warum?« Iona blickte sie erstaunt an.

»Papa streitet ab und zu mit Onkel Piers«, erklärte Sofia.

Mads musterte seine Tochter stirnrunzelnd. »Das ist kein Geheimnis. Mein Bruder und ich haben sehr unterschiedliche Ansichten darüber, wie ein Hotel zu führen ist. Das macht Familienzusammenkünfte mitunter ein wenig … schwierig.«

»Ich könnte niemals mit Theo zusammenarbeiten. Er ist toll, aber seine Arbeitseinstellung ist ziemlich lasch.«

»Redest du über mich?«, hörte sie plötzlich die Stimme ihres Bruders hinter sich und zuckte unmerklich zusammen.

Als sie sich zu ihrem Bruder und seinem Verlobten umdrehte, spürte sie Mads' Hand in ihrem Rücken.

Mads hatte schon die unterschiedlichsten Situationen während seiner Zeit als Geschäftsführer der Loughman-Hotelgruppe meistern müssen. Iona gab ihrem Bruder lächelnd einen Luftkuss und wiederholte dann die Geste bei dem Mann neben ihm.

Er wusste, dass Iona einmal in Nico verliebt gewesen war, daher versuchte er nun herauszufinden, was sie in ihm gesehen haben könnte. Objektiv betrachtet musste er zugeben, dass der Mann mit seinen braunen Haaren und markanten Gesichtszügen attraktiv im klassischen Sinne war. Mads entging jedoch nicht, dass sich an seinen Schläfen allmählich Geheimratsecken bildeten, sein Lächeln zu strahlend und seine Zähne zu perfekt und weiß waren.

»Das sind meine Freunde Mads und Sofia«, stellte Iona vor. »Und das sind mein Bruder Theo und sein Verlobter Nico.«

Mads schüttelte beiden Männern die Hand, und Sofia winkte ihnen zu. Sie stand zwischen ihm und Iona. Sofia war nicht schüchtern, und es machte ihr nichts aus, neue Menschen kennenzulernen. Allerdings schien sie das Gefühl zu haben, Iona vor ihrem Bruder beschützen zu müssen, weshalb sie wohl so zurückhaltend und wenig freundlich reagierte.

»Mom hat mich auf die Suche nach dir geschickt«, sagte Theo.

»Die Schlange draußen war ziemlich lang«, brachte Iona entschuldigend hervor.

»Oh ja, das stimmt. Wir waren auch etwas früher hier, weil ich Nico gern noch all die Orte zeigen wollte, an denen wir früher mit Dad Fotos gemacht haben.« Theo schenkte seinem Verlobten ein Lächeln.

»Wir wollten auch gerade nach Ihnen suchen«, mischte sich Mads ein. »Ich musste bloß erst noch ein wichtiges Telefongespräch beenden, und dann wollten wir gern noch schnell ein Erinnerungsfoto vor dem Weihnachtsbaum in der Lobby machen.«

»Oh, das kann ich gern für Sie übernehmen«, bot Nico an.

Mads hatte nie vorgehabt, ein Foto zu machen. Die Bemerkung war ihm einfach so herausgerutscht. Bisher gab es keine Fotos von Sofia und ihm mit jemand anderem an seiner Seite als Gill. Allerdings hätte er schon gern eine Erinnerung an diesen Tag mit Sofia und Iona.

»Ich gebe dir mein Handy für das Foto.« Iona holte das Handy aus ihrer Clutch. »Ich schicke es Mads dann später.«

Nico nahm ihr das Handy aus der Hand, und plötzlich fühlte sich Mads ein wenig schwummerig, weil es schon wieder ein erstes Mal gab. Oh, Gill hätte sicher nichts dagegen einzuwenden gehabt, wenn er mit Iona und Sofia für ein Foto posierte. Darüber aufregen konnte sie sich ja auch nicht mehr.

Vor ihrem Tod hatte er ihr sogar das Versprechen geben müssen, dass er sein Leben weiterleben und nicht in Trauer versinken würde. Er war jedoch noch nicht bereit dafür. Und auf diese Situation war er nicht vorbereitet.

Alle im Vorstand hielten ihn für unglaublich stark, weil er direkt nach der Beerdigung wieder zur Arbeit gekommen war. Man hatte Bemerkungen gemacht, wie tapfer er sei, aber in seinem Herzen wusste er, dass er überhaupt nicht tapfer war.

Sofia schien nicht zu bemerken, was in ihm vorging. Sie hüpfte vor ihnen her zu dem großen Weihnachtsbaum in der Mitte der Lobby. Iona hängte sich bei ihm ein und hielt ihn auf. Sie griff nach seiner Krawatte, als wollte sie sie richten, und beugte sich ganz nah zu ihm heran. Sie duftete nach Pfefferminz und Schokolade.

»Du musst das nicht tun«, sagte sie leise. »Ich kann auch ein Foto allein mit Sofia machen.«

Er umfing mit einer Hand ihre Wange und fragte sich, wann die fremde Frau, die zufällig in derselben Etage wohnte, seine Freundin Iona geworden war. Sie verband inzwischen mehr als nur Freundschaft – und womöglich war das der Haken, der ihn an diesem Foto so sehr beunruhigte.

»Ich muss das tun«, sagte er. »Früher oder später wird es sowieso passieren, und wenn es passiert, dann am liebsten mit dir. Sicher wird es noch viele andere solcher Gelegenheiten geben.«

Ein undefinierbarer Ausdruck huschte über ihr Gesicht, und es wirkte einen Moment verschlossen, dann jedoch lächelte sie wieder, wenngleich auch ein wenig angestrengt. »Wunderbar. Ich möchte nämlich auch gern eine Erinnerung an heute und so den Zauber dieses Vorweihnachtstages bewahren.«

»Die Weihnachtszeit besitzt wirklich ihre ganz eigene Magie«, sagte er, obwohl er selbst nicht daran glaubte. Er hatte kein Wunder erlebt, als er so dringend eins gebraucht hätte. Aber der Zauber der Weihnacht spiegelte sich in Sofias Gesicht, als sie den Baum betrachtete, der mit blinkenden Lichtern und Nussknackerelementen geschmückt war. Er entdeckte ihn auch in Ionas Lächeln, das nun nicht mehr gezwungen, sondern strahlend war. So gern würde er sie in sein Herz lassen, doch noch gelang es ihm nicht. Zum ersten Mal seit Gills Tod schöpfte er jedoch Hoffnung, dass die Trauer und die Wut über ihren Verlust irgendwann verblassen würden.

Und das konnte man auch getrost als Weihnachtswunder bezeichnen.

»Gut, und wie machen wir jetzt das Foto?«, fragte Mads. Um den Baum drängten sich bereits zahlreiche Familien und Paare, alle mit Handys oder Fotoapparaten in der Hand.

»Ganz einfach.« Theo forderte ihn auf, sich vor den Baum zu stellen, und positionierte Iona und Sofia vor ihm. »Leg den Arm um Iona«, forderte er Mads auf.

Mads folgte seiner Anweisung, worauf sich Iona an seinen Oberkörper lehnte und Sofia an seine Beine. Lächelnd legte Iona den Kopf schräg, und er sah sie an, nicht Nico, als der das erste Bild machte. Er konnte gar nicht anders. Denn unvermittelt schoss ihm der Gedanke durch den Kopf, dass nicht die Weihnachtszeit diesen besonderen Zauber barg, sondern Iona selbst.

Nach der Vorstellung drängten sich alle in den Saal, in dem ein Treffen mit den Gastgebern der Wohltätigkeitsveranstaltung und den bezaubernden Ballett-Kindern stattfand. Iona versuchte, sich darauf zu konzentrieren statt auf Mads. Er hatte ein Foto mit ihr und Sofia gemacht. Na und? Das hatte nichts zu bedeuten. Er hatte ihr erklärt, dass dieses Foto ein weiteres erstes Mal von Dingen sei, die er ohne seine Frau tat, und dass noch viele weitere solcher Gelegenheiten folgen würden. Vielleicht hatte er damit andere Frauen gemeint, doch sie hoffte, dass sie endlich einmal Glück mit Männern hatte. Vielleicht benutzte dieser Mann sie ausnahmsweise nicht als Trostpflaster, um seinen Kummer zu überwinden und sie dann wegen einer anderen zu verlassen. Vielleicht überwand er ja mit ihrer Hilfe scinen Kummer und blieb bei ihr.

Deshalb hatte sie Mads jedoch nicht eingeladen. Sie waren schlicht zwei einsame Seelen, die einen Freund gebrauchen konnten.

»Iona, machst du ein Bild mit der Zuckerpflaumenfee für mich?«, fragte Sofia. Die Fee stellte sich auf die Zehenspitzen und legte den Arm leicht um Sofias Schulter. Das kleine Mädchen strahlte, als Iona auf den Auslöser drückte. Das Leuchten in Sofias Gesicht erinnerte Iona daran, dass sie ihre kindliche Freude in den vergangenen beiden Jahren verloren hatte. Es war leicht, die Schuld ihrem übervollen Terminkalender zu geben oder der Tatsache, dass sie kein Kind mehr war. Insgeheim wusste sie jedoch, es lag daran, dass sie trotz seines Todes immer noch keinen Frieden mit ihrem Vater geschlossen hatte. Sie konnte ihm einfach nicht vergeben, dass er ihr so viele Jahre keine Anerkennung gezollt und ihre Ängste geschürt hatte. Sein Lob war immer doppeldeutig gewesen, nie urteilsfrei, und er hatte ihr immer das Gefühl vermittelt, dass sie nicht gut genug war.

»Möchten Sie, dass ich ein Foto von Ihnen und Ihrer Tochter mache?«, fragte ein Mann hinter ihr.

»Sie ist nicht ...« Sie verstummte und räusperte sich, bevor sie weitersprach. »Ja, gerne.«

Sie posierte mit Sofia und der Ballerina. Dann bedankte sie sich bei dem Mann, nahm ihr Handy wieder entgegen und schlenderte mit Sofia weiter auf den Speisesaal zu, wo ein Tisch für sie reserviert war. Mads hatten sie im Gedränge verloren, er hatte jedoch erwähnt, dass es ein Problem im Hotel gab, um das er sich kümmern musste. Sie vertraute darauf, dass er sie schon finden würde, wenn er den Anruf erledigt hatte. Theo und Nico wollte sie dagegen nicht so dringend wiedersehen, obwohl es Nico durch seine nette Geste mit dem Foto vorhin geschafft hatte, für eine ungezwungene Atmosphäre zu sorgen.

Sie entdeckte Hayley und Cici, die ihr zuwinkten. Sofia winkte zurück.

»Ich finde es schön, Baby Holly wiederzusehen. Sie ist so niedlich«, sagte sie.

»Ja, das stimmt, aber das bist du auch«, meinte Iona. Sie fragte sich, ob die Kleine wohl eifersüchtig sein würde, wenn sie sich die Aufmerksamkeit mit einem Baby teilen müsste.

»Ich weiß«, meinte Sofia. Sie ließ Ionas Hand los und hüpfte hinüber zu Hayley und Cici.

Nach der Sache mit Nico hatten ihre Freundinnen versucht, Iona aufzumuntern, weil sie befürchtet hatten, dass sie nur aus Liebeskummer so viel arbeitete. Was süß von beiden gewesen war.

»Entschuldige«, hörte sie Mads' Stimme hinter sich.

»Kein Problem. Wir haben Fotos gemacht. Ich schicke sie dir. Sofia ist gerade bei meinen Freundinnen. Ich glaube, sie hofft insgeheim, das Baby mal halten zu dürfen.«

»Gestern Abend beim Schlafengehen hat sie gesagt, dass sie sich ein Geschwisterchen wünscht.«

Iona hörte die Sorge in Mads' Stimme und drückte ihm die Hand. »Gib euch Zeit. Im Moment kann sie ja mit Cicis Baby spielen, und vielleicht reicht das schon.«

»Das hoffe ich.«

Sofia hatte bemerkt, dass ihr Vater zurückgekommen war, und kam auf ihn zugerannt.

»Papa.«

Iona fiel auf, dass Sofia immer sofort zu Mads lief, ganz egal, wie lange er fortgewesen war. Insgeheim war sie ein klein wenig neidisch auf das kleine Mädchen, weil Mads immer innehielt, um sie hochzuheben. Nach so einem Vater hatte sie sich gesehnt. Iona freute sich für Sofia aber auch, dass sie einen so aufmerksamen, liebevollen Vater hatte.

»Wie ich höre, hast du die Darsteller getroffen, Sofia.«

»Ja, habe ich. Ich habe sogar mit einem Schwert gegen den Rattenkönig gekämpft.«

»Hast du gewonnen?«

»Natürlich, Papa. So eine dumme Frage.« Sofia kicherte. »Ich freue mich schon, weil wir am selben Tisch sitzen wie

Holly. Cici hat gesagt, dass ich sie halten darf, wenn du es mir erlaubst.«

»Wenn du versprichst, sehr gut achtzugeben, darfst du.«

»Ja, natürlich. Ich sag es ihr gleich.« Sofia zappelte, damit Mads sie absetzte, und er ließ sie runter.

Sie flitzte zurück zu Cici, und Iona beobachtete, wie sich ihre Freundin bückte und ihr das Baby vorsichtig in die Arme legte.

»Ich mag deine Freundinnen«, sagte Mads.

»Sie sind die besten. Der Tag, an dem ich ihnen begegnet bin, war der glücklichste in meinem Leben«, erwiderte sie.

»Davon musst du mir mal erzählen. Ich bewundere euch dafür, dass ihr zusammenarbeiten und trotzdem befreundet bleiben könnt.«

Iona wusste, dass Mads' Bruder im Vorstand der Hotelgruppe auch für die Finanzen verantwortlich war, was gewiss zu manchen Reibereien führte.

»Das Geheimnis liegt darin, die unwichtigen Dinge zu ignorieren und sich aufs große Ganze zu konzentrieren.«

»Ich werde versuchen, mir das zu merken.«

15. Kapitel

Nach dem Tag der Ballettvorstellung hatte Iona sich bemüht, Sofia und Mads aus dem Weg zu gehen, um Abstand zu gewinnen. Immerhin hatten sie eine Auszeit vereinbart, und sie wollte ihn nicht bedrängen. Sofia machte ihr jedoch einen Strich durch die Rechnung.

Am darauffolgenden Mittwoch kam sie mit ihrem Kindermädchen nach der Schule im Candied Apple Café vorbei und entschuldigte sich bei Nick dafür, dass sie beim letzten Besuch ihren Kakao verschüttet hatte. Danach spielte sie mit Lucy, Hayleys Zwergdackel, in Ionas Büro, während Jessie Weihnachtsgeschenke für Mads und Sofia besorgte.

»Ich habe mir von Papa einen Hund gewünscht, aber er sagt, ich muss erst einmal beweisen, dass ich ein großes, vernünftiges Mädchen bin, bevor wir einen bekommen«, erzählte Sofia.

Sie saß auf dem Boden und hielt den Zwergdackel im Schoß. Der kleine Hund war sehr geduldig mit ihr. Er hatte sogar zugelassen, dass sie ihm eine Schleife um den Hals band, und brav stillgehalten, als sie Fotos in verschiedenen Posen mit ihm machte. Iona hatte sie mit Lucy fotografiert und das Bild an Mads geschickt, weil sie sich dachte, dass es ihm sicher gefallen würde, seine Tochter so glücklich zu sehen.

»Das kann ich verstehen. Hunde machen viel Arbeit«, sagte Iona. »Lucy gehört zwar Hayley, aber Cici und ich helfen ihr und passen auch oft auf sie auf. Sie bleibt nicht gern lange allein.«

»Das weiß ich. Miss Pembroke hat uns das auch erklärt. Sie meint, dass der Weihnachtsmann manchmal die Sachen auf Wunschzetteln auch nicht bringt, wenn er denkt, dass man damit noch nicht umgehen kann«, berichtete Sofia.

Iona lächelte. »Und was hat sie noch so über Hunde gesagt?«

»Nur, dass die Eltern den Hund kaufen sollten, weil der Weihnachtsmann auch nicht alle Wünsche erfüllen kann. Deshalb soll man ihn auch gar nicht erst um manche Sachen bitten.«

Iona speicherte das Dokument, an dem sie gerade arbeitete, und setzte sich zu Sofia auf den Boden. »Worum sollte man ihn denn nicht bitten?«

»Um Sachen, die die Eltern nicht besorgen können«, antwortete Sofia. »Er kann kranke Leute nicht gesund machen. Papa sagt, dass die Leute manchmal etwas so sehr wollen, dass sie sich selbst be-irgendwasen.«

»Be-irgendwasen?«

»Ich weiß das Wort nicht mehr, aber es bedeutet, dass man sich selbst anlügt.«

»Sich selbst betrügen?«

»Ja, genau«, sagte sie.

»Was steht denn auf deinem Wunschzettel?«, erkundigte Iona sich, um das Thema zu wechseln. Sofias Worte weckten Mitgefühl in ihr, sowohl für Sofia als auch für Mads. Sie konnte sich kaum vorstellen, wie unerträglich das Gefühl sein musste, das kleine Mädchen zu enttäuschen. Ihr nicht versichern zu können, dass alles gut werden würde. Aber so, wie sie Sofia kennengelernt hatte, erwartete die Kleine das wohl auch gar nicht.

»Eigentlich wollte ich mir ja einen Hund wünschen, aber ich glaube, ich wünsche mir lieber Ballettstunden«, überlegte sie laut.

»Das ist eine gute Idee. Hast du noch weitere Wünsche?«

»Ja, aber Jessie behauptet, Verwandte kann man sich nicht wünschen.«

»Oh. Welche Verwandten hättest du denn gern? Du hast doch deinen Onkel und auch Großeltern, oder?«

»Ja, aber ich hätte gern einen Bruder. Papa hat Glück, denn er hat Onkel Piers.«

»Ja, er hat Glück, aber ich bin mir nicht sicher, ob dein Papa im Moment mit einem Geschwisterchen für dich einverstanden wäre«, warf Iona vorsichtig ein.

»Meinst du nicht?«, hakte Sofia nach.

»Ich glaube nicht. Außerdem klingt es zwar lustig, einen Bruder zu haben, aber dann muss man auch alles teilen.«

»Du magst deinen Bruder. Heißt das, du hast nie mit ihm teilen müssen?«, fragte Sofia.

Iona schien ein Fass ohne Boden geöffnet zu haben. Warum konnte sich Sofia nicht einfach eine neue Puppe oder ein Fahrrad wünschen? Iona gab gerne zu, dass sie nicht viel von Kindern verstand, und Sofia erteilte ihr gerade eine Lektion in Sachen Kinderwünsche.

»Theo und ich teilen gern, aber wir mögen auch verschiedene Sachen«, antwortete Iona. Ihr Bruder hatte ihr immer sehr nahe gestanden. Sie betrachtete ihn auch als Freund und vermisste die Gespräche mit ihm. Sie hatte jedoch durchaus ihren Teil zu der Funkstille zwischen ihnen beigetragen, weil sie im Candied Apple Café so eingespannt war. »Ich hatte Kummer und habe mich geschämt, mit ihm darüber zu reden. Seitdem weiß ich nicht so recht, wie ich mich ihm gegenüber verhalten soll.«

Lucy sprang von Sofias Schoß und trottete zur Tür. Sofia schaute Iona fragend an.

»Sie muss wohl mal raus. Möchtest du mitkommen?«

»Ja.« Sofia stand auf. »Mir geht es so mit Remy. Er war ziemlich nett, als ich mich entschuldigt habe.«

Iona leinte Lucy an und öffnete die Hintertür, die auf eine Gasse hinausführte. »Seine Familie scheint nett zu sein.«

Sofia zuckte mit den Schultern. Schweigend wartete Iona ab, in der Hoffnung, dass Sofia endlich mit der Sprache herausrückte, was sie an dem Abend, als sie Remys Familie begegnet waren, so sehr bedrückt hatte. Das kleine Mädchen stand jedoch nur in der Tür und beobachtete den Hund, der überall herumschnüffelte, um den richtigen Platz für sein Geschäft zu finden.

»Er hat einen Bruder und eine Mommy«, sagte Sofia schließlich leise.

Ionas Blick schweifte von Lucy zu Sofia. »Nicht jede Familie hat eine Mommy, einen Daddy und einen Bruder oder eine Schwester.«

»Das weiß ich«, sagte Sofia. »Meine Mommy ist gestorben, und deshalb will ich Papa auch nicht nach einer anderen Mama fragen.«

»Meine Freundin Hayley hat gar keine Geschwister. Sie ist mit ihrem Dad allein aufgewachsen.«

»Ach ja?«

»Ja. Und Cici hat zwei Halbbrüder«, erzählte Iona. »Familien können ganz unterschiedlich sein. Manchmal gehören zur Familie sogar Menschen, die gar nicht verwandt sind.«

»Wirklich? Wie geht denn das?«

»Cici und Hayley sind wie Schwestern für mich. Wir waren erst Freundinnen, aber inzwischen sind sie für mich wie Familie.«

»Solche Freunde habe ich nicht«, entgegnete Sofia.

»Du hast Jessie«, erinnerte Iona sie.

Sofia nickte mit nachdenklicher Miene. Lucy kam auf sie zugeflitzt, und sie gingen wieder hinein. Hayley bot an, Sofia zu zeigen, wie man Schokoladenfiguren macht, und Sofia willigte begeistert ein. Iona kehrte ins Büro zurück und dachte an ihren Bruder. Sie beschloss, Theo und Nico zum Abendessen einzuladen, und schrieb Theo rasch eine Nachricht, bevor sie es sich anders überlegen konnte.

Mads erhielt Ionas Nachricht während einer Besprechung und zwang sich unter Aufbietung all seiner Willenskraft, sie bis zum Ende des Meetings zu ignorieren. Ein Lächeln huschte über sein Gesicht, als er schließlich das Foto von seiner Tochter betrachtete, die Hayleys Hund in den Armen hielt. Obwohl Iona auf einer Beziehungs-Auszeit bestanden hatte, hatte sie sich seit dem Ballett reichlich oft mit Sofia getroffen. So schnell würde seine Tochter ihre neue Freundin also nicht wieder verlieren. Erst beim Frühstück hatte sie ihm anvertraut, dass sie gern so wäre wie Iona.

Er war sich nicht sicher, was das zu bedeuten hatte, aber seit die beiden sich kannten, lachte Sofia wieder öfter und probierte verschiedene Feiertagsbräuche aus. Eine Tradition hatten sie bereits eingeführt. Jeden Abend vor dem Zubettgehen lasen sie gemeinsam eine Weihnachtsgeschichte. Manche hatten einen religiösen Hintergrund, andere handelten von Welpen oder Elfen. Sofia hatte großen Spaß daran. Deshalb hatte er auch ein paar neue Bücher bestellt, die ihm am Nachmittag geliefert werden sollten, damit am Abend eine neue Auswahl an Geschichten für Sofia bereitlag.

Sein Bruder wollte am Wochenende nach New York kommen und hatte ihn und Sofia zu einer Vorstellung der Showtanzgruppe Rockettes eingeladen. Eine Exfreundin von Piers, die mit einer der Tänzerinnen befreundet war, hatte ihm die Eintrittskarten geschenkt. Also gingen sie hin. Seit dem Spaziergang mit Iona zum Candied Apple Café hatte Sofia auch nicht mehr geweint. Sie deutete jedoch immer wieder an, dass sie ihre Familie zu klein fand.

Womöglich befürchtete sie, ihm könne etwas zustoßen und dass sie dann allein sein würde. Deshalb hatte er Piers gebeten, sie öfter zu besuchen. Was nicht so einfach war, da er an der Westküste lebte, wo sich die Firmenzentrale der Loughman-Hotelgruppe befand.

Lexi klopfte und steckte den Kopf zur Tür herein. »Ein Anruf für Sie auf Leitung eins von Sofias Schule.«

»Danke. Ich schicke ein Foto zum Drucker. Könnten Sie dafür sorgen, dass Papier drin ist?«

»Natürlich.«

Sie schloss die Tür, und er nahm den Anruf entgegen.

»Mads Eriksson.«

»Mr. Eriksson, hier spricht Miss Pembroke, Sofias Lehrerin. Sie wollten mich sprechen?«

»Ja, danke für den Rückruf«, sagte er. »Ich wollte mich erkundigen, wie nach dem Vorfall mit Remy die Stimmung ist. Sofia hat Remy und seine Eltern neulich zufällig getroffen und war danach ein wenig durcheinander.«

Er hörte Rascheln am anderen Ende und scrollte mit dem Daumen durch die Fotos auf seinem Handy. Er hatte zwei Bilder von Iona. Eines zeigte sie, wie sie zu dritt vor dem Weihnachtsbaum bei der Nussknacker-Vorstellung posierten. Sein Daumen schwebte über der Löschen-Taste, aber er brachte es nicht über sich. Das Foto war … egal, jedenfalls würde er es nicht löschen. Er scrollte weiter, bis zu dem Bild von Sofia mit dem Hund, und löste den Druckauftrag aus.

»Es gab keinen weiteren Streit mit Remy oder einem anderen Kind – sie scheinen sich sogar recht gut zu verstehen, daher kann ich mir nicht erklären, was da vorgefallen sein könnte«, hörte er Miss Pembrokes Stimme an seinem Ohr. »Allerdings erscheint sie mir ein wenig verloren, wenn es um unsere Weihnachtsprojekte geht. Ich habe versucht, ihr dabei zu helfen, die Dinge zu finden, die ihr Freude bereiten.«

»Was kann ich tun?«, fragte Mads.

»Sie hat erwähnt, dass Sie einige Traditionen einführen wollen, und ich glaube, das ist ein guter Anfang. Ehrlich gesagt ist jedes Kind anders, und Sofia macht auf mich zumeist einen recht fröhlichen und unkomplizierten Eindruck. Es gibt allerdings auch Momente im Unterricht, da scheint sie irgendetwas, was wir tun oder sagen, aus der Bahn zu werfen. Dann wirkt sie plötzlich gedankenverloren und manchmal auch traurig. Ich denke aber, im Moment können Sie nicht viel mehr für sie tun.«

Das hörte er nicht so gern. Am liebsten wäre ihm gewesen, dass die Lehrerin ihm eine Liste mit Dingen gegeben hätte, die er hätte abarbeiten können, damit Weihnachten für Sofia wieder ein freudiges Erlebnis werden würde. »Denken Sie, ich sollte sie aus der Schule nehmen und mit ihr über die Feiertage verreisen?«

Miss Pembroke seufzte. »Ich glaube nicht, dass das eine große Hilfe wäre. Sofia versucht derzeit herauszufinden, was an Weihnachten so besonders ist. Ich denke, langfristig gesehen ist es besser für sie, wenn sie sich jetzt damit auseinandersetzt.«

Mads hätte das Hotel und New York ohnehin nicht für mehrere Wochen verlassen können, und das wusste er auch.

Für Sofia war er jedoch bereit, Himmel und Hölle in Bewegung zu setzen. »Vielen Dank, dass Sie sich die Zeit genommen haben, Miss Pembroke. Rufen Sie mich bitte an, falls es Schwierigkeiten gibt oder Ihnen an Sofia etwas auffällt.«

»Das mache ich gern«, versprach sie.

Er legte auf und lehnte sich im Sessel zurück, in dem Wissen, dass es in Erziehungsfragen keine einfachen Lösungen gab. Seit Sofias zweitem Lebensjahr, als Gill die Krebsdiagnose erhalten hatte, musste er jede Entscheidung für ihre Tochter allein treffen. Zwar hatte er breite Schultern und konnte das Gewicht der Entscheidungen tragen, dennoch zweifelte er gelegentlich, ob er auch das Richtige für Sofia tat. Er wünschte, er könnte seine Entscheidungen mit jemandem besprechen. Mit jemand anderem als Piers, der noch weniger von kleinen Mädchen verstand als Mads.

Iona konnte ihm womöglich eine Hilfe sein. Sofia verbrachte viel Zeit mit ihr. Jessie teilte ihm zwar auch gern ihre Ansichten mit, aber sie war auch seine Angestellte, was sie auch stets bei ihren Meinungsäußerungen betonte.

Er öffnete die Nachricht, die Iona ihm zusammen mit dem Foto seiner Tochter geschickt hatte, und tippte in das Textfeld die Frage ein, ob sie am Abend freihabe. Letztendlich löschte er den Text jedoch wieder. Sie hatte ihn um eine Auszeit gebeten, und das musste er respektieren, auch wenn er nachts von ihr träumte und seine Gedanken häufig auf Abwege gerieten. Auch wenn er sich manchmal seinen Schal an die Nase hielt, weil noch ein Hauch ihres Parfüms darin hing oder ihm ihre Küsse nicht aus dem Sinn gingen.

Dennoch konnte er ihr immer noch nicht das Versprechen geben, sich auf die Weise auf sie einzulassen, die sie sich wünschte.

Jedes Mal, wenn er einen Schritt auf sie zu machen wollte, tauchte ihre traurige Miene vor seinem inneren Auge auf, die ihm verraten hatte, dass sie nicht noch einmal an gebrochenem Herzen leiden wollte. Zwar hatte er sich aus der Starre gelöst, die ihn so lange im Griff gehabt hatte, aber er war auch noch weit davon entfernt, Iona so zu lieben, wie sie es verdiente.

Zum fünften Mal überprüfte Iona ihre Erscheinung im Spiegel, während sie auf Theo und Nico wartete. Sie war ziemlich aufgeregt und wünschte, Mads und Sofia wären an ihrer Seite. Bis zum letzten Moment haderte sie mit sich, dann flitzte sie doch den Flur hinunter zu der Wohnung der beiden.

An der Tür hing ein batteriebetriebener beleuchteter Pinguin mit Nikolausmütze, der ihr ein Lächeln entlockte. Allmählich fanden wohl auch Sofia und Mads heraus, was ihnen in der Weihnachtszeit Freude bereitete, und sie freute sich darüber.

Entschlossen klopfte sie an und wartete. Gerade als sie sich entschieden hatte, doch lieber wieder in ihre Wohnung zurückzukehren, schwang die Tür auf, und Mads erschien. Um seine Hüften hing eine Schürze mit der Aufschrift »Vertrau mir, ich bin der Koch«. Sein Kinn war mit Mehl bestäubt, und er wischte sich die Hände an einem Geschirrtuch ab.

»Iona. Wir hatten heute gar nicht mit dir gerechnet. Du siehst fantastisch aus.«

»Danke. Es tut mir leid, wenn ich störe. Wie ich sehe, bist du beschäftigt.«

»Schon gut«, sagte er. »So beschäftigt bin ich auch wieder nicht. Willst du reinkommen?«

»Ich kann nicht. Theo und Nico kommen gleich vorbei.« Sie strich sich mit den Händen über die Seiten ihres ärmellosen goldenen Ralph-Lauren-Kleides. Sie hatte sich die Haare hochgesteckt und sich sorgfältig geschminkt, um sich von ihrer Schokoladenseite zu zeigen. »Ich habe sie zum Abendessen eingeladen und dachte, es wäre nett, wenn ihr beiden auch kommt«, stieß sie hektisch hervor.

»Papa, wo bist du?«, rief Sofia aus der Küche.

»An der Tür, Sof. Jessie hat das Kommando, bis ich wieder da bin«, rief Mads über die Schulter und winkte Iona herein. »Und warum lädst du uns erst jetzt ein?«

»Ich wollte nicht, dass es so aussieht, als möchte ich dich meiner Familie vorstellen, daher habe ich ziemlich lange überlegt. Und wir hatten ja auch eine Auszeit vereinbart. Aber Sofia hat mir deutlich gemacht, dass ich froh sein kann, einen Bruder zu haben, und da kam mir der Gedanke mit dem Familienessen … Und weil Sofia mich auf die Idee gebracht hat, fände ich es schön, wenn ihr auch dabei wäret.«

»Wir haben bereits gegessen. Wir backen gerade Kekse. Aber wir können danach gern zu dir rüberkommen«, sagte er.

Das klang gut. »Prima, das wäre schön.«

»Sofia wollte dir ohnehin ein paar Kekse vorbeibringen«, sagte er.

»Okay, und bitte entschuldige die Einladung auf den letzten Drücker. Das war blöd von mir.«

Mads schüttelte den Kopf. »Du musst dich nicht entschuldigen. Wie du schon sagtest, hattest du ja um etwas Abstand gebeten.«

Wohl wahr, aber inzwischen verfluchte sie sich dafür. Sie hatte angenommen, dass sich dadurch ihr Standpunkt ändern und ihr wieder bewusst werden würde, dass das Candied Apple Café im Moment ihre ganze Aufmerksamkeit benötigte. Sie hatte jedoch bloß herausgefunden, wie sehr sie Mads und Sofia vermisste, wenn sie nicht mit ihnen zusammen war.

»Ich habe deine Bitte respektiert«, fuhr er fort. »Wie es dir damit geht, weiß ich nicht, aber für mich hat die Tatsache, dass wir uns ein paar Tage nicht gesehen haben, nichts geändert. Ich habe dich vermisst.«

Sie war überrascht, dass er das zugab, und hätte ihm gern gesagt, dass es ihr genauso erging. Aber sie wollte sich nicht so verletzlich machen.

Die Vernunft riet ihr, Mads nicht zu sehr zu mögen, doch ihr eigenwilliges Herz wollte nicht darauf hören.

Er wirkte müde, und sie wünschte, dass sie ihren Bruder nicht eingeladen hätte, weil sie sich viel lieber weiter mit Mads unterhalten und gern mit Sofia Kekse gebacken hätte. Aber sie gehörte nicht zu ihrer Familie. Ihre eigene Familie kam gleich, und sie musste sich mit ihrem Bruder aussöhnen.

Sie musterte Mads forschend, und zum ersten Mal begriff sie, dass sie in all ihren früheren Beziehungen nie ihr Herz ganz geschenkt hatte. Immer hatte sie einen Teil von sich zurückgehalten. Das wurde ihr jetzt erst klar, weil sie gern einen Schritt auf Mads zu gemacht hätte, sich aber nicht traute. Sie fürchtete sich davor, sich zu nehmen, was sie von ihm wollte, weil er so viel verloren hatte und sie deshalb nicht so bedingungslos lieben konnte, wie sie ihn liebte.

Sie nickte nur und wandte sich zum Gehen, aber er hielt sie am Arm fest, zog sie an sich und küsste sie. Es war keiner dieser zärtlichen, federleichten Küsse, die verhießen, dass alles gut werden würde. Sein Kuss war verzweifelt, fordernd, voll ungezügelter Leidenschaft.

Sie schlang ihm die Arme um den Nacken und erwiderte den Kuss mit der gleichen Sehnsucht und Furcht, die Iona empfand. Ihre Blicke trafen sich, als sie sich voneinander lösten, doch er sagte kein Wort, und auch sie schwieg.

Wortlos drehte sie sich um. Dieses Mal ließ er sie gehen. Wie in Trance kehrte sie in ihre Wohnung zurück und betrachtete sich im Spiegel. Ihr Lippenstift war verschmiert. Sie war völlig durcheinander, und ein Sturm der Gefühle, so stark wie nie zuvor, tobte in ihr.

Sie war stets darauf bedacht, kühl und gelassen zu bleiben, sich ihre Gefühle nicht anmerken zu lassen. Sie wollte nicht so wie ihre Eltern sein, die sich entweder angeschwiegen oder die ganze Zeit miteinander gestritten hatten. Inzwischen hatte sie jedoch erkannt, dass es ihr nicht guttat, wenn sie ihre Gefühle ständig unterdrückte, und sie war auch nicht länger bereit dazu.

Ein Klopfen riss sie aus ihren Gedanken. Rasch wischte sie sich den Lippenstift aus dem Gesicht, dann öffnete sie die Tür und zwang sich zu einem Lächeln.

Theo hielt Blumen und Wein in den Händen. Ihr Bruder schien ebenso nervös zu sein wie sie.

»Hallo, Jungs. Danke, dass ihr so spontan vorbeigekommen seid.«

»Für dich immer«, sagte Theo und reichte ihr die Blumen und den Wein. Er betrat die Wohnung und gab Iona einen Kuss auf die Wange.

Nico umarmte sie und drückte ihr ein kleines Boot aus Holz in die andere Hand.

»Ich bin froh, dass ihr gekommen seid«, gestand Iona. »Ich habe euch beide vermisst und will unbedingt alles über eure Hochzeitspläne erfahren.«

16. Kapitel

Der Abend wurde sehr schön. Beim Abendessen besprachen sie ausführlich Theos und Nicos Hochzeit, und als Mads und Sofia später dazustießen, erhielt Iona einen Eindruck davon, wie das Weihnachtsfest und jeder andere Tag ihres restlichen Lebens aussehen könnte. Die nagende Sehnsucht, die sie zu ignorieren versuchte, entwickelte sich bei dieser Vorstellung zu einem dumpfen Schmerz. Wieder einmal musste sie sich eingestehen, dass sie sich eine eigene Familie wünschte.

»Warum habt ihr Iona ein Boot mitgebracht?«, fragte Sofia, während sie im Wohnzimmer saßen, Kaffee tranken und die Kekse aßen, die die Erikssons gebacken hatten.

»Nicos Familie besitzt Schiffe«, erklärte Iona. »Und gibt es da nicht auch diese griechische Weihnachtstradition mit Booten? Sofia will möglichst viele Weihnachtsbräuche kennenlernen.«

Nico nickte und lächelte Sofia zu. »Iona hat recht, und in dem Boot für sie ist etwas ganz Besonderes versteckt.«

»Oh, was denn? Kann ich es mir anschauen?«, rief Sofia.

Iona nickte. Sie holte das Boot und reichte es Sofia, die es von allen Seiten genau beäugte. Als sie es umdrehte, hörten sie alle ein Klappern im Inneren.

Ein Strahlen erhellte Sofias Miene, während sie auf dem Deck des Miniaturbootes entlangtastete, bis eins der Bretter hochsprang. Sie griff in die Öffnung und zog eine kleine, mit einer goldenen Schleife verzierte Schachtel heraus.

»Das sieht hübsch aus«, sagte Sofia und gab die Schachtel Iona.

Iona betrachtete verblüfft das kleine Kästchen, das sie ohne Sofias Frage bestimmt nicht entdeckt hätte. Ihr Blick schweifte zu Nico.

»Nun mach schon auf«, sagte er lächelnd.

Sie öffnete die Schachtel und entdeckte darin einen Talisman in Form eines blauen Auges, der Glück bringen sollte, wie sie wusste. Gerührt schaute sie auf. »Danke, Nico.«

»Gern geschehen. Dieses Geschenk ist nichts im Vergleich zu dem, was du für mich getan hast. Immerhin bist du großmütig zurückgetreten, um Theo und mir den Weg zu unserem Glück zu ebnen. Deshalb wollte ich dir etwas ganz Besonderes schenken. Nicht einfach bloß ein Weihnachtsgeschenk, sondern etwas, das dich dein ganzes Leben lang begleitet und ausdrückt, dass ich dir alles Glück der Welt wünsche.«

Iona rührte seine Bemerkung sehr. »Und ich freue mich, dass ihr beide so glücklich miteinander seid.«

Der Talisman hing an einer feingliedrigen Kette. Mads nahm sie ihr aus der Hand und legte sie ihr um den Hals. Einen Moment lang hielt sie den Anhänger noch in der Hand, ehe sie ihn losließ.

»Wieso ist das ein Glücksbringer?«, fragte Sofia.

Iona überlegte, ob das kleine Mädchen wohl gern auch so

einen Glücksbringer hätte und ob sie ihn ihr schenken sollte. Allerdings war das Geschenk für sie gedacht, und das schien Sofia auch zu wissen.

»Er wehrt den bösen Blick ab. Derjenige, der den Talisman trägt, soll dadurch vor schlimmen Dingen und Unglück beschützt werden«, erklärte Nico.

»Das gefällt mir«, sagte Sofia. »Welche Traditionen habt ihr sonst noch?«

»Viele Griechen sind orthodox«, sagte Theo. »Geschenke gibt es bei Nico daher nicht an Weihnachten, sondern erst am 1. Januar.«

»Wirklich?«, hakte Sofia nach. »Ich wette, Remy weiß so was nicht.«

»Möglich«, meinte Mads. »Du kannst es ja morgen in der Schule erzählen, aber auf nette Weise.«

»Papa, ich bin immer nett«, erwiderte Sofia empört.

»Nur nicht, wenn du frech bist.« Er grinste.

»Das war nur einmal.« Sofia machte ein empörtes Gesicht.

»Ich kann mir gar nicht vorstellen, dass jemand so Liebes wie du frech sein könnte«, meinte Nico.

»Daran war ein Junge in der Schule schuld«, erklärte Sofia. Sie hielt immer noch das Boot in der Hand. Nun ging sie zu Nico und setzte sich neben ihn aufs Sofa.

»Jungs haben Iona auch immer in Schwierigkeiten gebracht«, erzählte Theo lächelnd.

»Ach ja?« Sofia schaute Iona fragend an. »Ist das immer noch so?«

Iona lachte. »Sofia hat uns zu unseren begehrten Brav-und-Frech-Pralinen im Candied Apple Café inspiriert.«

An diesem Abend wurde Iona wieder bewusst, warum sie die Weihnachtszeit so sehr liebte. Vielleicht war es ja Schicksal, dass sie Mads begegnet war, obwohl ihr das Schicksal bisher nicht immer wohlgesinnt gewesen war und es ihr schwerfiel, einfach so zu tun, als wären sie nur Freunde. Sie wollte diese Zeit bloß unbeschwert genießen. Dieser Abend war perfekt, dennoch überkam sie ein vages Gefühl, sie könnte etwas verlieren, das ihr wichtig war. Sie befürchtete, dass sie ihrer Familie, zu der auch Mads und Sofia gehörten, nie wieder so nahe sein würde wie an diesem Abend. Und das hing nicht damit zusammen, dass sie an Mads' Gefühlen zweifelte, sondern daran, dass sie nicht an Glück oder Schicksal glaubte. Sie hatte sich alles in ihrem Leben hart erkämpfen müssen und dabei nie das Gefühl gehabt, als stünde ihr die Glücksgöttin zur Seite.

Theo und Nico verabschiedeten sich wenig später, und als sich die Tür hinter ihnen schloss, fiel Iona auf, dass Sofia immer noch mit dem Boot spielte. Ihr entging auch nicht, dass Mads sie aufmerksam beobachtete. Rasch schenkte sie ihm ein Lächeln und versuchte, so zu tun, als wäre alles in Ordnung, obwohl das nicht stimmte. Die Schwingungen zwischen ihnen schienen sich erneut geändert zu haben, auch wenn sie nicht benennen konnte, woran das lag.

»Möchtest du das Boot gern mitnehmen?«, fragte Iona.

»Nein, es gehört dir. Aber es gefällt mir«, antwortete Sofia.

Mads zwinkerte seiner Tochter zu. »Zieh deine Schuhe an, Sof. Wir müssen auch gehen.«

»Okay.« Sie hüpfte aus dem Zimmer.

»Theo und Nico sind wie geschaffen füreinander. Danke, dass du und Sofia den Abend mit uns verbracht habt.«

»Es war wirklich schön«, sagte Mads.

Vielleicht betrachtete sie Mads und Sofia nur in dem Licht, in dem sie die beiden gerne sehen wollte. Objektiv beurteilen konnte sie das jedoch längst nicht mehr, denn inzwischen mochte sie die beiden viel zu sehr.

»Wie lief es gestern Abend?«, fragte Hayley, als Iona am nächsten Morgen die Küche des Candied Apple Cafés betrat.

Iona berührte den Glücksbringer, den sie von Nico geschenkt bekommen hatte. »Es ist wirklich schön gewesen. Mads und Sofia haben Kekse zum Dessert vorbeigebracht.«

»Ihr seid inzwischen ziemlich oft zusammen, wie es aussieht«, stellte Hayley fest.

»Ja, schon. Ich bemühe mich allerdings, dass es bei einer Freundschaft bleibt«, gab Iona zu.

»Das klingt vernünftig«, meinte Hayley.

»Ja, das ist ihr erstes Weihnachtsfest ohne Gill, seine verstorbene Frau, und ich möchte nicht glauben, dass wir mehr als Freundschaft füreinander empfinden, nur um dann enttäuscht zu werden.«

»Theoretisch hört sich das gut an, aber ich habe euch zwei zusammen gesehen, und zwischen euch sprühen definitiv Funken.«

»Ja.« Sie biss sich auf die Zunge, damit sie nicht mehr verriet. Immerzu musste sie an ihre gemeinsame Nacht denken. Wieder und wieder war sie diesen Abend in Gedanken durchgegangen und hatte sich gefragt, ob Mads womöglich inzwischen bereute, dass er sich ihr an diesem Abend anvertraut und ihr einen so tiefen Einblick in seine verletzte Seele gewährt hatte.

Sie indes bereute nichts. Sie hatte schon immer zu den Menschen gehört, die lieber den Blick nach vorn richteten. Selbst wenn sie einen Fehler begangen hatte. Die Zeit ließ sich nun mal nicht zurückdrehen, und man konnte nichts ungeschehen machen. Daher wendete sie ihre Kraft lieber dafür auf, aus ihren Fehlern zu lernen und sie wiedergutzumachen. Die Nacht mit Mads kam ihr jedoch nicht wie ein Fehler vor. Unwillkürlich stieg die Sehnsucht nach ihm erneut in ihr auf. Wenn er ihr eine Affäre vorgeschlagen hätte, um diese Nacht zu wiederholen, wäre sie sofort damit einverstanden gewesen.

Das hatte er jedoch nicht getan. Und deshalb wusste sie jetzt nicht so recht, wo sie mit ihm stand.

»Io?«

»Ja?«

»Oh, Süße, du bist bis über beide Ohren in ihn verliebt, oder?« Hayley legte ihr einen Arm um die Schultern und drückte sie fest an sich.

»Ich weiß es nicht. Wenn es um Mads geht, verliere ich irgendwie den Durchblick. Manchmal erscheint es mir, als hätte er zwei Seiten. Oft ist er so nett und macht Dinge für mich, die Fremde oder Freunde nicht einfach so füreinander tun würden, und dann meldet er sich wieder nicht und scheint mir aus dem Weg zu gehen. Das verwirrt mich.«

»Er ist ein Mann. So ticken die nun mal. Garrett und ich sind zwar inzwischen verlobt, aber er gibt mir trotzdem immer noch Rätsel auf«, meinte Hayley. »Gestern Abend hat er zum Beispiel gesagt, dass er länger arbeiten muss. Daher habe ich ihm Essen gemacht und es ihm vorbeigebracht. Er hat sich total gefreut und war süß zu mir, als ich bei seiner Arbeit auftauchte, aber als er nach Hause kam, verhielt er sich total anders.«

Garrett war Polizist; nach seiner Verlobung mit Hayley hatte er sich in den Innendienst versetzen lassen. »Vielleicht ist ja in der Zwischenzeit etwas vorgefallen, von dem du nichts weißt«, sagte Iona.

»Wahrscheinlich. Ich habe versucht, es aus ihm herauszulocken, aber er wollte nicht drüber reden.«

»Hast du ihn direkt gefragt?«, fragte Iona.

»Ja, und wir haben gestritten. Deshalb bin ich auch so früh hier und backe. Damit wir auch bereit für unseren Tag der offenen Tür sind und alles andere, was diese Woche noch so ansteht.«

Iona lächelte. »Aus dem Grund bin ich auch so früh hier. Ich wollte nicht länger zu Hause bleiben und weiter über gestern Abend grübeln. Ich bin alles schon Millionen Mal durchgegangen. Immer wieder habe ich mich gefragt, ob ich ihn zur Rede hätte stellen sollen oder ob es besser ist, einfach weiter abzuwarten, bis er auf mich zukommt. Ich weiß nicht so recht, was ich tun soll, weil ich nicht noch mehr Fehler begehen will.«

»Ich weiß, was du meinst. Woran arbeitest du heute Morgen?«, fragte Hayley.

»An der Präsentation für dich und Cici wegen des Angebots der Loughman-Hotelgruppe«, antwortete Iona. »Wir müssen in dieser Angelegenheit endlich eine Entscheidung fällen.«

»Ich weiß ja, dass ich ein Kontrollfreak bin, aber ich bin immer noch für ein Nein. Stell dir nur vor, die Konditoren in den Hotels befolgen meine Rezepte nicht genau. Du weißt ja, wie Konditoren und Köche sind.«

»Nein, ich kenne ja nur dich. Und du kannst echt eine Nervensäge sein. Das ist also eine Berufskrankheit?«

Hayley tat so, als wollte sie ihr einen Klaps geben. »Ich bin keine Nervensäge. Na ja, ich gebe mir zumindest Mühe, keine zu sein. Ich will ja nur nicht, dass unsere Schokolade irgendwann so ein Massenartikel wird wie die von Dunham Diners. Ich finde es gut, dass wir so einzigartig sind.«

Das Unternehmen von Hayleys Vater stellte beliebte Fertigprodukte her, doch sie wollte ja nicht in die Firma einsteigen und hatte stattdessen mit ihren Freundinnen das Candied Apple Café eröffnet.

»Ich verstehe ja, dass du dich um unseren Ruf sorgst, aber selbst wenn wir das Angebot von Loughman annehmen, können unsere Schokoladen und Pralinen gar nicht zu Massenware werden. Das Angebot beinhaltet, dass wir für jeden Hotelladen besondere Köstlichkeiten kreieren, die durch lokale Spezialitäten inspiriert sind.«

Hayley seufzte. »Und ich würde gern die Rezepte vor Ort entwickeln und die Konditoren anlernen, um die Qualität sicherzustellen.«

Was nicht passieren würde, da Hayley und Garrett am Valentinstag heiraten wollten und ihr dazu die Zeit fehlte. »Okay. Hören wir mal, was Cici dazu sagt, wenn sie kommt.«

»Gut. Wird es denn zwischen dir und Mads besser laufen, wenn wir das Angebot annehmen?«, fragte Hayley.

Iona schüttelte den Kopf. »Unsere Beziehung hat nichts mit dem Geschäft zu tun.«

»Gut zu wissen«, sagte Hayley. Ihr Handy summte, und sie schaute aufs Display. »Garrett.«

Lucy kam aus ihrem Körbchen angeschlendert, Iona bückte sich und streichelte den kleinen Hund. »Soll ich mit ihr rausgehen, während du mit ihm telefonierst?«

»Gerne. Danke, dass ich vorhin bei dir Dampf ablassen durfte.«

»Dafür sind Freunde doch da.« Iona schnappte sich die Leine und ging mit Lucy ins Freie. Ihre Gedanken kreisten um Freundschaft. Mads und sie hatten sich eine gute Basis dafür geschaffen, aber sie wusste auch, dass sie sich nicht auf Dauer mit einer Freundschaft zufriedengeben konnte. Sie hatte bloß keine Ahnung, wie sie ihm das sagen sollte.

Den restlichen Tag bemühte sie sich, nicht mehr an ihn zu denken. Es fiel ihr jedoch schwer, sich zu konzentrieren.

Deshalb gab sie irgendwann auf und beschloss, Weihnachtsgeschenke für ihn und Sofia zu besorgen, obwohl sie eigentlich am Marketingplan für das nächste Frühjahr sitzen sollte.

Die Vorführung der Showtanzgruppe, die sie mit Piers besuchen wollten, fiel auf denselben Freitag wie der Tag der offenen Tür im Candied Apple Café. Sofia war ziemlich enttäuscht, als Mads ihr erklärte, dass sie deshalb Iona nicht besuchen konnten, und diskutierte selbst noch auf dem Weg zum Rockefeller Center mit ihm darüber.

»Er ist Familie, Sof, und er ist extra wegen uns und der Vorführung übers Wochenende hergekommen.«

»Das weiß ich doch, Papa, aber Iona ist unsere Freundin und hat uns eingeladen.«

»Sie wird das verstehen. Sie hat ja neulich auch mit ihrem Bruder zu Abend gegessen.«

»Ja, schon, aber ich bin gern bei ihr.«

Mads blieb stehen und zog Sofia aus dem Strom der Fußgänger zur Seite. »Sie ist auch gern mit dir zusammen.«

Sofia legte den Kopf in den Nacken und schaute zu ihm hoch. »Bist du sicher?«

»Ja, natürlich. Warum ist dir das so wichtig?«

Sie betrachtete geflissentlich ihre Schuhe und schüttelte den Kopf.

»Du kannst es mir ruhig verraten.«

»Es ist einfach schön, eine Freundin zu haben«, gestand sie schließlich. »Jessie ist mein Kindermädchen, daher zählt sie nicht richtig.«

»Iona wird deine Freundin bleiben, selbst wenn wir sie am Tag der offenen Tür nicht besuchen«, versicherte Mads ihr.

Sofia seufzte tief auf, und Mads wusste, dass sie sich nicht so leicht geschlagen geben würde. Sie hing sehr an Iona. Ganz egal, was zwischen ihm und Iona passieren würde, Sofia würde mit ihr befreundet bleiben wollen.

»Wir können ja vor den Rockettes noch schnell bei ihr vorbeischauen. Ist das in Ordnung?«

»Ja, Papa. Das wäre prima.«

»Gut. Ich schreibe Onkel Piers schnell und sag ihm, dass wir uns ein wenig verspäten. Dann müssen wir aber jetzt ganz schnell umdrehen und zum Candied Apple Café zurücklaufen«, sagte Mads. Sie waren ungefähr einen Block von dem Ladencafé entfernt. Er hatte absichtlich einen Umweg genommen, um genau diese Situation zu vermeiden.

Was nicht daran lag, dass er Iona nicht vermisste. Das tat er. Mehr, als er vor sich selbst zugeben konnte. Er hatte nur keine Dummheit begehen wollen. Und in Ionas Nähe setzte sein Verstand regelmäßig aus.

Dann tat er Dinge, wie sie zu küssen, oder wollte ihr das Versprechen geben, dass sie nicht auf einen Glücksbringer vertrauen musste, um ihr Glück zu finden.

Sofia schob die behandschuhte Hand in seine, als sie über die Straße in Richtung des Cafés liefen. »Ich habe Remy gesagt, dass wir zum Tag der offenen Tür gehen würden.«

»Magst du ihn denn inzwischen?«

Sie zuckte mit den Schultern. »Er ist ganz nett, seit ich ihn bei Iona getroffen habe.«

»Das war an dem Abend, als du plötzlich so traurig warst. Was ist damals eigentlich passiert?«

»Nichts. Seine Mama hat gesagt, sie freut sich, dass wir offenbar wieder unter die Leute gehen und die Weihnachtszeit genießen «, sagte Sofia.

»Das hat sie zu dir gesagt?«, fragte er überrascht. Eine solche Bemerkung konnte Sofia gar nicht verstehen.

»Nein. Sie hat das zu Remys Dad gesagt, aber ich hab's gehört«, erwiderte Sofia. »Viele Erwachsene sagen Dinge, wenn sie glauben, wir Kinder hören nicht zu. Aber Remy hat sie auch gehört.«

»Was hat er getan?«

»Er hat meine Hand genommen und gesagt, dass ich gar nicht frech bin.«

Das war wirklich nett von Remy gewesen. Mads fing an, ihn zu mögen. Er war freundlich zu Sofia, obwohl sie sich ihm gegenüber nicht gerade vorbildlich verhalten hatte.

»Und warum hast du dann geweint?«, hakte er nach.

»Weil ich Mommy vermisse«, sagte Sofia. »Ich weiß, dass sie nicht hier sein kann, aber ich wünschte, sie wäre bei uns. Ich glaube, sie hätte Iona auch gemocht.«

Mads legte den Kopf in den Nacken und blinzelte gegen die Tränen an. Manchmal kroch Sofia nachts zu ihm ins Bett, wenn sie wegen eines Albtraums aufwachte, und erzählte ihm, wie sehr sie ihre Mutter vermisste. Und er dachte auch, dass sich Gill wahrscheinlich gut mit Iona verstanden hätte.

Erneut wünschte er sich, dass das Leben für sie beide anders verlaufen wäre und dass sie sich zu einem anderen Zeitpunkt kennengelernt hätten.

»Ich wünsche mir auch, sie wäre hier«, sagte Mads.

Sofia umklammerte sein Bein. »Wenn ich bei Iona bin, vermisse ich Mommy nicht ganz so sehr.«

»Das freut mich.« Ganz egal, wie es um ihn und Iona stand, er musste mit großer Behutsamkeit vorgehen. Er wollte nicht, dass Sofia einen weiteren Menschen in ihrem Leben verlor.

Vor dem Candied Apple Café hatte sich eine Schlange gebildet. In der Nähe der Tür entdeckte er Ionas Rotschopf. Wie bei ihrer ersten Begegnung trug sie das rote Samtkleid mit dem Kunstpelzkragen. Ihre Beine wirkten darin noch länger, und das Glöckchen auf ihrer Nikolausmütze klingelte fröhlich, als sie den Kopf in ihre Richtung drehte.

Sie winkte ihnen zu, und Sofia rannte zu ihr. Mads hielt sich im Hintergrund. Er konnte mit der Situation nicht besonders gut umgehen. Er hatte sich geschworen, Sofia vor weiterem Kummer zu bewahren, aber er hätte nie gedacht, dass er mal der Anlass dafür sein könnte. Falls Iona wieder aus ihrem Leben verschwand, weil seine Beziehung zu ihr scheiterte, würde Sofia das Herz brechen, und er allein würde sich überlegen müssen, wie er es wieder kitten konnte.

Und dass ihre Beziehung scheiterte, war nicht auszuschließen. Er wusste nicht, ob ihr eine Freundschaft genügen würde, denn er hatte sich geschworen, sich nie wieder zu verlieben. Niemals wieder für einen Menschen so viel zu empfinden wie für Gill, außer für Sofia, damit er nicht wieder am Boden zerstört war, wenn er diesen Menschen verlor. Diese quälende Tortur konnte er nicht noch einmal ertragen.

»Komm schon, Papa. Wir müssen uns nicht anstellen.« Sofia lief auf ihn zu, ergriff seine Hand und schleifte ihn zum Café.

Iona schenkte ihm ein Lächeln und winkte sie herein. »Danke, dass ihr gekommen seid.«

In ihrem Ausschnitt entdeckte er den Talisman und fragte sich, ob dieser sie vor ihm und seinem eingefrorenen Herzen schützen konnte.

»Gerne, wir können aber nicht lang bleiben. Wir sind auf dem Weg zur Radio City Music Hall.«

»Trotzdem ist es schön, euch zu sehen«, sagte sie. »Vergesst nicht, euch eure Brav-und-Frech-Pralinen abzuholen.«

»Ganz bestimmt nicht«, sagte Sofia.

Im Vorübergehen drückte Iona ihm die Hand und schenkte ihm ein Lächeln, das so viel strahlender und vertraulicher war als das, mit dem sie die anderen Leute bedachte. Vielleicht bildete er sich das aber auch nur ein, weil er sich wünschte, er wäre ein anderer Mann und könnte sie für sich beanspruchen.

17. Kapitel

Besuche auf dem Weihnachtsmarkt im Bryant Park gehörten zu Ionas Lieblingsunternehmungen während der Weihnachtszeit. Dass sie dieses Mal allein durch die Gänge schlenderte, färbte den Einkaufsbummel mit Sehnsucht. Gewöhnlich kam sie mit Theo her, um irgendwelchen Schnickschnack als Geschenk für ihre Mutter zu besorgen, aber Nico hatte ihn übers Wochenende in die Hamptons eingeladen, um seine Familie zu besuchen.

Auf dem Markt herrschte an diesem schönen, wenn auch frischen Samstagvormittag reger Betrieb. Iona hatte kurz im Candied Apple Café nach dem Rechten gesehen, da sie aber nicht gebraucht wurde und nur im Weg herumgestanden hätte, hatte sie schließlich beschlossen, einen Spaziergang zu machen. Nun aber wünschte sie sich, sie hätte Hayleys Einladung angenommen und wäre mit ihr übers Wochenende nach Boston gefahren.

Vor einer der Buden, die bemalten Weihnachtsschmuck aus Holz verkauften, blieb Iona stehen und ließ den Blick bewundernd über die Auslage schweifen.

»Hallo, Iona!«, hörte sie eine bekannte Stimme. Gleich darauf tauchte Sofia neben ihr auf. »Papa, es ist tatsächlich Iona. Ich wusste es.«

Ionas Blick flog zu Mads, der ein paar Schritte von seiner Tochter entfernt stand. Sein Mantel war offen und enthüllte einen schwarzen Pulli über Jeans und Slippern. Sofia trug eine Strickmütze, und ihr roter Mantel war bis obenhin zugeknöpft.

»Hallo. Sucht ihr nach etwas Bestimmtem?«

»Ja, ich brauche ein Geschenk für Miss Pembroke«, erklärte Sofia. »Und Papa soll mir helfen, ein Geschenk fürs Weihnachtswichteln auszusuchen.«

»Ich liebe das Weihnachtswichteln. Wen hast du gezogen?«

»Jennifer. Sie ist ziemlich nett. Vielleicht finde ich für sie eine Ballerina, die man in den Baum hängen kann«, überlegte Sofia laut.

»Du hast Glück. An dem Stand dort drüben habe ich eine Ballerina gesehen.« Iona deutete zu einem Stand, an dem sie gerade vorbeigekommen war.

»Kommst du mit, um sie zu kaufen?«, fragte Sofia.

Iona schaute mit hochgezogenen Augenbrauen zu Mads, und er nickte unauffällig. »Gerne. Ich kaufe für meine Mutter meist Baumschmuck in Form des Weihnachtsmannes. Ich weiß zwar, dass du den Weihnachtsmann nicht besonders magst, aber vielleicht kannst du mir helfen, einen auszusuchen.«

»Okay. Ist das auch eine Tradition bei euch?«, erkundigte Sofia sich.

»Sofia, sei nicht so neugierig«, wies Mads sie zurecht.

»Ach, das macht mir nichts aus«, beschwichtigte Iona. »Ja, es ist eine unserer Traditionen. Theo hilft mir gewöhnlich, aber heute hatte er keine Zeit. Wir legen das Geschenk an Heiligabend immer heimlich an den Platz meiner Mutter am Tisch.«

»Weiß sie denn, dass es von euch ist?« Sofia schaute sie mit großen Augen an.

Iona lächelte. »Sie tut immer so, als wüsste sie es nicht. Als Theo und ich noch klein waren, fanden wir es lustig, sie zu überraschen.«

»Das klingt toll«, sagte Sofia. Sie zupfte an Ionas Hand, bis sie sich zu ihr hinunterbückte. »Vielleicht kannst du mir helfen, auch so eine Überraschung für Papa zu finden«, flüsterte sie.

»Gerne«, antwortete Iona, ebenso leise.

Vor dem Stand ließ Sofia Ionas Hand los und stellte sich auf die Zehenspitzen, um den Baumschmuck zu bewundern. Es gab drei Ballerinas im hinteren Teil der begehbaren Bude, und Mads bedeutete ihr und Sofia voranzugehen.

Sie folgte dem Mädchen, das ihr Geschenk sorgfältig auswählte und jede Ballerina ausgiebig musterte, bevor es sich entschied.

Als Mads wegschaute, deutete Sofia auf einen Weihnachtsbaum. Daran hing ein Holzschnitt; er stellte einen Mann mit einem kleinen Mädchen auf den Schultern dar, das sich mit einem Engel in der Hand zum Baum streckte. »Kannst du mir den Anhänger da für Papa besorgen?«

»Ja, gerne.« Als sie den Baumschmuck kaufte, fiel Iona ein Ritter hinter der Kasse auf, der sie an Sofias Lieblingsbuch erinnerte.

Mads zahlte für Sofias Wichtel-Einkauf, die inzwischen eine Freundin aus der Schule entdeckt hatte und sich mit ihr unterhielt.

»Hast du was gefunden?«, fragte Mads.

»Ja. Ich bin gleich fertig. Du kannst mit Sofia ruhig schon rausgehen, wenn du magst.«

»Danke, dass du Sofia von eurer Baumschmucktradition erzählt hast«, sagte Mads. In seinen Augen lag wieder diese gewisse Traurigkeit. Vermutlich dachte er an Gill. »Wir warten am Ausgang auf dich.«

Er wandte sich ab, und Iona sah ihm nach. Sie wusste nicht, wie er all das schaffte. Es musste ziemlich schwer für ihn sein, all diese Dinge ohne seine geliebte Frau zu tun.

Sie kaufte den Ritter für Sofia und auch die Figur, die Sofia ihrem Vater schenken wollte, und bat darum, beides einzeln zu verpacken. Die beiden Päckchen steckte sie schließlich in die Handtasche und ging nach draußen.

Den restlichen Nachmittag schlenderten sie gemeinsam über den Weihnachtsmarkt. Sofia fand ein Geschenk für ihre Lehrerin und Iona ein paar Leckerlis für Hayleys Hund Lucy. Auch Sofia wollte dem Hund etwas kaufen und wählte ein Tuch mit Hunden, die Nikolausmützen trugen. Das Tuch war niedlich, und Sofia redete unablässig von Lucy und erzählte, dass sie zu gern auch einen Hund hätte.

»Das haben wir doch schon ausführlich besprochen, Sof. Ein Hund kommt nicht infrage. Wir haben aber noch genug Zeit, um uns die Lebkuchenstadt im Hotel anzuschauen. Möchtest du uns begleiten, Iona?«

»Oh ja, bitte, Iona, bitte! Papa will mit mir danach Tee trinken gehen. Mit Plätzchen und kleinen Sandwiches.«

»Das klingt gut«, sagte Iona. Ihre innere Stimme riet ihr zwar abzulehnen, doch sie schloss sich den beiden an. Alles war besser, als allein in ihre Wohnung zurückzukehren und ständig von etwas zu träumen, das sich nicht erfüllen würde.

»Ich möchte euch gern zu meiner Hässliche-Pullover-Party einladen«, erklärte Iona am Telefon. »Ich glaube, das wird Sofia Spaß machen. Kommt doch um sechs vorbei, wenn ihr Zeit habt.«

»Wir haben keine hässlichen Pullover«, erwiderte Mads.

»Das habe ich mir schon gedacht. Daher habe ich zwei beim Portier für euch hinterlegt«, sagte Iona. »Ich gebe diese Party jedes Jahr für Freunde und Familie. Meine Mutter wird da sein und Theo und Nico auch. Na, jedenfalls würde ich mich freuen, wenn ihr kommt. Traditionell schauen wir uns den Film ›Rudolph mit der roten Nase‹ an, rufen den Figuren Ratschläge zu und singen natürlich die Lieder mit.«

Schon seit Jahren hatte Mads keinen Weihnachtsfilm mehr gesehen. Gill hatte größeren Wert auf den religiösen Hintergrund des Festes gelegt, daher kannte er zwar verschiedene Filmversionen von der Weihnachtsgeschichte, aber den Film über das kleine Rentier Rudolph hatte er zum letzten Mal mit Piers geschaut; damals waren sie zehn und elf Jahre alt gewesen.

»Sofia kennt den Film nicht.«

»Ernsthaft? Dann wird sie ihn lieben. Er ist lustig. Im vergangenen Jahr haben sich Cicis Brüder als Zahnarztelf Hermey aus ›Rudolph mit der roten Nase und der Spielzeugdieb‹ verkleidet. Sie sahen total witzig aus und haben den ganzen Abend Hermey nachgeahmt. Wenn du keine Zeit hast, kann ich das natürlich verstehen, aber ich würde mich wirklich freuen, euch wiederzusehen. Der Tee mit euch neulich war sehr schön, und jetzt würde ich gern einige meiner Feiertagsbräuche mit euch teilen.«

Er wusste, dass er ihr den Wunsch nicht abschlagen konnte. Wenn Sofia davon erfuhr, würde sie stocksauer auf ihn sein.

»Okay, wir kommen. Dürfen wir Jessie mitbringen? Es klingt ganz so, als ob ihr die Party auch Spaß machen würde.«

»Ja, gern. Ich mag Jessie. Sie war ein paar Mal mit Sofia nach der Schule im Café«, sagte Iona.

»Davon wusste ich gar nichts.«

»Ich glaube nicht, dass es ein Geheimnis bleiben sollte«, meinte Iona. »Aber ich will den beiden auch keinen Ärger machen.«

Mads schüttelte den Kopf, obwohl sie das nicht sehen konnte. »Ich werde die beiden bestimmt nicht zusammenstauchen, nur weil sie dich besucht haben.«

»Gut zu wissen.« Iona lachte. »Zum Abendessen koche ich uns Chili. Soll ich für Sofia etwas anderes vorbereiten?«

»Nein, nicht nötig. Sie liebt Chili.«

»Perfekt. Bis später dann.« Iona legte auf.

Mads lehnte sich im Stuhl zurück und dachte daran, wie viel sie in dieser Weihnachtszeit schon unternommen hatten. Morgen wollten sie nachmittags mit Remy aus Sofias Klasse eislaufen gehen. Zwar war es Mads' Ziel gewesen, die Weihnachtszeit ganz anders zu gestalten als im vergangenen Jahr, doch inzwischen fragte er sich, ob er Sofia mit all diesen Aktivitäten womöglich überforderte. Er hatte versucht, mit seiner Tochter darüber zu reden, aber ihm hatten die Worte gefehlt. Er hatte nicht die leiseste Ahnung, wie er herausfinden sollte, ob es Sofia gut ging und ob die Ablenkungen ihr helfen würden, dieses erste Weihnachtsfest ohne Gill gut zu überstehen, oder ob er damit alles nur noch schlimmer machte.

Er hoffte, dass er die richtige Entscheidung getroffen hatte. Bei einem Blick in seinen Terminkalender stellte er fest, dass er erst abends wieder Termine hatte. Deshalb beschloss er, Sofia von der Schule abzuholen.

Er schickte Jessie eine Nachricht und lud sie zu der Party bei Iona ein.

Kurz darauf hielt sein Fahrer vor dem Lycée Français, Sofias Schule. Die Schüler strömten bereits aus dem Gebäude, als er sich neben den Eingang stellte. Suchend ließ er den Blick über das Meer aus Kindern in Schuluniformen schweifen, bis er seine Tochter entdeckte. Irgendetwas hielt sie in der Hand.

»Sofia«, rief er ihr zu und winkte.

Sofia rannte auf ihn zu. »Papa, ich wusste gar nicht, dass du mich heute abholst.« Sie umarmte ihn stürmisch.

»Ich hoffe, das ist dir recht.«

»Ja, klar. Schau mal, was ich in der Schule gemacht habe.«

»Was ist das?« Er betrachtete das gemalte Bild. Es sah aus wie ein Zylinder mit drei Streichhölzern.

»Das ist ein Julscheit. Wusstest du, dass die Zeit bis Weihnachten auch Lichtfest heißt?«

»Das habe ich schon mal gehört«, erwiderte er. »Soll das ein Baumstamm sein?«

»Ja. Ich hatte nicht mehr genügend Zeit, ihn auszumalen«, antwortete sie. »Miss Pembroke hat uns eine Anleitung gegeben, falls wir einen machen wollen.«

Er ergriff ihre Hand, und gemeinsam gingen sie zum Auto; Hamlisch parkte am Ende des Blocks. »Wollen wir das denn?«

»Ja, Papa.« Sie schenkte ihm ein strahlendes Lächeln, und ihm fiel auf, dass ihr rechter Schneidezahn locker aussah. Bald würde er wohl ausfallen. Auch eines der Dinge, von denen Gill gesagt hatte, dass sie sie nie erleben würde. Die Erinnerung versetzte Mads einen Stich.

Sofia plauderte munter weiter, aber er dachte an all die Dinge, die Gill schon verpasst hatte. Er vermisste sie so sehr.

Sie stiegen ins Auto, und Hamlisch fuhr sie zu ihrer Wohnung an der Upper East Side. Der Portier kam ihnen entgegen, als sie die Lobby betraten.

»Hallo, Greg«, rief Sofia. »Möchtest du das Bild sehen, das ich heute in der Schule gemalt habe?«

Der Portier nickte. »Ja, gerne.«

Sie zeigte ihm das Bild, und er lobte sie dafür. »Ich habe auch etwas für euch.«

»Ehrlich? Was denn?«, fragte Sofia mit großen Augen.

»Ich weiß es nicht. Der Weihnachtsmann hat es mir gegeben.«

»Den gibt es nicht in echt«, widersprach Sofia. »Also, von wem ist es wirklich?«

Der Portier warf Mads einen Hilfe suchenden Blick zu. Mads nahm ihm das in bunte Papier eingewickelte Paket ab. »Das ist bestimmt von Iona.«

»Oh, wie schön. Aber wir haben gar nichts für sie, oder?« Sofia runzelte die Stirn.

»Sie hat uns zu einer Hässliche-Pullover-Party eingeladen«, sagte Mads. »Dafür hat sie uns die nötigen Pullis besorgt, und die sind vermutlich in dem Paket.«

»Wann ist die Party?«

»Heute Abend. Möchtest du hin?«

»Oh ja, Papa. Glaubst du, das wird lustig werden? Ich frage mich, wie hässlich unsere Pullis wohl sind.«

Sofia plapperte auf dem ganzen Weg bis zu ihrer Wohnung wie ein Wasserfall, so aufgeregt war sie, und stürmte sofort zu Jessie in die Küche, um ihr von Ionas Party zu erzählen. Jessie hatte das Essen bereits vorbereitet, doch Mads ließ die beiden Mädchen in der Küche allein und ging ins Schlafzimmer. Er ließ sich rücklings aufs Bett fallen und starrte an die Decke. Er vermisste Gill. Er wünschte, sie hätte miterleben können, wie Sofia aufwuchs und sich ihre Persönlichkeit entwickelte und dabei gelegentlich ihm ähnelte, aber noch viel öfter ihr. Leider hatte die Krankheit ihr all diese kostbaren Momente geraubt.

Iona zog sich im Schlafzimmer den Lippenstift nach. Aus dem Wohnzimmer der Wohnung drangen Stimmen und Gelächter zu ihr herüber. Theo und Nico waren im Partnerlook mit gleichen Pullovern erschienen und gaben ein sehr niedliches Paar ab. Ihre Mutter hatte ihren Hund Fifi mitgebracht. Valentina trug einen Pulli mit Fifis Bild drauf und Fifi einen mit Valentinas. Iona hatte herzlich gelacht bei dem Anblick.

Es stimmt sie traurig, dass ihr Vater ihre Mutter nie richtig zu schätzen gewusst hatte. Valentina besaß einen solch feinen Sinn für Humor, was sie mit den Pullovern mal wieder bewiesen hatte. Ihr Vater hätte allerdings über diese »Geldverschwendung« geschimpft.

Mads und Sofia waren nun doch nicht gekommen, und die Enttäuschung darüber traf sie zutiefst.

Es klopfte, und als sie aufschaute, entdeckte sie ihre Mutter in der Tür.

»Ich wollte nur mal nach dir sehen«, meinte Valentina und betrat das Zimmer.

»Ich mache mich nur schnell frisch.«

»Hm, für mich sieht es eher so aus, als ob du dich versteckst.«

»Mads ist nicht gekommen«, vertraute Iona sich ihrer Mutter an. »Ich glaube, ich bin für Beziehungen nicht geeignet. Auf der Arbeit ist es … hart, aber trotzdem einfacher als das. Da weiß ich wenigstens, wie ich das Ergebnis erziele, das ich mir wünsche.«

Lachend strich ihre Mutter ihr die Haare hinters Ohr.

»Liebling, so ist das Leben nun mal. Niemand hat gesagt, dass es leicht sein würde, und beruflich hast du mehr als genug erreicht.«

»Dad wäre anderer Ansicht«, widersprach sie.

»Dein Vater hat es dir leider nie gesagt, aber er war sehr stolz auf dich. Er hat gehofft, dass du eines Tages das Unternehmen an seiner Stelle leiten würdest. Er meinte, du seist ehrgeiziger als Theo.«

Unvermittelt stiegen Iona Tränen in die Augen. Die Worte berührten sie. »Danke, Mom.«

»Mach dir keine Sorgen, weil Mads noch nicht gekommen ist. Kinder sind nicht unbedingt eine Hilfe, wenn man pünktlich irgendwo sein will.«

»Du hast ja recht«, sagte sie.

»Komm, lass uns zurück zur Party gehen.« Valentina hakte sich bei ihr ein und zog sie aus dem Zimmer.

Zurück im Wohnzimmer forderte Iona ihre Gäste auf, sich am Buffet in der Küche zu bedienen. Sie beobachtete, wie sich jeder eine Schüssel mit Chili nahm, und dachte, dass ihr Leben doch gut war. Sie konnte sich glücklich schätzen, so eine tolle Familie und viele wunderbare Freunde zu haben. Ihr Vater war zu bedauern, weil er sich immer von anderen Menschen abgeschottet hatte.

Es klingelte. Hayley hatte ihr getextet, dass Garrett bei der Arbeit aufgehalten worden war, und Iona nahm an, dass die beiden nun mit Lucy vor der Tür stehen würden. Als sie aufmachte, blickte sie jedoch in die Gesichter von Mads und Sofia.

»Hallo, ihr zwei. Ich dachte schon, ihr kommt nicht mehr, weil euch die Pullis nicht gefallen.«

Mads schüttelte lächelnd den Kopf. »Oh, ganz im Gegenteil.«

»Ich mag meinen Pulli, Iona«, bestätigte auch Sofia. »Ich weiß, dass er eigentlich hässlich sein soll, aber mir gefällt er trotzdem.« Auf ihrem Pullover waren Ballerinas mit Darth-Vader-Helmen abgebildet. Iona hatte den Sweater in einem Internetshop entdeckt und sofort gewusst, dass er Sofia gefallen würde.

»Das dachte ich mir«, meinte sie froh. Sie machte sich erst gar nicht die Mühe, das kleine Mädchen davon zu überzeugen, dass der Weihnachtsmann den Pulli gebracht hatte. Das hätte sie ihr sowieso nicht abgekauft.

Sie trat zur Seite, damit die beiden hereinkommen konnten. Mads trug ebenfalls den Pulli, den sie für ihn besorgt hatte; er war rot-grün gestreift und trug die Aufschrift »Pah, Blödsinn«.

»Danke, den trage ich morgen vielleicht sogar zur Arbeit«, sagte er grinsend.

»Ha, nie im Leben. Wo ist Jessie?«, fragte Iona.

»Ihr Freund hat sie zum Schlittschuhlaufen eingeladen. Ich habe ihr heute Abend freigegeben. Habt ihr Hunger?«

»Ja«, antwortete Mads. »Sogar großen Hunger, nicht wahr, Sof?«

»Oh ja. Papa hat mich nichts mehr essen lassen, bevor wir zur dir gegangen sind.«

»Hattest du denn Hunger?«, fragte Mads erstaunt. »Ich

habe bloß gesagt, dass du vor dem Abendessen nicht von den Süßigkeiten naschen sollst, die die Nachbarn vorbeigebracht haben. Einen Apfel hättest du natürlich essen können.«

»Ich hatte aber keinen Hunger auf einen Apfel, sondern auf Schokolade.« Sofia machte ein trotziges Gesicht.

»Ich habe zwar keine Schokolade da, aber Chili.« Iona ging ihnen voran in die Küche, füllte zwei Schalen mit Chili und führte die Neuankömmlinge dann ins Wohnzimmer. Wenig später trafen auch Hayley und Garrett ein. Sie trugen beide Pullis mit einem Dackel drauf; ihr Hund Lucy steckte in einem Shirt mit Strichmännchenfiguren von einem Paar, das Händchen hielt. Lucy und Fifi verstanden sich gut und machten es sich bald nebeneinander vor dem Kamin gemütlich. Die Hunde kuschelten sich eng aneinander, was Iona ein Schmunzeln entlockte.

Nach dem Essen schaltete Iona den Film ein, und alle sangen begeistert die Rudolph-Songs mit. Als Sofia auf ihren Schoß kletterte, durchströmte Iona ein Glücksgefühl. Es war ein wahres Geschenk, dass sie das Mädchen und ihren Vater kennengelernt hatte. Mads saß neben ihr.

Die beiden gehörten inzwischen fest zu ihrem engsten Freundeskreis, und sie war froh, sie in ihrem Leben zu haben. Sie spürte eine Hand auf ihrer Schulter und entdeckte Theo neben sich.

Stumm drückte er ihr die Schulter, und sie ergriff seine Hand. »Ich bin froh, dass ihr zwei heute hier seid.«

»Ich auch. Ich habe dich vermisst.«

Auch sie hatte ihn vermisst, aber das konnte sie nicht aussprechen, weil ein fetter Kloß ihr die Kehle zuschnürte und sie heftig gegen die aufsteigenden Tränen anblinzeln musste. Sie hätte sie gern als Freudentränen bezeichnet und diesen Gefühlsausbruch auf einen durch ihre Periode ausgelösten Hormonschub geschoben. Dass sie plötzlich so nah am Wasser gebaut hatte, lag jedoch vielmehr daran, dass alles um sie herum sich veränderte, aber in ihrem Leben, trotz ihrer neuen Freunde, alles beim Alten blieb. Sie war immer noch dieselbe Frau wie am Anfang des Jahres.

Sie hatte das Gefühl, dass alle anderen ihr Glück gefunden hatten, nur sie nicht. Theo gab ihr einen Kuss auf die Stirn und setzte sich wieder neben Nico, worauf Iona den Blick erneut auf den Fernseher richtete, ohne den Film richtig wahrzunehmen.

Sofia lehnte den Kopf an ihre Schulter. »Die Rentiere sind gar nicht nett zu Rudolph.«

Iona räusperte sich. »Nein, die sind ganz schön frech.«

»Ich würde nicht weglaufen«, meinte Sofia. »Das ist keine Lösung.«

»Nein?«, hakte Iona nach und war froh, dass die Kleine sie von ihren traurigen Gedanken ablenkte.

»Nein, Papa sagt immer, die Probleme holen uns immer wieder ein.«

»Dein Papa ist sehr klug«, stellte Iona fest.

»Ja, das ist er. Aber wenn er aus dem Bad kommt, sieht es da immer ganz schön unordentlich aus.«

»Ach ja?« Das machte sie neugierig. Da hatte sie mit ihm

geschlafen, doch in Wirklichkeit kannte sie ihn nicht so gut, wie sie gedacht hatte.

»Ja. Er wirft sein Handtuch immer auf den Boden.«

»Verrätst du ihr meine Geheimnisse, Sof?«

»Ich habe Iona nur erzählt, dass du auch manchmal frech bist«, erklärte Sofia.

Iona lachte, und Mads schüttelte den Kopf. »Das ist also der Dank dafür, dass du länger aufbleiben darfst.«

»Bitte schön, Papa«, sagte sie und quetschte sich zwischen Iona und Mads. Sie ergriff Ionas Hand und die ihres Vaters, und Iona redete sich ein, dass sich nichts geändert hätte. Dennoch spürte sie, dass plötzlich alles anders war.

18. Kapitel

Das Feuer in Mads' Kamin knisterte. Der angenehme Geruch der brennenden Scheite und das warme Gefühl des Brandys in ihrem Magen gaben Iona das Gefühl, dass ihre Probleme Welten entfernt lagen. Nach ihrer Party vor ein paar Tagen hatte sie beschlossen, Mads merken zu lassen, dass sie die Beziehung zu ihm gern vertiefen wollte, doch er hielt sich immer noch zurück.

Eigentlich hätte sie schon längst zu Hause sein sollen. Morgen früh begann die Umsetzung einer neuen PR-Kampagne, aber sie wollte noch nicht gehen. Sie hatte Sofia dazu ermuntert, eine Wunschliste zu schreiben, die sie ihrem Vater geben sollte, nicht dem Weihnachtsmann. Sofia hatte ihr an diesem Abend ihren Wunschzettel gezeigt und sie gefragt, was sie sich zu Weihnachten wünschte.

In ihrer Kindheit hatte Iona immer Wunschzettel geschrieben. Ihre Eltern hatten sie verwöhnt und ihr meist alles geschenkt, was auf ihrer Liste stand. Den Glauben an den Weihnachtsmann verlor sie erst mit dreizehn Jahren. Ihre Freunde in der Schule glaubten da schon längst nicht mehr an ihn, weshalb sie auch nicht mehr mit ihnen über den Mann im roten Anzug geredet hatte. Dennoch brachte in ihrer Vorstellung immer noch der Weihnachtsmann die Geschenke. Bis zu diesem einen Weihnachtsfest, an dem sie sich etwas wünschte, das man mit Geld nicht kaufen konnte. Sie hatte sich nach einem kleinen Lob von ihrem Vater gesehnt und jeden Abend im Dezember darum gebetet, den Blick fest auf den Polarstern gerichtet. An Heiligabend fand sie den gewohnten Stapel Geschenke unter dem Baum, aber ihr Vater verhielt sich ihr gegenüber unverändert.

Eine ernüchternde Erfahrung.

»Magst du noch etwas Brandy?«, fragte Mads, als er ins Wohnzimmer zurückkehrte. Er trug einen grauen Rollkragenpulli, der seine blaugrauen Augen betonte.

Sie schüttelte den Kopf. »Nein, danke.«

Er schenkte sich selbst ein Glas ein und setzte sich neben sie. »Du wirkst sehr ernst und nachdenklich.«

»Ich habe an Sofia und den Weihnachtsmann gedacht und mich daran erinnert, wann ich den Glauben an ihn verloren habe.«

Er streckte die langen Beine. »Wann war das?«

»Mit dreizehn.«

»Aber du hast doch bestimmt schon vorher gewusst, dass es den Weihnachtsmann nicht gibt?«

»Meine Klassenkameraden glaubten natürlich längst nicht mehr an ihn, aber bei uns zu Hause war Weihnachten immer schon eine große Sache. Und der Weihnachtsmann hat mich nie enttäuscht. Nie«, sagte sie und nahm einen Schluck aus ihrem Glas.

»Was ist passiert?«

»Ich wollte etwas, das man mit Geld nicht kaufen kann«, erklärte sie. »Etwas, das man sich nicht liefern lassen kann.«

»Was denn?«

»Dass mein Dad stolz auf mich ist.«

»Ah, verstehe. Und wie sollte er dir das beweisen?«, fragte er sanft.

»Ich bekam die Chance, die Schule bei einer Diskussionsveranstaltung in Washington zu vertreten. Dafür werden jedes Jahr nur eine Handvoll Kinder aus ganz Amerika ausgewählt. Ich habe bis Weihnachten gewartet, um es ihm zu sagen. Ich hatte mir schön zurechtgelegt, was ich sagen würde, und mir ausgemalt, wie er darauf reagieren würde. Ich dachte, der Weihnachtszauber würde auch bei ihm seine Wirkung nicht verfehlen und ich würde Stolz in seinem Gesicht aufflackern sehen oder sogar ein richtiges Lob von ihm erhalten, so etwas wie ›gut gemacht‹.« Ihre Blicke verfingen sich. »Aber das ist nicht passiert. Ich habe mich den ganzen Tag an seine Fersen geheftet und auf ein Weihnachtswunder gewartet, aber das ist nicht eingetreten. Irgendwann hat er mich fortgeschickt und gesagt, ich solle mit meinen Geschenken spielen.«

Er legte ihr eine Hand auf den Oberschenkel und drückte ihn tröstend.

»Ich habe mir nie etwas von Gott oder dem Universum gewünscht, bis Gill krank wurde«, meinte er leise. »Ich habe jeden Abend darum gebetet, dass die neue Behandlung anschlagen würde. Nicht, weil ich so gläubig bin, sondern weil ich auf ein Wunder hoffen musste. Und ich wollte auch zu gern glauben, dass das, was in Weihnachtsfilmen passierte, wahr werden könnte. Dass dies wirklich die Zeit der Wunder ist. Dass Gill den Krebs besiegen und alles wieder so werden würde, wie es früher war.«

Iona fehlten die Worte, um ihn zu trösten. Der Kummer, der aus seinen Worten sprach, zerriss ihr das Herz. Er hielt den Blick aufs Feuer gerichtet und beobachtete den Tanz der Flammen. Iona wusste jedoch, dass er etwas anderes vor seinem inneren Auge sah – Gill, die unter ihrer Krankheit litt. »Morgen jährt sich der Tag, an dem wir eine erste Ahnung bekamen, dass uns nicht mehr viel Zeit blieb. Dann ist es ein Jahr her, dass es ihr wirklich schlecht ging und die Hospizschwester die Medikamentendosis erhöhen musste. Und ich verspüre immer noch dieselbe Wut wie damals. Ich ging in die Kirche und habe den Priester angeblafft. Meine Mutter schickte mir einen Druck von Psalm 77, in dem es heißt ›Trost aus Gottes früheren Taten‹. Das Bild zeigt eine Fußspur im Sand, und darunter steht, dass Gott mich tragen würde, wenn ich es brauchte. Doch statt Trost in den Worten zu finden, sah ich nur eine Fußspur, weil ich allein war und Sofia allein tragen musste.«

Er verfiel in Schweigen, und sie atmete tief durch. Sein Herz war gebrochen, und der quälende Kummer schien ihn zu verschlingen. Das wusste sie jedoch schon seit ihrer ersten Begegnung. Sie waren zu Freunden geworden, weil sie beide einen Schicksalsschlag erlitten hatten, aber während sie sich von dem Schlag erholte, schien Mads am Boden liegen zu bleiben.

Wie sollte sie ihm bloß helfen?

Seinen Glauben an Gott musste er selbst wiederfinden. Sie wusste, wenn sie ihm jetzt erklärte, dass Gott manchmal das bewirkte, was nötig war, und nicht, was man sich wünschte, würde sie einen Keil zwischen sich und ihn treiben.

»Warum, glaubst du, nennt man die Weihnachtszeit die Zeit der Wunder?«, fragte sie.

»Ich weiß es nicht. Ich habe noch nie ein Wunder erlebt.« Er wandte sich ihr zu. In seinen Augen schimmerten Tränen, und sie erkannte, dass ihn ein Gespräch über Wunder an diesem Abend bestimmt nicht trösten würde.

»Oh, Mads«, sagte sie. »Sofia ist dein Wunder. Sie versucht, für euch eigene Familientraditionen zu begründen und dieses Weihnachtsfest zu etwas ganz Besonderem zu machen.«

»Ja, sie ist wirklich ein Wunder, und ich kann mich wirklich glücklich schätzen, dass ich sie habe. Nach Gills Diagnose hatte ich Angst, dass ich Sofia nicht allein großziehen könnte. Ich habe vorgeschlagen, sie zu ihren Großeltern zu geben, aber Gill … Nun, sie konnte ziemlich hitzig werden, wenn sie wütend war, und sie ist richtiggehend ausgerastet.« Ein flüchtiges Lächeln huschte über sein Gesicht. »Sie hat gesagt, ich solle aufhören, mich in meinem Selbstmitleid zu suhlen, und dass Sofia die beste Tochter der Welt sei, weil sie unser Kind ist.« Ihm brach die Stimme.

Gill ist eine kluge Frau gewesen, dachte Iona. Es musste schlimm für sie gewesen sein, mit anzusehen, wie ihr Mann und ihre Tochter ihr entglitten. Auch Iona blinzelte gegen die Tränen an.

»Wollen wir gemeinsam weinen, oder sollen wir lachen?«, fragte sie nach einem Moment des Schweigens.

»Männer weinen nicht«, erwiderte er.

»Das ist so altmodisch«, konterte sie.

»Stimmt, aber wenn ich anfange, Io, höre ich vielleicht nicht mehr auf«, sagte er so ernst, dass sie heftig schlucken musste.

Weinen half jedoch nicht. Wunder gab es nicht. Und sie konnte ihm auch kein schönes Weihnachtsfest herbeizaubern. Aber ihre Freundschaft war echt. Und sie wusste, wie sie Menschen zum Lachen bringen konnte.

»Lass uns ein Tanzduell machen.«

»Was?«

»Sofia hat mir erzählt, dass du früher ein paar tolle Moves draufgehabt hast. Sie hat mir ein Video gezeigt, in dem du mit deinem Bruder Boogie tanzt.«

»Wir waren betrunken«, meinte Mads und grinste verhalten.

»Egal, du bist ein Naturtalent.«

»Okay«, erwiderte er. »Aber ich glaub nicht, dass ich dich schlagen kann.«

»Gut.«

»Ich dachte, du würdest mich gewinnen lassen«, meinte er.

»Wie kommst du denn auf die Idee? Wir sind beide ehrgeizig.«

Er nickte. »Na schön, aber ich werde es dir nicht leicht machen.«

»Ich es dir auch nicht.«

Mads war völlig durch den Wind. Und er merkte, dass es Iona nicht anders ging. Sie forderte den sprachgesteuerten Lautsprecher auf, Tanzmusik zu spielen, und der erste Song, der ertönte, war »Macarena«.

Sie schaute Mads mit hochgezogenen Augenbrauen an. »In der Schule war ich Macarena-Champion.« Sie stand auf und wackelte mit den Hüften im Takt. »Ich fange an.«

Sie beschrieb einen langsamen Kreis, aber statt die übliche Tanzabfolge zu absolvieren, kreierte sie ihre eigenen Salsa-Schritte, was ihn ablenkte. Und plötzlich verblasste der Gedanke an das erste Weihnachtsfest ohne Gill, der schwer wie Blei auf ihm lastete. Iona erfüllte das Zimmer wie immer mit ihrem sonnigen Wesen und ihrer Sinnlichkeit.

Ihre Jeans schmiegten sich hauteng an ihre langen Beine. Darüber trug sie einen locker sitzenden Pulli, der dennoch ihre Rundungen nicht verbarg. Mit jedem verführerischen Hüftschwung rückte die Vergangenheit ein wenig weiter in die Ferne, bis er nur noch die Musik hörte. Obwohl es draußen schneite, fühlte er sich unvermittelt auf eine sonnige Insel versetzt.

Er schaute ihr zu, bis sie die Hand ausstreckte.

»Du bist dran.«

Er war dran? Er war dran. Sie machten ein Tanzduell.

Er tanzte nicht oft, nur wenn er viel getrunken hatte. Viel mehr, als die Hände auf die Hüften zu legen und sie kreisen zu lassen, konnte er nicht.

Iona brach in schallendes Gelächter aus.

»Was, gefällt dir das etwa nicht?«, fragte er und bewegte

sich mit kreisendem Hüftschwung auf sie zu. Er umtanzte sie, klatschte im Takt und legte ihr von hinten seine Hände auf die Hüften. »Das ist die nackte Panik, stimmt's? Mir ist schon aufgefallen, dass deine Moves nicht so gut sind wie meine, aber da ich ein Gentleman bin, zeige ich dir gern, wie es geht.«

Sie warf einen Blick über die Schulter und lächelte. »Ich kann es kaum erwarten zu erfahren, was du mir beibringen willst.«

»Du wirst beeindruckt sein.«

Sie lachte erneut. Er wirbelte sie herum, legte ihr eine Hand auf die Hüfte und ergriff ihre Hand. Dann zog er sie dicht an sich heran, ihre Rundungen schmiegten sich perfekt an seinen Körper. Die Berührung raubte ihm für einen Augenblick den Atem, und ihm fiel auf, wie sehr er diese Nähe vermisst hatte. Dabei ging es ihm nicht um Sex. Nein, ihm hatte diese Intimität gefehlt, das Gefühl, mit jemandem seelenverwandt zu sein.

Ihre Blicke trafen sich. Sanft löste Iona ihre Hand aus seiner, schlang die Arme um ihn und stellte sich auf die Zehenspitzen. Wie magnetisch voneinander angezogen fanden sich ihre Lippen. Die Berührung war federleicht, und doch löste sie ein Feuer in Mads aus, das ihn mit Haut und Haar verschlang. Die Trauer fiel von ihm ab, und er küsste Iona mit einer Leidenschaft, zu der er sich nicht mehr fähig gehalten hatte.

Sie legte den Kopf zur Seite, als er voller Hingabe seine Zunge mit ihrer spielen ließ. Mit den Fingerspitzen strich er ihr über den Hals und nahm nur noch sie wahr. Das himmlische Gefühl ihrer samtigen Lippen, den leichten Geschmack von Brandy auf ihrer Zunge, ihren weichen Körper an seinem. Unwillkürlich ließ er die Hand auf ihrer Hüfte tiefer gleiten, umfasste ihren Po und drückte sie noch fester an sich.

Ein neues Lied setzte ein, doch er bemerkte es kaum. Das Tanzduell war eine Ablenkung gewesen, doch nun verlor er sich in Ionas Augen. Als er sich von ihr löste, waren ihre Wangen leicht gerötet und ihre Augen halb geschlossen. Unwillkürlich überflog ihn ein Hauch von Melancholie, weil er für sie zu gern der Mann gewesen wäre, der an Wunder und ein »Für immer und ewig« geglaubt hätte. Hätte er sie vor Gill kennengelernt, wäre Iona sicher die Frau an seiner Seite geworden.

Was nicht hieß, dass er seine Frau nicht geliebt hätte, denn das hatte er. Lieber Himmel, so sehr hatte er Gill geliebt.

Unvermittelt wandte er sich ab und verließ das Zimmer.

Was hatte er sich nur dabei gedacht? Gill war tot, und er hielt eine andere Frau in den Armen und wünschte sich, dass er immer noch an die Liebe glauben könnte, weil … er Iona mochte. Das hatte nichts mit Lust oder Einsamkeit zu tun. Er mochte sie wirklich, ihren Humor und ihre Bereitschaft, sich ganz für ihre Freunde einzusetzen.

Er hörte ihre Schritte und gleich darauf ihre Stimme.

»Ich glaube, ich sollte gehen. Danke für den schönen Abend.«

»Nein. Bitte geh nicht.« Er drehte sich zu ihr um.

Sie schüttelte den Kopf. »Ich kann nicht bleiben. Ich will etwas, für das du noch nicht bereit bist. Und ich versuche, eine gute Freundin für dich zu sein, Mads. Du brauchst Freunde und Sofia auch.«

Sie hatte recht. Es war nicht fair, wenn er Iona an sich band, weil er nicht der Mann war, den sie verdiente. Falls er noch einen Beweis gebraucht hätte, dass irgendeine höhere Instanz auf ihn aufpasste, hatte er ihn gerade bekommen. Warum hatte das Schicksal sie ihm gerade jetzt über den Weg geschickt? Warum schenkte es ihm die Bekanntschaft mit dieser Frau, die ihm so viel mehr bedeuten könnte, ausgerechnet jetzt, da er Gills Verlust noch immer nicht überwunden hatte?

»Na gut. Schreib mir, wenn du zu Hause angekommen bist.«

»So weit ist es ja nicht«, sagte sie lächelnd. »Ich denke, den Weg werde ich schon unbeschadet überstehen.«

»Ich mache mir aber Sorgen, wenn du nicht schreibst«, entgegnete er.

Sie wollte etwas einwenden, dann aber schüttelte sie bloß den Kopf. »Also gut.«

»Was wolltest du sagen?«

»Ist nicht wichtig«, meinte sie. »Vergiss nicht, dass Sofia morgen in der Schule ein Lebkuchenhaus verzieren soll. Ich habe ein paar Süßigkeiten dafür mitgebracht. Sie liegen in der Küche in einer Tasche vom Candied Apple Café.«

Er nickte und sah ihr nach, als sie auf die Tür zuschritt. Iona war inzwischen ein fester Bestandteil seines Lebens geworden, aber er musste aufhören, sie auszunutzen. Entweder er fand einen Weg, wie er ihr all das zurückgeben konnte, was sie ihm Gutes tat, oder er musste sie gehen lassen.

Lucy erhob sich von ihrem Platz vor dem Kamin, als Iona die Wohnung betrat, und kam schwanzwedelnd auf sie zugelaufen. Iona passte auf den kleinen Hund auf, solange Hayley und Garrett in Boston waren.

Iona setzte sich auf den Boden, und der kleine Hund krabbelte auf ihren Schoß, stellte sich auf die Hinterbeine und leckte Iona übers Kinn.

Jahrelang hatte Iona sich als Problemlöserin betrachtet. Ihre Superkraft, falls sie eine besaß, bestand darin, dass sie erkannte, wo bei anderen der Schuh drückte und wie sie demjenigen helfen konnte. Selbst ohne Abschluss in Psychologie wusste sie, dass sie lieber andere Menschen analysierte und überlegte, was sie motivierte, als sich selbst. Aus diesem Grund war sie auch so erfolgreich.

Sie streichelte den Zwergdackel und fand Trost darin. Sie war erwachsen und wusste, dass es keine Weihnachtswunder gab. Früher war es nur ein Lippenbekenntnis gewesen, aber heute Abend hatte sie erkannt, dass es stimmte. Bisher hatte ihre Weihnachtsstimmung nichts trüben können, doch plötzlich fühlte sie sich einsam und kam sich vor wie eine graue Maus. Sie sah sich in der Wohnung um, die mit Girlanden und Lichterketten geschmückt war. Der Anblick der Weihnachtsdekoration hatte sie bisher immer aufgeheitert, doch dieses Mal blieb die Wirkung aus. Dafür kam ihr der Text von »Blue Christmas« in den Sinn, und sie verstand plötzlich, dass man einen Menschen so sehr vermissen konnte, dass es einen förmlich zerriss. Das Schlimmste war jedoch, dass sie Mads vermisste, er jedoch vermisste Gill.

Lucy leckte ihr noch einmal übers Gesicht und trottete dann in ihr Körbchen. Aufseufzend schlüpfte Iona aus ihren Schuhen und zog die Beine an die Brust. Nichts hatte ihren Glauben an den Zauber der Weihnacht bisher erschüttern können, noch nicht einmal die enttäuschende Erfahrung mit ihrem Vater, doch heute war er ihr irgendwie abhandengekommen.

Vielleicht war sie müde.

Ja, das musste es sein.

Als sie aufstand, wusste sie jedoch, dass es nicht bloß an der Müdigkeit lag. Jedenfalls war es keine normale Müdigkeit. Sie fühlte sich völlig ausgelaugt und erschöpft. Ein bleiernes Gewicht hatte sich ihr über die Seele gelegt, ausgelöst durch den Wunsch, ihre andere Hälfte zu finden. Einen Menschen, der zur Abwechslung ihre Wunden heilte.

Doch ihr Herz sehnte sich ausgerechnet nach einem Mann, dessen Wunden selbst noch heilen mussten. Und egal, was er sagte, es könnte Jahre dauern, bis Mads den Verlust seiner Frau verarbeitet hatte. Allerdings waren er und die kleine Sofia ihr sehr ans Herz gewachsen. Und ihre Gefühle für ihn glichen nicht dieser verrückten von Lust gesteuerten Emotion, die sie in früheren Beziehungen Liebe genannt hatte. Ihre Empfindungen für ihn waren stärker, tiefgründiger. Und das fand sie beängstigend.

Sie machte sich in der Küche eine Tasse heiße Schokolade. Das Pulver gab es neuerdings im Candied Apple Café zu kaufen. Ihre Tasse nahm sie mit ins Schlafzimmer und stellte sie auf den Nachttisch. Anschließend machte sie Musik an, und Weihnachtslieder erfüllten den Raum. Ganz automatisch spulte sie ihr abendliches Ritual ab, während ihre Gedanken um Dinge kreisten, die sie nicht haben konnte.

Eigentlich hatte sie schon immer eine tiefe Sehnsucht verspürt; sie konnte nur nicht benennen, wonach. Diese Frage war nicht so einfach zu beantworten.

Als sie ins Bett stieg, summte ihr Handy, und sie entdeckte auf dem Display eine Nachricht von Mads.

MADS: Im Fernsehen läuft gerade der Film »Weiße Weihnachten«.

Iona seufzte. Zu ihrem eigenen Besten sollte sie der Nachricht keine Beachtung schenken. Andererseits hatte er die Hand nach ihr ausgestreckt. Wieder einmal. Und genau das machte die Sache so kompliziert und unberechenbar. Er wollte mit ihr zusammen sein, aber er war noch zu sehr der Vergangenheit verhaftet. Es gelang ihr jedoch nicht, den Olivenzweig, den er ihr hinhielt, zu ignorieren. Daher tippte sie schließlich eine Antwort:

IONA: Das ist mein Lieblingsfilm.

MADS: Meiner auch. Es tut mir leid, dass … Es tut mir leid.

IONA: Mir auch.

Sie hätte gern ausführlicher geantwortet, aber sie wusste nicht, was sie schreiben sollte. Sie schaltete den Film ein und lachte, als Mads ihr schrieb, dass er seinen Bruder gefragt habe, ob er Lust hätte, an Weihnachten den Fächertanz mit ihm aufzuführen.

Sie antwortete, dass Mads schöne Waden habe, weshalb das ein verheißungsvoller Vorschlag sei.

Sie schrieben sich Nachrichten, bis der Film mit dem an ein Wunder grenzenden Schneefall endete, der die Skisaison rettete, und Rosemary Clooney und Bing Crosby sich wieder versöhnten.

Sie wünschte, das wahre Leben wäre auch so einfach und es würde wie aus heiterem Himmel das Wunder, das sie brauchte, eintreten, so wie der Schneesturm im Film.

Sie tippte eine letzte Nachricht in ihr Handy.

IONA: Gute Nacht.

MADS: Ich werde heute Abend alles auflisten, wofür ich dankbar bin.

Sie schickte ihm einen Smiley zurück. Er gab sich Mühe, doch sie musste entscheiden, ob ihr das genügte oder ob sie die stetig wachsenden Gefühle für ihn niederkämpfen sollte.

19. Kapitel

Als Iona am Mittwochabend die Hotellobby des Common betrat, fühlte sie sich an ein Weihnachtskartenidyll erinnert. Das Personal trug viktorianische Kostüme, und in einer Ecke spielte ein Streichquartett Weihnachtslieder. Iona blieb im Eingang stehen, um die Szenerie in sich aufzunehmen. Sie konnte sich kaum vorstellen, dass Mads dies alles angeordnet hatte.

Er war zwar kein Weihnachtshasser wie Ebenezer Scrooge, aber er legte auch keinen großen Wert auf Weihnachtstraditionen. Und das Bild, das sich ihr bot, ähnelte einem wahr gewordenen Weihnachtstraum.

Mads kam ihr entgegen, und sie musste zugeben, dass er in seinem Smoking und der Fliege blendend aussah. Er war ein attraktiver Mann, eine Tatsache, an die sie jede Nacht erinnert wurde, wenn sie in sinnlichen Träumen von ihm schwelgte. Sie wappnete sich gegen seinen Charme, damit sie beide nicht dem Zauber dieser Jahreszeit verfielen, aber insgeheim wusste sie, dass es dafür zu spät war.

»Darf ich dir deinen Mantel abnehmen?«, fragte er.

Sie ließ sich von ihm aus dem langen roten Wollmantel helfen. Sein warmer Atem strich dabei über ihren Hals. In der Einladung zur Weihnachtsfeier war um formelle Kleidung gebeten worden, daher trug sie ein schulterfreies, langes schwarzes Abendkleid. Als Akzent dazu hatte sie das Perlencollier ihrer Großmutter und rote Handschuhe gewählt, die ihr bis zu den Ellbogen reichten. Die Haare hatte sie sich zu einem Chignon gesteckt. Beim Blick in den Spiegel war sie sehr zufrieden mit ihrem Aussehen gewesen.

Mads' bewundernder Blick verriet ihr, dass auch er nichts gegen ihren Anblick einzuwenden hatte. Wieder überkam sie diese Sehnsucht, die sie schon so lange verspürte, und ihr Herz flüsterte ihr zu, dass vor ihr der Mann stand, der diese Sehnsucht befriedigen konnte.

Er legte ihr die Hand auf den Rücken und geleitete sie durch die Lobby. Blicke folgten ihnen, und ihr war bewusst, dass die anderen Gäste sie wohl für ein Paar halten mussten. Tief in ihrem Herzen waren sie das auch. Er war groß, dunkel und so gut aussehend, dass ihr der Atem stockte, wenn sie an ihn dachte. Sie passten gut zusammen, und sie war es leid, so zu tun, als ob das nicht so wäre.

Er gab ihren Mantel an der Garderobe ab, und gemeinsam gingen sie einen langen Flur hinunter, von dem Iona annahm, dass er zum Festsaal führte. Unvermittelt blieb Mads jedoch in einer Nische stehen.

Fragend schaute sie ihn an; er öffnete den Mund, schwieg dann aber doch.

»Was ist?«, fragte sie.

»Ich habe mir eingeredet, dass ich eine andere Frau niemals so sehr lieben könnte wie Gill. Ich habe mich in meinen schützenden Kokon verkrochen und mir vorgemacht, dass ich niemanden brauche, außer Sofia. Aber du hast mir vor Augen geführt, wie einsam und leer es in mir ausgesehen hat.«

»Ist dem so?«, fragte sie. Sie legte ihm eine Hand an die Wange. Dieses Geständnis musste ihm unglaublich schwergefallen sein.

Er sagte nichts darauf, sondern küsste sie, und in diesem Kuss gewahrte sie all die Gefühle, die er nicht aussprechen konnte. Als sie sich voneinander lösten, sah sie ein Funkeln in seinen Augen, das vorher nicht da gewesen war. Unwillkürlich flammte in ihr Hoffnung auf, dass er sich tatsächlich in sie verliebt hatte.

So, wie sie sich in ihn.

»Mads …«

»Sir, bitte entschuldigen Sie die Störung, aber Sie werden im Ballsaal erwartet«, sagte Lexi, die plötzlich neben ihnen aufgetaucht war.

Mads' Assistentin trug ein grünes Cocktailkleid und warf Iona einen entschuldigenden Blick zu.

»Schon gut«, sagte er. »Ich wollte mir nur noch schnell einen Kuss vor der Party stehlen, denn dort werde ich vermutlich als Gastgeber nicht einmal die Zeit haben, um mit Iona zu tanzen.«

»Das kann ich Ihnen nicht verdenken«, meinte Lexi. »Allerdings habe ich einen Eröffnungstanz eingeplant, also sollten Sie zumindest einmal die Gelegenheit dazu haben.«

»Danke, Lexi«, sagte Mads, und die Assistentin entfernte sich wieder.

Er wandte sich an Iona. »Es tut mir leid, aber heute Abend werde ich wohl auch ein wenig arbeiten müssen.«

»Das ist schon in Ordnung«, entgegnete sie. So war sein Leben eben. Das Hotel nahm den Großteil seiner Zeit in Anspruch, und sie hatte Verständnis dafür.

Gemeinsam betraten sie den Ballsaal, in dem Tische um eine Tanzfläche platziert waren. Am hinteren Ende entdeckte Iona eine Bühne und insgesamt drei Getränkestände, die an strategisch günstigen Punkten im Raum aufgebaut worden waren. An jedem Tisch fanden zehn Gäste Platz, und neben der Tür war ein Sitzplan angebracht.

In einer Ecke stand ein mit bunten Lichterketten geschmückter Weihnachtsbaum, der bis zur Decke reichte. Iona hielt einen Moment inne und ließ den Blick durch den festlich geschmückten Raum schweifen, in dem sich bereits zahlreiche andere Gäste tummelten.

»Lexi, was steht als Erstes an?«, fragte Mads seine Assistentin, ohne die Hand von Ionas Rücken zu nehmen.

»Der Vorstand ist bereits vollzählig eingetroffen. Sie sollten die Mitglieder begrüßen, und danach brauchen wir ein Foto vom gesamten Vorstand für die Weihnachtskarte, die ich morgen per E-Mail rausschicken werde.«

»Ich warte hier«, sagte Iona.

»Nein, komm bitte mit«, erwiderte Mads. »Die Vorstandsmitglieder bringen ihre Ehepartner auch immer mit. Ich möchte sie dir gern vorstellen.«

»Obwohl wir euer Angebot abgelehnt haben?«

»Ja. Das war ja geschäftlich«, sagte er. »Und vielleicht

ändert ihr eure Meinung ja noch, wenn Hayley mit den Konditoren gesprochen hat, die ich einfliegen lassen will, damit sie sie kennenlernen kann.«

Interessant. Er betrachtete ihre Absage also nicht als das endgültige Ende der Verhandlungen. Allerdings teilte sie Mads' Ansicht nicht, dass Hayley ihre Meinung noch ändern würde. Die Entscheidung, das Angebot der Loughman-Hotelgruppe abzulehnen, war ihnen allen nicht leichtgefallen.

»Gut, dann komme ich gern mit.«

Er machte sie mit den Vorstandsmitgliedern bekannt, und sie bemerkte, dass man sie von allen Seiten neugierig musterte. Offenbar stellte dieser Anlass ein weiteres erstes Mal für Mads dar – der erste Besuch einer Geschäftsfeier mit einer anderen Frau als Gill.

»Es ist schön, wieder mal eine Frau an deiner Seite zu sehen«, sagte Derek Martin, der Leiter des Finanzwesens der Loughman-Hotelgruppe, als er mit Mads an der Bar Getränke für Iona und seine Frau Marcia holte.

Mads warf einen Blick zu Iona, die sich mit Marcia und zwei anderen Frauen unterhielt. Sie hatte schnell Anschluss zu den anderen an ihrem Tisch gefunden, was ihn nicht überraschte. Sie war ein geselliger, aufgeschlossener Mensch, und er hatte noch keine Situation erlebt, in der sie nicht im Nu alle anderen mit ihrem Charme für sich eingenommen hätte.

»Danke«, sagte Mads.

»Wie geht es Sofia?«, erkundigte sich Derek.

»Gut«, antwortete Mads knapp. Er wollte nicht über seine Tochter reden, doch Derek betrachtete er eher als Freund denn als Arbeitskollegen. »Meistens zumindest. Ab und zu überwältigt sie der Kummer jedoch immer noch.«

»Das ist nur verständlich.«

Mads hatte zur selben Zeit wie Derek bei der Loughman-Hotelgruppe angefangen, das war nun mehr als zehn Jahre her. Daher hatte Derek Gill noch vor ihrer Krankheit kennengelernt. »Ja, du hast recht«, stimmte Mads ihm zu.

»Du weißt hoffentlich, dass ich immer für dich da bin, falls du mich brauchst. Egal, ob bei Tag oder Nacht.«

»Ja, das weiß ich. Danke.«

»Ich vermisse Gill immer noch«, sagte Derek.

»Ich auch«, gab Mads zu. »Aber es tut nicht mehr ganz so weh.«

Derek legte ihm kameradschaftlich die Hand auf die Schulter.

Mads war noch nicht bereit, vor anderen einzugestehen, dass er ein neues Kapitel in seinem Leben aufschlagen wollte, aber er wusste, dass er das bereits getan hatte. Dadurch, dass er Iona an diesem Abend mitgebracht hatte, hatte er den ersten Schritt in ein neues Leben ohne Gill gemacht. Und die Schuldgefühle überwältigten ihn auch nicht mehr so heftig wie früher. Seit Jahren hatte er keine Frau mehr zu einer Geschäftsfeier mitgebracht. Natürlich hatte das wegen Gills Krankheit auch niemand von ihm erwartet. Beim Sommerpicknick hatten ihm jedoch einige gut meinende Kollegen und Vorstandsmitglieder ganz unauffällig ihre ledigen Freundinnen vorgestellt.

Der Barmann reichte die Drinks für Derek über die Theke, und sein Freund trat zur Seite, damit Mads zwei Manhattan für sich und Iona bestellen konnte. Aus dem Augenwinkel nahm Mads wahr, dass sich Derek mit einem der Rezeptionisten unterhielt, aber seine Gedanken verweilten noch bei den Worten seines Freundes.

Er hatte versucht, sich selbst zu schützen, damit er bei diesen vielen ersten Malen ohne Gill seinen Verstand nicht verlor. Irgendwann jedoch war sein Fokus von Gill zu Iona geschwenkt, und er konnte nicht länger leugnen, dass er tiefe Gefühle für sie entwickelt hatte. Diese Erkenntnis war jedoch eher beängstigend als beruhigend. Er wollte nicht zu viel für Iona empfinden, aus Sorge, dass ihr etwas zustoßen und er sie verlieren könnte.

Damals, bei Sofias Geburt, war er ebenso von Zweifeln und Furcht erfüllt gewesen, dass sein Glück ein Verfallsdatum hatte, und als Gill krank geworden war, hatte sich seine schlimmste Befürchtung bestätigt. Er hatte nie unbeschwert lieben können; immer hatte er dieses Gefühl verspürt, dass er für dieses Geschenk irgendwann einen Preis zahlen musste.

Als er die Drinks auf den Tisch stellte, sah er die Frage in Ionas Augen, aber er schüttelte nur den Kopf.

Dieser Abend hatte ein Schritt in ein neues Leben sein sollen, doch nun hielten die Dämonen der Vergangenheit ihn wieder gefangen.

Er hatte Iona im Kreis ihrer Freunde und Familie erlebt und wusste, dass sie sich eine eigene Familie wünschte. Das erkannte er daran, dass sie so viel arbeitete, denn er hatte dasselbe getan, um vor der Einsamkeit in seiner Wohnung zu flüchten. Allmählich schien seine Angst jedoch übermächtig zu werden und hinderte ihn daran, Iona sein Herz zu schenken.

War das fair?

Eine Bemerkung von Piers fiel ihm ein. Mads hatte ihn völlig aufgelöst angerufen, als er erfahren hatte, dass Gill unheilbar an Krebs erkrankt war. Wer hat behauptet, das Leben sei fair? hatte Piers ihn damals gefragt.

Ja, wer eigentlich? Das Leben war nun mal nicht gerecht. Aber konnte er Iona zumuten, den Rest ihres Lebens mit einem Mann zu verbringen, der sie zwar in sein Bett ließ, aber nicht in sein Herz? Der nur Zuneigung für sie empfand, aber keine echte Liebe?

Nein, das konnte er nicht von ihr verlangen. Weil er sich etwas Besseres für sie wünschte. Er wollte, dass sie diese starke, innige Liebe erlebte, die ihn mit Gill verbunden hatte. Diese Art von Liebe, die ihrer beider Leben dominiert hatte, bis zu ihrem Tod.

Das größte Weihnachtsgeschenk, das er Iona machen konnte, war, sie freizugeben. Damit sie jemanden finden konnte, der mit ihr die Familie gründete, nach der sie sich sehnte.

Sie legte den Kopf zur Seite und musterte ihn forschend, aber er konnte ihr seine Gedanken nicht anvertrauen.

»Tanz mit mir«, sagte er und streckte die Hand aus.

Der DJ spielte »Baby, It's Cold Outside« in der Version von Idina Menzel und Michael Bublé. Iona ergriff seine Hand; er führte sie zur Tanzfläche und drehte sie zu sich.

Sie legte ihm eine Hand auf die Schulter, und er verflocht die Finger ihrer anderen Hand mit seinen.

»Ist alles in Ordnung?«, fragte sie.

»So in Ordnung, wie es sein kann«, antwortete er.

Sie wollte etwas sagen, doch er versiegelte ihre Lippen mit einem Kuss, einerseits, um sie wieder zu schmecken, aber andererseits auch, um die Fragen zu unterdrücken, die er nicht beantworten wollte. Diesen Abend wollte er genießen und in seiner Erinnerung bewahren. Zusammen mit den anderen Erinnerungen, die ihm in langen, einsamen Nächten Trost spenden würden. Dieser Abend gehörte ihnen, danach würde er sie ihrer eigenen Wege gehen lassen, damit sie ihr sonniges, hoffnungsvolles Wesen wiederfand.

Inzwischen erklang »Christmas Waltz«, und er war froh, dass er sie noch eine Weile im Arm halten konnte. Anschließend verging der restliche Abend wie im Flug, und da Jessie ihn nicht vor morgen früh zurückerwartete, bat er Iona ganz selbstsüchtig, mit ihm in der Präsidentensuite zu übernachten.

»Gerne«, willigte sie zu seiner Freude ein.

Iona schwirrte der Kopf vom Alkohol und dem Tanz mit Mads. Sie ahnte, dass ihn etwas bedrückte, aber jedes Mal, wenn sie die Sprache darauf bringen wollte, küsste er sie oder lenkte sie mit etwas anderem ab. Nun aber waren sie allein.

Die Präsidentensuite war groß und luxuriös eingerichtet. Größer als manche Wohnung, dachte sie.

Sie schlüpfte aus den Schuhen und ging zu der großen Fensterwand. Der Teppich fühlte sich herrlich weich unter ihren Füßen an, und der Blick auf die Skyline der Stadt war atemberaubend. Sie genoss die Aussicht, während Mads mit Jessie telefonierte, um sich zu vergewissern, dass es Sofia gut ging. Es hatte geschneit, und eine weiße Schneedecke verbarg die Grasflächen. Die Stirn an die Scheibe gelegt, ließ Iona den Blick über die schlafende Stadt schweifen, die sich friedlich unter ihr erstreckte.

Sie hörte Mads hinter sich, ehe sie die Wärme seines Körpers und seine Hand an ihrem Nacken spürte. Sanft streichelte er sie, die Berührung war federleicht, und ein wohliger Schauer rieselte ihr über den Rücken. Es war schon viel zu lange her, dass sie mit ihm geschlafen hatte. Zugegeben, sie war diejenige gewesen, die auf einer Auszeit bestanden hatte, dennoch hatte sie die körperliche Nähe vermisst. Sie hatte sichergehen wollen, dass er nicht nur eine flüchtige Affäre für sie war, doch die vergangenen Wochen hatten ihr bewiesen, dass sie echte Gefühle für Mads hegte. An diesem Abend hatte er sie seinen Freunden und Arbeitskollegen vorgestellt, woraus sie schloss, dass auch sie ihm etwas bedeuten musste. Mehrere seiner Freunde hatten ihr versichert, dass sie Mads lange nicht mehr so glücklich erlebt hätten.

Sie war froh, dass er die Trauer allmählich zu überwinden schien. Nach vorn blickte. Mit ihr.

Sie schaute ihn über die Schulter hinweg an, und er hob eine Augenbraue, während er die Finger nach unten gleiten ließ. Sanft strich er mit dem Daumen über ihre Haut, am Ausschnitt ihres Kleides entlang. Ein weiteres Prickeln überlief sie, als er seine Hand zu dem Reißverschluss ihres Kleides an ihrer Seite wandern ließ. Sie hob den Arm leicht an, damit er den Verschluss aufziehen konnte, doch er fuhr bloß mit dem Finger darüber, strich seitlich über die Rundung ihrer Brust und ließ seine Hand weiter nach unten gleiten. Fest umfing er ihren Po, während sich seine andere Hand nach vorne tastete und sie liebkoste.

Sie erbebte vor Sehnsucht und Verlangen und wollte sich zu ihm umdrehen, doch er umschlang sie mit einem Arm und hielt sie fest.

Sie spürte erst seinen Atem, dann seine Lippen in ihrem Nacken, direkt unter der Perlenkette. Halt suchend legte sie eine Hand auf seinen Arm. Erst da wurde ihr bewusst, dass sie immer noch die Handschuhe trug. Sie griff zu den Fingerspitzen, um sie auszuziehen, und Mads half ihr dabei. Dann zog er den Reißverschluss ihres Kleides auf und machte einen Schritt zurück.

Das Kleid bauschte sich zu ihren Füßen, und sie trat vorsichtig heraus. Nun trug sie nur noch ihren Slip und die Perlenkette.

Feuriges Verlangen verschleierte ihm den Blick. Behutsam zeichnete er mit dem Daumen ihre Kurven nach, ehe er sie hochhob und zum Bett trug. Rasch schlüpfte er aus seiner Hose, sichtlich erregt. Auch sie wand sich im Liegen aus ihrem Slip, ließ ihn über die Zehen zu Boden gleiten und breitete einladend die Arme aus.

Er umfing ihre Hüften und zog sie nach vorne, bis ihr Po die Bettkante berührte. Dann beugte er sich über sie und streifte mit dem Hemd über die harten Knospen ihrer Brüste, während sie sich leidenschaftlich küssten. Er spreizte ihr die Schenkel, und sie spürte ihn an ihrem Schoß, anfangs zurückhaltend, dann drang er tief in sie ein. Als sie die Augen öffnete, bemerkte sie, dass er sie beobachtete, und ihr Herz setzte einen Schlag lang aus. Die Mischung aus Begierde, Zärtlichkeit und Zuneigung in seiner Miene machte ihr bewusst, dass sie mit Mads die Geborgenheit gefunden hatte, die sie sich so sehr wünschte. Mit heftigen Stößen versenkte er sich wieder und wieder in ihr, und sie vergaß alles um sich herum, gab sich ganz ihrer Lust hin.

Sie hielt ihn so fest umklammert, als wollte sie ihn nie wieder loslassen. Die Beine um seine Hüften geschlungen, wölbte sie sich ihm entgegen, während er sie voller Leidenschaft dem Gipfel immer näher brachte, bis die Woge der Ekstase sie mit sich riss. Erbebend hielt sie sich an ihm fest, während er noch einmal tief in sie drang und selbst Erlösung fand. Er sank neben sie aufs Bett und zog sie in seine Arme.

Immer noch atemlos streichelte sie über seine Brust, bis seine Lippen erneut mit den ihren verschmolzen. Er schob sich mit ihr ganz aufs Bett, ohne die Umarmung zu lösen, sodass sie an seine Seite gekuschelt dalag.

»Das war der schönste Abend meines Lebens«, flüsterte sie und küsste ihn auf die Brust.

»Für mich auch«, gab er zu, während er die Haarnadeln aus ihrem Chignon zog. Die Haare fielen ihr über die Schultern, und er fuhr spielerisch mit den Finger hindurch.

In seiner Miene entdeckte sie jedoch einen Hauch von Melancholie und befürchtete, dass er wieder einmal in der Vergangenheit gefangen war. Dann jedoch liebte er sie erneut, noch zärtlicher dieses Mal, und danach fiel sie in einen erschöpften Schlaf und träumte davon, dass sie mit Mads und Sofia einen Spaziergang durch die Winterlandschaft machte.

20. Kapitel

Am Freitag vor Weihnachten riss Iona der Geduldsfaden. Seit der Weihnachtsfeier vorgestern hatte sie nicht mehr mit Mads gesprochen. Er hatte mit ihr geschlafen, und am darauffolgenden Morgen war sie allein in der Präsidentensuite aufgewacht. Auf dem Nachttisch fand sie eine Nachricht, in der er ihr mitteilte, dass er früh einen Termin hatte und sich bald bei ihr melden würde.

Auf alle Textnachrichten, die sie ihm daraufhin geschickt hatte, erhielt sie jedoch nur einen Smiley oder einen knappen Text zur Antwort, dass er gerade viel zu tun habe. Sofia war im Common und besuchte dort ihre Großeltern, die von der Westküste angereist waren, wie Iona wusste. Am Abend würde sie jedoch wieder zu Hause sein, und Iona war es leid, auf eine Nachricht von Mads zu warten.

Daher stand sie nun an ihrer Tür und lauschte auf Schritte im Flur. Sie hörte das ›Pling‹ des Aufzugs und öffnete die Tür im selben Moment, als Mads aus der Kabine trat. Als er sie sah, runzelte er die Stirn, und sie gewann den Eindruck, dass er am liebsten kehrtgemacht hätte und wieder in die Lobby hinuntergefahren wäre. Zumindest hatte er sich halb zum Aufzug umgewandt.

»Mads, wir müssen reden«, sagte sie.

Wortlos schaute er auf seine Uhr.

»Mir ist egal, ob du viel zu tun hast. Ich denke, fünf Minuten deiner Zeit wirst du für mich wohl erübrigen können.«

Er rieb sich den Nacken. Inzwischen wusste sie, das war ein Zeichen dafür, dass er sich gestresst fühlte. Sie weigerte sich jedoch, Mitgefühl für ihn zu empfinden. Er verhielt sich unmöglich ihr gegenüber. Erst hatte er sie so zärtlich geliebt, als wäre sie die Frau, mit der er den Rest seines Lebens verbringen wollte, doch dann hatte er sich klammheimlich aus ihrem Leben gestohlen. Da sie sich bei früheren Beziehungen auch schon das ein oder andere Mal tot gestellt hatte, wusste sie genau, was er damit bezweckte.

»Kann das nicht bitte warten, Iona? Ich muss Sofia abholen und ihre Großeltern zum Flughafen bringen.«

»Das weiß ich. Deshalb hätte ich auch gern schon eher mit dir gesprochen, aber du gehst mir ja aus dem Weg.«

»Lass uns das nicht im Flur besprechen.«

In seiner Stimme lag eine Kälte, die sie noch nie zuvor wahrgenommen hatte, und sie bekam das Gefühl, was auch immer zwischen ihnen gewesen war, ihre letzte gemeinsame Nacht bedeutete ihm nicht so viel wie ihr.

Sie betrat ihre Wohnung wieder, und er folgte ihr. Sie hörte, wie er die Tür schloss, aber sie ging weiter ins Wohnzimmer, ohne sich nach ihm umzudrehen. Nervös setzte sie sich auf die Kante des Sofas. Mads blieb in der Wohnzimmertür stehen. Er trug immer noch seinen Mantel, dessen Schultern mit Schneeflocken bedeckt waren. Der Gedanke an weiße Weihnachten konnte sie allerdings auch nicht aufheitern.

»Was ist los?«, fragte sie. »Ich dachte, wir hatten neulich einen schönen Abend.«

»Den hatten wir auch«, erwiderte er. »Aber das ist auch alles.«

»Vergiss es. Das kaufe ich dir nicht ab.«

»Was willst du von mir?«, fragte er.

»Sag mir einfach, was los ist.«

Mads blickte kurz zu Boden, dann heftete er seinen Blick eindringlich auf sie. »Ich kann dich nicht auf die Weise lieben, wie du es dir wünschst, Iona. Ich habe immer gedacht, dass ich eines Tages eine Frau treffen würde, mit der ich eine Ehe in Betracht ziehen könnte, als Partnerin für mich und Mutter für Sofia. Aber unsere Beziehung hat mir gezeigt, dass ich mich geirrt habe.«

Sein Geständnis traf sie so heftig wie ein Schlag in die Magengrube. »Was soll das heißen? Ich liebe Sofia, und ich dachte, wir beide verstehen uns auch sehr gut.«

»Das stimmt. Aber das wird sicher nicht auf Dauer so bleiben. Ich will mich nicht in dich verlieben, Iona. Ein Teil von mir befürchtet, dass dir womöglich etwas zustoßen könnte, wenn du mir erst einmal so viel bedeutest. Und das würde ich nicht noch einmal ertragen. Aus diesem Grund wäre eine Beziehung weder dir noch Sofia gegenüber fair. Sie mag dich sehr, und ich will nicht riskieren, dass sie noch weiteren Kummer erleidet, wenn du begreifst, dass ich dich nicht lieben kann, und mich verlässt.«

»Was?«, fragte sie fassungslos. Sie wusste nicht, wie er auf den Gedanken kam, dass sie die Freundschaft mit seiner Tochter beenden könnte. Es war leichter, darüber zu grübeln, als über die Bemerkung, dass er sie nicht lieben konnte. Darüber wollte sie gar nicht erst nachdenken, denn die Worte ließen ihn viel kälter erscheinen, als er ihrer Meinung nach war. Oder hatte sie sich vielleicht die ganze Zeit etwas vorgemacht und nur das in ihm gesehen, was sie gern sehen wollte, statt seinen wahren Charakter?

»Ich würde Sofia nie wehtun. Ich liebe sie, als wäre sie meine eigene Tochter. Sie ist ein so süßes und kluges Mädchen, und sie sehnt sich so schrecklich danach, in der Welt um sie herum ein wenig Magie zu entdecken. Weihnachten entwickelt für sie langsam diesen Zauber, aber sie will dich um keinen Preis enttäuschen.«

»Und ich will sie nicht enttäuschen«, sagte Mads. »Ich weiß, dass du sie nicht verletzen willst, aber …«

»Hör auf. Das klingt für mich so, als würdest du Sofia nur als Ausrede benutzen, um mit mir Schluss zu machen. Ich werde ihr keinen Kummer bereiten. Selbst wenn unsere Beziehung scheitern sollte und du mich nie wiedersehen willst, werde ich trotzdem immer die Freundin deiner Tochter bleiben.«

Mads wusste, dass Iona immer für Sofia da sein würde. Sie war eine herzensgute Frau, was ihm alles nur noch viel schwerer machte. Er hatte nie solch starke Gefühle für jemanden gehegt, nicht einmal für Gill, und das jagte ihm mehr Angst ein als die Vorstellung, den Rest seines Lebens allein zu verbringen. Ganz egal, wie schrecklich er sich dabei vorkam, es war besser, jetzt einen Schlussstrich zu ziehen.

»Das ist keine Ausrede«, widersprach er. Er wusste, dass er ihr unmissverständlich klarmachen musste, dass er ihre Beziehung hier und jetzt beendete. Iona war offenbar der Ansicht, sie könnte seine Meinung ändern, und womöglich gelänge ihr das auch, aber er hatte bereits beschlossen, dass er das Risiko, sie zu lieben, nicht eingehen konnte. »Du vergisst, dass wir niemals die Absicht hatten, eine feste Beziehung miteinander zu haben. Wir haben uns einfach treiben lassen. Und ich werde auch immer dankbar dafür sein, dass ich dir begegnet bin, aber für mich ist jetzt Schluss.«

In ihren Augen funkelte Wut, und ihre Wangen färbten sich dunkelrot. Die Arme vor der Brust verschränkt, musterte sie ihn. »Was ist denn bloß los mit dir? Wir haben miteinander geschlafen. Vielleicht willst du dir gern weismachen, dass ich dir nichts bedeute, aber ich erinnere mich noch gut daran, dass du geweint hast. Bei unserem ersten Mal, als ich dich in den Armen hielt und wir beide unsere Seele entblößt haben und so verletzlich waren wie nie zuvor.«

Er fluchte, und sie wich erschrocken einen Schritt zurück. »Ich kann das nicht, Iona. Ich kann nicht riskieren, mich in dich zu verlieben, und ein neues Leben planen, das mir dann doch nur wieder genommen wird. Ich bin nicht wie du. Ich glaube nicht an den Weihnachtsmann und Wunder und all die anderen Märchen, die du gern erzählst. Das wahre Leben hinterlässt Wunden, und das Schicksal ist nicht fair. Es zeigt jemandem, der nichts mehr zu verlieren hat, etwas Wundervolles, nur um es ihm dann wieder wegzunehmen. Das kann ich nicht noch einmal ertragen.«

»Aber ich, Mads. Ich bin bereit, das Risiko einzugehen«, erwiderte sie.

»Nun, ich nicht. Und deshalb ist das hier ein Abschied. Egal, was du sagst, du wirst meine Meinung nicht ändern können.«

»Du bist ein Feigling«, stieß sie hervor. »Ich hätte nicht gedacht, dass ich das mal zu dir sagen würde, weil ich gesehen habe, wie toll du mit deiner Tochter umgehst, und ich weiß, was du durchgemacht hast. Aber es ist wahr, du bist ein Feigling.«

»Schön. Beschimpf mich ruhig, wenn es dir dadurch besser geht. Du hast ja auch nicht drei Jahre lang dabei zusehen müssen, wie jemand, den du liebst, dir allmählich immer mehr entgleitet. Du hast nicht immer wieder um ein Wunder gebetet und musstest dein Kind nicht trösten, weil es ohne Mutter aufwachsen muss. Ich musste so lange stark bleiben und durfte mir nichts anmerken lassen. Länger, als es zumutbar war.«

In ihren Augen schimmerten Tränen, und er fürchtete, dass ihn dieser Anblick für den Rest seines Lebens verfolgen würde. »Aber ich habe durchgehalten. Und habe mir geschworen, dass ich nie wieder solch schlimmen Kummer erleben werde. Da ich nicht gedacht hätte, dass mir noch einmal jemand so wichtig sein könnte, war das anfangs auch leicht. Dann bist du mir so unerwartet begegnet. Und das hat mich aus der Bahn geworfen.«

»Das hast du gebraucht«, sagte sie. Eine Träne kullerte ihr über die Wange. »Wir haben beide Kummer erlitten. Und ich glaube, uns verbindet etwas ganz Besonderes.«

»Vielleicht habe ich das wirklich gebraucht. Aber ich darf meinen Gefühlen nicht nachgeben. Ich mache mir schon genug Sorgen um Sofia. Ich will nicht einmal, dass sie ohne mich mit ihren Großeltern nach Kalifornien fliegt.«

»Schön. Ich werde mit dem zufrieden sein, was immer du mir geben kannst«, sagte sie und streckte die Hand nach ihm aus. »Ich liebe dich, Mads.«

Eine Fessel legte sich um sein Herz und zog sich zu. Damit hatte er nicht gerechnet. Er machte einen Schritt zurück, denn wenn sie ihn berührte, würde er kapitulieren und damit diesen schmerzvollen Augenblick des Abschieds nur hinauszögern. »Ich kann dir das nicht antun. Du hast mir von den Männern in deinem Leben erzählt. Dass du meist diejenige warst, die verwundete Seelen geheilt hat, damit sie eine neue Liebe finden konnten. Und das möchte ich nun gern für dich tun. Ich möchte der Mann sein, der dir dabei hilft, dein Happy End zu finden.«

»So funktioniert das aber nicht.«

»Ich denke schon«, sagte er. »Vielleicht hat uns das Schicksal deshalb zusammengeführt, damit ich dir zeige, dass es im Leben noch mehr als Arbeit gibt, und dir helfe, einen Mann zu finden, der dich so liebt, wie du es verdienst.«

Sie schüttelte den Kopf. Ihre Miene war so ernst, wie er sie noch nie erlebt hatte, und er fragte sich, was ihr durch den Kopf ging. Er tat das alles für sie. Für sie beide. Er hatte gestanden, dass er das Risiko nicht eingehen wollte, sie zu verlieren. Sie zu lieben und dann zu verlieren. So etwas wollte er nie wieder erleben.

»Unser Herz lässt sich aber nicht täuschen«, entgegnete sie ruhig.

»Mit der Zeit wirst du das anders sehen«, meinte er. »Leb wohl, Iona.«

Er zwang sich, zur Tür zu gehen. Er musste jetzt dringend von hier weg. Sein Herz wünschte sich, dass sie ihn zum Bleiben überredete, weil es ihr gern glauben wollte, dass sie mit dem zufrieden sein würde, was er ihr geben konnte. Die Stimme der Vernunft sagte ihm jedoch, dass das nicht stimmte. Denn ihm würde es niemals genug sein, und er wollte nicht dafür verantwortlich sein, dass sie ihr fröhliches Wesen und ihren Glauben an Wunder verlor.

Ohne sich noch einmal umzudrehen, verließ er ihre Wohnung. Iona folgte ihm nicht. Er betrat seine eigene Wohnung, die ihn mit Stille empfing, da Jessie in Urlaub gefahren war und Sofia ihre Großeltern im Hotel besuchte. Die Stille tröstete Mads jedoch nicht. Er hatte getan, was er tun musste, um seine Tochter zu beschützen, und irgendwann würde er sich wohl damit abfinden. Im Moment aber verspürte er bloß eine tiefe innere Leere.

Iona holte die Packung Minzeis aus der Tiefkühltruhe und schlurfte zurück ins Wohnzimmer. Den gestrigen Freitagabend hatte sie noch einigermaßen gefasst überstanden, aber an diesem Morgen traf sie der Liebeskummer mit voller Wucht. Daher hatte sie sich im Supermarkt mit Süßigkeiten und Fertiggerichten eingedeckt. Bisher hatte sie schon zwei Schachteln Muffins verdrückt und dabei den Film »Ist das Leben nicht schön?« gesehen, weil er sie immer zum Weinen brachte.

Die Tränen wollten gar nicht mehr aufhören zu fließen.

Ihre Mutter war auf einer Wohltätigkeitsveranstaltung, und Iona wollte sie nicht stören. Aber sie hätte ihre Mutter jetzt an ihrer Seite gebraucht. Daher schrieb sie ihr eine Nachricht, ob sie vorbeikommen könne, wenn sie Zeit hatte. Daraufhin rief ihre Mutter sie an. Unter Tränen erklärte ihr Iona, was passiert war, und ihre Mutter versprach, sie später zu besuchen.

Es klopfte, gleich darauf öffnete sich die Wohnungstür.

»Io?«, hörte sie Cicis Stimme, die einen Schlüssel zu Ionas Wohnung hatte. »Deine Mutter hat uns angerufen. Wir sind sofort gekommen.«

»Wo bist du?«, rief Hayley.

Sie hörte das Glöckchen an Lucys Halsband und Hollys Glucksen, als ihre Freundinnen das Wohnzimmer betraten. Iona versuchte, sich auf dem Sofa aufzurichten, aber die Kissen in ihrem Rücken machten ihr das nicht so einfach. Die Eiscremepackung rutschte ihr aus der Hand und plumpste in ihren Schoß.

»Du siehst furchtbar aus«, meinte Hayley. Sie stellte die Eiscreme auf den Tisch und umarmte Iona.

»Warum schaust du diesen Tränendrüsenfilm?«, fragte Cici. Sie stellte Hollys Babyschale ab und umarmte Iona ebenfalls.

»Weil ich sowieso schon die ganze Zeit heule«, antwortete sie.

»Und sind die Tränen versiegt?«

Sie schüttelte den Kopf und weinte noch ein wenig mehr. Sie begriff nicht, warum Mads mit ihr Schluss gemacht hatte, aber sie gestand ihm zu, dass er in seinen Augen gute Gründe dafür hatte. Cici schaltete den Fernseher aus, gerade als ein Glöckchen im Film verriet, dass ein Engel seine Flügel bekommen hatte.

Lucy sprang aufs Sofa und legte sich Iona in den Schoß. Sie streichelte den kleinen Hund und war froh über den Besuch ihrer Freundinnen.

Hayley packte die Eiscreme zurück in den Gefrierschrank, und Cici räumte die Papiertaschentücher auf, die überall auf dem Boden um sie herum verstreut lagen. Iona war es peinlich, dass sie sich so hatte gehen lassen.

Cici nahm Holly aus der Babyschale und setzte sich mit ihr neben Iona. »Was ist passiert?«

»Ich weiß es nicht. Wir haben gestritten, aber ich weiß gar nicht so recht, wieso«, erklärte Iona.

»Erzähl uns alles«, forderte Hayley sie auf. »Gemeinsam finden wir es vielleicht heraus.«

»Okay. Seit Mittwoch nach der Party im Common hat er

sich schon komisch verhalten. Der Abend war so schön, fast magisch. An diesem Tag ist mir erst richtig bewusst geworden, wie sehr ich Mads liebe. Sein Verhalten mir gegenüber hat mich glauben lassen, dass er mich auch liebt. Aber dann hat er nicht mehr angerufen und auch nicht mehr auf meine Nachrichten reagiert. Daher habe ich ihn gestern, als er nach Hause kam, zur Rede gestellt.«

»Oh, Iona, was ist geschehen?«

Iona strich sich eine Haarsträhne hinters Ohr, die sich total fettig anfühlte. Gut, sie hatte seit gestern nicht mehr geduscht, was jetzt nicht so lange her war, aber ihr ganzer Körper schien auf Trauer eingestellt zu sein.

»Ich weiß es nicht. Er hat gesagt, dass es wohl seine Aufgabe gewesen sei, mir zu zeigen, dass es im Leben noch mehr gebe als nur Arbeit, damit ich die wahre Liebe meines Lebens finden könne.« Ihre Stimme klang erstickt. »Er hat gesagt, er könne mich nicht so lieben, wie ich es verdiene.«

»Das ist ja verrückt«, sagte Hayley. »Völlig gaga, aber auch irgendwie ziemlich romantisch.«

»Ich glaube, er hat nur Angst, wieder verletzt zu werden«, überlegte Cici laut. »Und er will dir keinen Kummer bereiten.«

»Seid ihr jetzt auf meiner Seite oder nicht?«, fragte Iona. Dass Mads Bindungsangst hatte, darüber war auch sie sich spätestens seit zwei Uhr nachts im Klaren. Sie hatte im Gästezimmer darüber gegrübelt, warum er mit ihr Schluss gemacht hatte. Sie hatte nicht in dem Bett schlafen wollen, in dem sie Sex mit ihm gehabt hatte.

»Wir sind auf deiner Seite«, beschwichtigte Cici sie. Holly wurde unruhig, und Cici öffnete die Bluse, um sie zu stillen.

»Weißt du, was du tun solltest? Triff dich einfach weiter mit ihm wie bisher«, schlug Hayley vor. »Als Freunde. Irgendwann knickt er bestimmt ein. Wir wissen doch alle, dass er dich liebt.«

»Ich frage mich, ob er überhaupt noch jemanden lieben kann. Vielleicht ist es aber auch einfach noch zu früh. Blair hat erwähnt, dass er kompliziert ist. Ich hätte auf sie hören sollen«, sagte Iona.

Cici seufzte. »Ich weiß nicht, ob du seine Meinung ändern kannst. Was wird mit Sofia?«

»Ich habe keine Ahnung. Ich bleibe natürlich ihre Freundin, aber womöglich verbietet Mads ihr, mich zu sehen.«

»Das wirst du noch früh genug herausfinden«, meinte Hayley. »Erst mal müssen wir dich aufhübschen.«

Dazu fehlte Iona jedoch die nötige Willenskraft. Sie hatte ihr Herz der Liebe geöffnet und gedacht, alles andere würde sich schon finden, was natürlich nicht stimmte. Nun, da ihre Freundinnen bei ihr waren, fühlte sie sich aber auch nicht mehr wie ein Eremit, und auch das Verlangen, sich mit Süßigkeiten vollzustopfen, hatte nachgelassen.

Hayley und Cici blieben bis nachmittags. Sie sorgten dafür, dass Iona duschte und sich anzog, und begleiteten sie anschließend zum Liederabend im Seniorenheim, wo man bereits auf sie und ihre Plätzchen wartete. Iona war ihren Freundinnen dankbar dafür und wusste auch, dass ihr ein Tapetenwechsel guttun würde. Dennoch ging ihr der Gedanke, dass Mads und Sofia sie eigentlich zu der Veranstaltung hatten begleiten wollen, nicht aus dem Kopf. Sie hatte die Weihnachtsgeschenke für die beiden eingesteckt und beschlossen, sie später dem Portier ihres Hauses zu geben, damit er sie ihnen überbrachte.

21. Kapitel

Sofia war sauer, als Mads ihr erzählte, dass sie nicht mit Iona zum Weihnachtsliedersingen gehen würden. Sein Entschluss stand jedoch fest. Sie mussten sich beide daran gewöhnen, sie nicht mehr so oft zu treffen, und je eher sie damit anfingen, desto leichter würde es für sie beide werden.

Als es klopfte, flitzte Sofia zur Tür. Vermutlich hoffte sie, dass es Iona war, aber er war sich sicher, dass sie nach ihrem Gespräch nicht einfach so bei ihnen auftauchen würde. Das war nicht ihre Art.

Tatsächlich stand der Portier vor der Tür, Greg.

»Hallo, Greg.«

»Hallo, Sofia. Diese Geschenke sind unten bei mir für dich abgegeben worden. Ich habe mir gedacht, du willst sie bestimmt so schnell wie möglich haben. Daher habe ich sie gleich hochgebracht.«

Mads, der Sofia zur Tür gefolgt war, nahm die bunt eingepackten Geschenke entgegen. »Danke.«

Er bemerkte die Enttäuschung in Sofias Gesicht, als sie den Flur entlangspähte, zweifellos auf der Suche nach Iona.

Greg verabschiedete sich lächelnd, und Mads schloss die Tür. Gemeinsam mit Sofia ging er ins Wohnzimmer zurück. Die Karte auf den Päckchen trug Ionas Handschrift.

»Möchtest du dein Geschenk jetzt auspacken?«, fragte er.

»Aber es ist doch noch gar nicht Weihnachten. Ich habe gedacht, wir müssen noch warten«, antwortete sie.

»Ich glaube, wir könnten beide eine Aufmunterung gebrauchen. Außerdem wollten wir in diesem Jahr doch mal alles anders machen«, erwiderte er. Vor allem als Erinnerung für sich, dass er in diesem Jahr alles anders machen und sich nicht mehr so traurig und einsam fühlen wollte.

»Jippieh. Ja, ich will es aufmachen«, rief Sofia begeistert.

Er hatte sich in den Sessel gesetzt, und sie kletterte auf seinen Schoß. Die Geschenke waren groß, und es gab für jeden eins. Sofia nahm ihm ihr Päckchen aus der Hand. »Ich habe auch was für Iona.«

»Ich weiß. Wir werden Greg bitten, es ihr zu geben.«

»Okay. Vielleicht bringe ich es ihr aber auch selbst«, meinte sie.

Mads wollte seiner Tochter den Kontakt zu Iona nicht verbieten, daher nickte er bloß. »Vielleicht. Schauen wir erst mal, was sie dir geschenkt hat.«

Sofia nickte und riss das Papier ungestüm ab. Die einzelnen Fetzen reichte sie Mads, und er knäulte sie zusammen und warf sie auf den Tisch neben dem Sessel.

Unter dem Papier kam eine weiße Schachtel zum Vorschein, die Sofia behutsam öffnete. Darin lag ein Buch mit dem Titel »Besuch vom Weihnachtsmann«. Als Sofia es aufschlug, stellte Mads fest, dass Iona es umgestaltet hatte, so wie Gill es mit dem Ritterbuch von Sofia getan hatte. Ein Foto von Mads diente als Kopf des Weihnachtsmannes und

Fotos von Sofia und Holly als die schlafenden Kinder. Das Rentier hatte den Kopf von Lucy, dem Zwergdackel, bekommen. Am Ende des Buches fanden sie das Foto, das sie unter dem Weihnachtsbaum bei der Nussknacker-Vorstellung gemacht hatten. Darunter hatte Iona geschrieben:

Vielleicht bringt der Weihnachtsmann die Geschenke, aber die Liebe schweißt eine Familie zusammen. Fröhliche Weihnachten.

»Oh, Papa, das ist so schön«, rief Sofia. Unter dem Buch fand sie einen Baumanhänger in Form eines Ritters, der ein Kleid trug, genau wie in dem Buch, das Gill für Sofia umgestaltet hatte.

Mads drückte seine Tochter an sich. Unvermittelt überflog ihn die Erkenntnis, dass er Iona nicht gehen lassen durfte. Sie war seine fehlende Hälfte. Sie machte ihre Familie erst komplett. Sie gehörte zu ihnen wie sie zu ihr. Und ganz egal, ob er versuchte, sich selbst zu schützen, indem er sie nie wiedersah, er würde sie trotzdem für den Rest seines Lebens lieben.

Sofia sprang von seinem Schoß und hängte den Ritter an den Baum neben den Engel, den Gill und er ihr im vergangenen Jahr zu Weihnachten geschenkt hatten. »Schau, Papa, das bin ich und Mommy.«

»Ja, das sehe ich«, sagte Mads.

»Was hat Iona dir geschenkt?«, fragte sie. »Mein Geschenk ist so toll, Papa.«

»Ich weiß, Schätzchen, es ist wunderschön.«

»Ja, das stimmt. Und ich habe nur einen Schal für sie. Ich glaube, ich sollte ihr etwas anderes besorgen«, überlegte Sofia laut.

Mads packte sein Geschenk aus; es war ein Fotoalbum. Sofia kletterte wieder auf seinen Schoß. Auf dem Einband stand »Familientraditionen der Erikssons«. Als er das Album aufschlug, sah er Fotos von sich und Sofia aus den vergangenen Wochen: in ihren hässlichen Pullis bei Ionas Party, beim Lebkuchenessen im Common, beim Eislaufen mit Remys Familie, beim Schmücken des Baums, beim Plätzchenbacken. Auf der letzten Seite entdeckte er ein Blatt mit einer Nachricht von ihr.

Du wirst mit Sofia bestimmt noch weitere Familientraditionen ins Leben rufen, und alle werden auf der Liebe gründen, die ihr füreinander empfindet.

Sofia kuschelte sich in seine Arme, und ihm wurde bewusst, welch großer Fehler es gewesen war, Iona zu sagen, dass er sie nicht lieben konnte. Diese Geschenke waren unvergleichlich und an keine Bedingungen geknüpft. Womöglich würde er als gluckenhafter Ehemann enden, aber in dem Moment, als er die Nachricht gelesen hatte, hatte er endgültig den Entschluss gefasst, sie zu bitten, den Rest ihres Lebens mit ihm und Sofia zu verbringen.

Er musste sich nur erst überlegen, wie er das anstellen sollte. Es musste schon eine ziemlich große Geste sein, mit der er ihr sein Herz offenbarte und ihr bewies, dass er sie so liebte, wie sie es verdiente.

»Sofia, ich brauche deine Hilfe«, sagte er, als ihm eine Idee kam.

»Wobei?«

»Wir müssen Iona unseren ganz eigenen Weihnachtszauber schenken«, sagte Mads. »Und ihr zeigen, wie viel sie uns bedeutet.«

»Oh ja, das machen wir«, sagte sie mit Zahnlückengrinsen. Sie arbeiteten eifrig ihren Plan aus, und er bat auch ihre Freundinnen um Hilfe, die auf seinen Vorschlag viel freundlicher reagierten, als er gedacht hatte.

Nun blieb nur noch zu hoffen, dass Ionas Liebe für ihn durch sein vorheriges Verhalten nicht erloschen war. Und dass sie bereit war, es mit ihm zu riskieren.

Mads schwitzte in seinem Anzug. Er bezweifelte, dass es Hayley und Cici tatsächlich gelingen würde, Iona zum Abendessen in ein Privatzimmer im Common zu locken. Die beiden hatten ihm jedoch versichert, dass alles nach Plan laufen werde. Sein Bruder hielt an der Tür Wache, die vom Serviceraum in den Gastraum führte. Sofia sah in ihrem Elfenkostüm bezaubernd aus. Sie trug rot-weiß geringelte Strümpfe und ein rotes Samtkleid mit weißem Kunstpelz. Auf ihrem Kopf thronte eine grüne Elfenmütze, die bei jedem Schritt klingelte. Und Sofia hüpfte viel herum. Sie hätte gern auch Schuhe mit Glöckchen gehabt, aber so kurzfristig hatten sie keine mehr auftreiben können.

»Sie kommt«, raunte Piers alarmierend. »Und wie es aussieht, hat sie noch zwanzig Leute im Schlepptau.«

»Machst du Witze?«

»Nein. Ich glaube, ihre Freunde wollen dieses Ereignis alle gern aus nächster Nähe miterleben«, sagte Piers grinsend.

»Na großartig«, stellte Mads fest.

»Das ist wirklich großartig«, meinte Sofia.

Nun, das wäre es, wenn alles so endete, wie er hoffte. Wenn nicht, dann … Nun, dann würde er die Blamage eben hoch erhobenen Hauptes ertragen müssen. Er würde seine Meinung nicht mehr ändern, ganz egal, ob ihm fünf Menschen dabei zusahen oder hundert. Er liebte Iona, und er hatte ihr Kummer bereitet. Nun wollte er sie glücklich machen und ihr beweisen, dass er es ernst mit ihr meinte.

Sofia quetschte sich zwischen ihn und Piers und linste durch den Spalt in den Gastraum. Die Gäste setzten sich gerade an den Tisch, und es wurde rasch noch für sie eingedeckt.

»Bist du bereit?«, fragte Piers.

»Bereiter geht es nicht«, antwortete Mads.

»Sof?«

»Ich auch«, sagte sie strahlend.

Die Musik wechselte von »Greensleaves« zu »Santa Claus Is Coming to Town«. Sofia hüpfte ins Zimmer; die Glöckchen an ihrer Mütze bimmelten, während sie ans Kopfende des Tisches tanzte, wo Iona saß.

Mads beobachtete das Erstaunen, das sich in Ionas Miene spiegelte, als seine Tochter neben ihr stehen blieb.

»Hallo, ich bin die Helferin vom Weihnachtsmann, und er ist heute hier, um allen braven Jungen und Mädchen Geschenke zu bringen.«

»Hallo. Ich dachte, du glaubst nicht an den Weihnachtsmann«, sagte Iona.

»Eine gute Freundin hat mir mal gesagt, dass der Weihnachtsmann besondere Geschenke macht, und ich glaube, du verdienst so ein besonderes Geschenk.«

»Und das bringt mir der Weihnachtsmann?«, fragte Iona.

»Ja, genau«, bestätigte Sofia.

Mads betrat das Zimmer im roten Weihnachtsmannanzug. Ein paar Schritte vor Iona blieb er stehen. Sie hatte sich zur Seite gedreht und musterte ihn verblüfft.

»Das ist der Weihnachtsmann?«

»Ja. Das ist er«, antwortete Sofia.

Plötzlich verschwanden alle sorgfältig zurechtgelegten Sätze aus Mads' Gedächtnis; in seinem Kopf herrschte gähnende Leere. Er konnte bloß noch an Iona denken. »Ich wollte dir gern sagen, dass du den Zauber der Weihnacht in mein Leben zurückgebracht hast. Du hast mir gezeigt, dass Liebe stark genug ist, um jede Angst zu überwinden. Die Wahrheit ist jedoch, dass ich immer noch Angst habe. Der Unterschied besteht allerdings darin, dass ich Angst davor habe, wie trostlos mein Leben sein wird, wenn ich dich nicht davon überzeugen kann, es mit mir zu probieren …«

»Mit uns«, fiel Sofia ihm ins Wort. »Mit uns beiden.«

Mads warf seiner Tochter einen Blick zu und streckte die Hand nach ihr aus. Sie ergriff sie, und er wandte sich wieder an Iona. »Ich habe mich getäuscht, als ich sagte, dass ich nicht der richtige Mann für dich bin. Dass ich deine Wunden gern heilen würde, damit du dein Glück mit einem anderen Mann finden kannst. Aber das ist unmöglich, denn niemand könnte dich mehr lieben, als ich es tue. Ich dachte, dir würde es besser ohne mich gehen. Dass du dann glücklicher sein würdest, aber das stimmt nicht.«

»Nein, das stimmt nicht«, bestätigte Iona. Sie erhob sich und war ihm plötzlich ganz nahe.

Er ließ den Kopf nach vorne sinken und lehnte die Stirn an ihre. »Ich liebe dich«, raunte er.

»Bist du dir sicher?«, flüsterte sie.

»Ja, ganz sicher.« Ihre Blicke verfingen sich, und er hoffte, dass sie in seinen Augen erkennen konnte, wie sehr er sie liebte und brauchte.

Sie legte ihm die Arme um die Schultern, und er hob sie hoch und küsste sie.

Ihre Freunde und Familie applaudierten, bis er sie wieder auf die Füße stellte und nach dem roten Samtbeutel griff, den Sofia in den Händen hielt. »Mir ist bewusst, dass wir uns noch nicht sehr lange kennen, aber du sollst wissen, dass ich die Absicht habe, dich irgendwann zu heiraten. Bis es so weit ist, hoffe ich, trägst du meinen Ring.«

Er nahm die Schachtel aus dem kleinen Beutel und reichte sie ihr. In dem Kästchen lag ein schlichter Ring aus Herzen, den Sofia zusammen mit ihm ausgewählt hatte. Iona nickte und steckte den Ring an. »Ich kann es gar nicht erwarten.«

Mads, Piers und Sofia schlossen sich den anderen zum Essen an, und als er Iona später an diesem Abend zu Hause in seinen Armen liebte, wusste er, dass er ein unerwartetes Weihnachtsgeschenk erhalten hatte. Er hatte gedacht, dass er sich glücklich schätzen konnte, weil er einmal die große Liebe erfahren hatte. Dass er sie nun ein zweites Mal gefunden hatte, gab ihm den Glauben an Wunder zurück.

Epilog

Weihnachten, ein Jahr später

Weihnachten war für Iona Eriksson die schönste Zeit des Jahres. Ganz gleich jedoch, wie sehr sie es liebte, das Schaufenster des Candied Apple Cafés zu dekorieren, der wahre Zauber von Weihnachten enthüllte sich erst, wenn sie nach Hause zu ihrer Familie kam.

Als sie die Tür zu ihrem Haus öffnete, schallte ihr Bob Dylans »Must Be Santa« entgegen, und Sofia sang lauthals mit. Mit großen Schritten lief Iona den Flur hinunter. Von der Tür aus beobachtete sie, wie die Kleine und Mads, der ihren drei Monate alten Sohn Alexander im Arm hielt, singend um den halb geschmückten Weihnachtsbaum herumtanzten.

Iona fiel in den Gesang mit ein, und Sofia wirbelte herum. »Mama, du bist ja schon da.«

Sie flog Iona in die Arme, die sie hochhob und im Kreis herumwirbelte, ehe sie mit ihr zu ihren Männern hinüberging. Als sich Mads' Blick auf sie heftete, verspürte sie ein Glücksgefühl in ihrem Herzen, wie sie es nie zu hoffen gewagt hatte. Ihr Vater hatte ihr beigebracht, dass man Erfolg nur haben konnte, wenn man sein Privatleben vom

Geschäftsleben strikt trennte. Iona aber hatte ihr Glück und ihren Erfolg dadurch gefunden, dass sie beides verband.

Sie war tief gerührt gewesen, als Sofia sie gebeten hatte, sie Mama nennen zu dürfen. Sofia hatte ihr erklärt, dass ihre echte Mama zwar im Himmel war, aber dass sie dieselbe Mama haben wollte wie Alexander.

»Heute Abend ist doch der Besuch beim Weihnachtsmann«, sagte Iona. Ebenso wie Mads war sie verblüfft gewesen, als Sofia den Wunsch geäußert hatte, den Weihnachtsmann im Kaufhaus Macy's zu besuchen, aber sie freuten sich beide sehr darüber. So viel hatte sich im vergangenen Jahr für sie alle geändert. Mads und sie mussten sich zwar als Paar noch zusammenraufen, aber sie waren sich inzwischen beide ganz sicher, dass sie den Rest ihres Lebens miteinander verbringen wollten. Nachdem Iona am Anfang des Jahres festgestellt hatte, dass sie schwanger war, hatten sie im Februar im engsten Familienkreis geheiratet. Iona hätte sich zwar gewünscht, dass sie etwas mehr Zeit haben würden, um als Familie zusammenzuwachsen, aber es hatte sich herausgestellt, dass sie diese Zeit nicht brauchten.

Es klingelte, und Sofia wand sich aus Ionas Armen und rannte zur Tür. Cici, Hoop und Holly standen davor. Cici wirkte ein wenig bleich, aber das war nicht ungewöhnlich, da sie erst vor Kurzem die freudige Botschaft verkündet hatte, dass sie wieder schwanger war.

Iona freute sich sehr für ihre Freundin. Hayley widerstand bisher den Verlockungen des Mutterdaseins noch und behauptete, sie habe wegen ihrer unmöglichen Arbeitszeiten und der vielen Arbeit im Candied Apple Café gar keine Zeit dafür. Garrett war jedoch gerade befördert worden, was bedeutete, dass er im Gegensatz zu seiner Zeit als Streifenpolizist nun feste Arbeitszeiten hatte. Daher rechnete Iona damit, dass auch Hayley und Garrett bald über ein Kind nachdenken würden.

Sogar Theo und Nico waren inzwischen Eltern. Sie hatten zwei Kinder, die Zwillinge Kasim und Leo, zur Pflege aufgenommen und hofften, dass sie die beiden im nächsten Jahr adoptieren durften.

Als ihre Freunde das Zimmer betraten und die Kinder miteinander lachten und spielten, war Iona wieder einmal dankbar dafür, dass Mads im vergangenen Jahr überraschend im Candied Apple Café aufgetaucht war. Dadurch hatte sie das schönste Geschenk von allen erhalten.

Mads legte ihr von hinten einen Arm über die Schulter, und sie nahm ihm ihren Sohn ab, dessen blaue Augen sie so sehr an Mads' Augen erinnerten.

»Glücklich?«, fragte ihr Mann.

»Mehr, als ich für möglich gehalten hätte. Und du?«

»Ja. Ich bin der glücklichste Mann der Welt, weil ich mit dir zusammen sein darf. Du bist die zweite große Liebe meines Lebens.«

– ENDE –

Rezept

Nachfolgend finden Sie das Rezept für die Brav-und-Frech-Pralinen aus dem Roman von Katherine Garbera.

Freche Praline (pikante dunkle Schokolade)

Zutaten:

⅔ Tasse (ca. 150 g) Crème double
¼ Teelöffel gemahlener Zimt
¼ Teelöffel Chilipulver
⅛ Teelöffel Cayennepfeffer
340 g dunkle Schokolade, klein gehackt
⅓ Tasse (ca. 70 g) rot gefärbter Zucker

Zubereitung:

Erwärmen Sie die Crème double, den Zimt, das Chilipulver und den Cayennepfeffer bei niedriger Temperatur. Fügen Sie die Schokolade hinzu und lassen Sie sie unter Rühren schmelzen. Geben Sie die Mischung in eine Schüssel und lassen Sie sie im Kühlschrank ca. 1 ½ bis 2 Stunden abkühlen, bis sie fest geworden ist.
Geben Sie den roten Zucker auf einen kleinen Teller.

Nehmen Sie die Schokoladenmischung aus dem Kühlschrank und lassen Sie sie 30 Minuten bei Zimmertemperatur stehen, damit sie weich wird.
Formen Sie mit einem kleinen Eiscremelöffel oder zwei Teelöffeln kleine Schokoladenbällchen und rollen Sie diese in dem roten Zucker, bis die Pralinen ganz bedeckt sind. Richten Sie die Pralinen anschließend auf einem Teller zum Servieren an.
Die Pralinen können im Kühlschrank in einem luftdichten Behälter 2 Tage aufbewahrt werden.

Brave Praline (süße weiße Schokolade)

Zutaten:
2 Esslöffel Crème double
200 g weiße Schokolade, gehackt
2 Esslöffel Vanilleextrakt
170 g dunkle Schokolade, gehackt
⅓ Tasse (ca. 70 g) grün gefärbter Zucker

Zubereitung:
Geben Sie die Crème double in eine hitzebeständige Schüssel und erwärmen Sie sie im Wasserbad. Rühren Sie die weiße Schokolade langsam mit dem Schneebesen in die warme Crème double, bis sie ganz geschmolzen ist. Rühren Sie anschließend das Vanilleextrakt unter. Decken Sie die Schüssel ab und lassen Sie die Masse eine Stunde im

Kühlschrank abkühlen oder so lange, bis sie fest genug ist, um daraus Pralinen zu formen.
Nehmen Sie einen kleinen Eiscremelöffel oder zwei Teelöffel und formen Sie damit kleine Kugeln. Legen Sie die Pralinen auf ein mit Backpapier ausgelegtes Backblech. Falls die Masse zu weich wird, stellen Sie sie noch einmal ca. 15 Minuten in den Kühlschrank, bis sie wieder fest genug wird, damit Sie Kugeln formen können. Stellen Sie die Pralinen anschließend wieder kühl. Schmelzen Sie die dunkle Schokolade in einer hitzebeständigen Schüssel im Wasserbad. Tropfen Sie die geschmolzene Schokolade über 10 der weißen Pralinen. Wälzen Sie die restlichen Pralinen in dem grünen Zucker. Bis zum Servieren kaltstellen.

Danksagung

Ich danke meiner wundervollen Lektorin Charlotte Ledger für ihre Geduld und Unterstützung, als ich sagte, dass ich gern ein Buch über eine Heldin schreiben würde, die schwanger von einem Mann wird, der aber nicht der eigentliche Held der Geschichte ist.

Mein Dank geht auch an Eve und Nancy, die endlose Stunden im Chat mit mir verbrachten und mir ihre Meinung sagten, wenn ich beim Schreiben dieses Buches eine Rückmeldung brauchte.

Wie immer gilt mein ganz besonderer Dank meinem geliebten Mann Rob Elser und meinen beiden Kindern Courtney und Lucas für ihre liebevolle Unterstützung, die mir das Schreiben überhaupt erst möglich macht.

Jane Linfoot

Der kleine Brautladen am Strand

»Brides by the Sea« ist der niedlichste Brautladen von ganz Cornwall. In dem kleinen Haus an der Strandpromenade werden die geheimsten Wünsche jeder Braut erfüllt: vom perfekten Kleid bis zur leckersten Hochzeitstorte. Und genau für die ist Poppy zuständig – eigentlich. Denn als plötzlich die Hochzeitsplanerin ihrer besten Freundin abspringt, muss Poppy sich um alles kümmern. Nicht zuletzt um den sexy, aber etwas mürrischen Farmer Rafe. Ist Poppy diesem Chaos wirklich gewachsen?

ISBN: 978-3-95649-795-7
9,99 € (D)

Annie England Noblin
Sitz, Platz, Plätzchen

ISBN: 978-3-95649-836-7
9,99 € (D)

Übergewichtig, niedergeschlagen und nicht mehr der Jüngste – Brydies neuer Mitbewohner, der Mops Teddy Roosevelt, bringt ihr Leben ganz schön durcheinander. Als würden eine anstrengende Scheidung und ein plötzlicher Umzug nicht schon genügen. Doch dann hat Brydie eine Idee: Warum nicht ihre Backkünste mit ihrem neu erworbenen Wissen über Hunde kombinieren und ein Café für Hund und Herrchen eröffnen? Sie will ganz neu anfangen und sich vielleicht sogar irgendwann noch einmal verlieben ...

Tanja Janz

Dünenwinter und Lichterglanz

Die Hiobsbotschaft erreicht Alida kurz vor Weihnachten: Ihre TV-Sendung »Wohnexpertin« wird eingestellt. Alida ist geschockt. Ausgerechnet jetzt! In ihrer Verzweiflung schreibt sie einen Wunschzettel an den Weihnachtsmann, an dessen Erfüllung sie aber selbst nicht glaubt.
Und dann stirbt auch noch ihre Großmutter. In deren Nachlass findet Alida geheime Liebesbriefe und ein Foto ihrer Oma als junge Frau mit einem unbekannten Mann, aufgenommen vor einem Pfahlbau in St. Peter-Ording. Alida macht sich auf den Weg, um den Mann zu finden. Noch ahnt sie nicht, dass der Küstenort einige Überraschungen für sie bereithält.

ISBN: 978-3-95649-839-8
9,99 € (D)